Série Fadas

Asas

Encantos

APRILYNNE PIKE

Encantos

Tradução
Sibele Menegazzi

BB
BERTRAND BRASIL
Rio de Janeiro | 2012

Copyright © 2010 *by* Aprilynne Pike

Título original: *Spells*

Capa: Silvana Mattievich

Foto de capa: Magda Indigo/Getty Images

Editoração: FA Editoração Eletrônica

Texto revisado segundo o novo
Acordo Ortográfico da Língua Portuguesa

2012
Impresso no Brasil
Printed in Brazil

Cip-Brasil. Catalogação na fonte
Sindicato Nacional dos Editores de Livros. RJ

P685e v. 2	Pike, Aprilynne Encantos: série, volume 2/Aprilynne Pike; tradução Sibele Menegazzi. — Rio de Janeiro: Bertrand Brasil, 2012. 308p.: 23 cm Tradução de: Spells ISBN 978-85-286-1553-1 1. Romance americano. I. Menegazzi, Sibele. II. Título. III. Série. CDD: 813 CDU: 821.111(73)-3
12-0912	

Todos os direitos reservados pela:
EDITORA BERTRAND BRASIL LTDA.
Rua Argentina, 171 — 2º andar — São Cristóvão
20921-380 — Rio de Janeiro — RJ
Tel.: (0xx21) 2585-2070 — Fax: (0xx21) 2585-2087

Não é permitida a reprodução total ou parcial desta obra, por
quaisquer meios, sem a prévia autorização por escrito da Editora.

Atendimento e venda direta ao leitor:
mdireto@record.com.br ou (0xx21) 2585-2002

Para Kenny — por todas as coisas pequenas.
E todas as grandes.
E as que estão entre elas.
Obrigada.

Um

LAUREL ESTAVA EM FRENTE À CABANA, ESQUADRINHANDO A FILEIRA DE árvores, a garganta se apertando de tensão. Ele estava lá, em algum lugar, olhando para ela. O fato de ainda não conseguir vê-lo não significava nada.

Não que Laurel não quisesse vê-lo. Às vezes achava que queria até demais. Envolver-se com Tamani era como brincar num rio caudaloso. Um passo em falso, e a corrente não deixaria escapar. Ela havia escolhido ficar com David e ainda acreditava que fosse a escolha certa. Mas isso não tornava aquele reencontro nem um pouco mais fácil.

Nem impedia suas mãos de tremer.

Prometera a Tamani que iria vê-lo quando estivesse com a sua carteira de motorista. Embora não houvesse especificado uma data, mencionara o mês de maio. Já era quase final de junho. Ele devia saber que ela o estava evitando. Agora ele estaria ali — seria o primeiro a ir se encontrar com ela — e ela não sabia ao certo se ficava animada ou receosa. Os sentimentos se misturavam numa combinação inebriante que jamais havia sentido — e que não tinha certeza de querer sentir novamente.

Laurel se flagrou apertando o minúsculo anel que Tamani lhe dera no ano anterior, que ela usava pendurado numa correntinha fina no pescoço. Havia tentado não pensar nele durante os últimos seis meses. *Tentado*, admitiu para si mesma, *e falhado*. Obrigou-se a soltar os dedos do anelzinho e procurou deixar que seus braços balançassem com naturalidade e confiança ao lado do corpo, enquanto caminhava na direção da floresta.

Quando a sombra dos galhos recaiu sobre ela, um vulto em verde e preto se lançou de uma árvore e a agarrou. Ela gritou de pavor, depois de alegria.

— Sentiu saudades de mim? — perguntou Tamani com aquele meio sorriso fascinante que a havia encantado desde a primeira vez que o vira.

No mesmo instante, foi como se os últimos seis meses não houvessem existido. O simples fato de vê-lo, de senti-lo tão próximo, fez com que desaparecessem todos os temores, todos os pensamentos... todas as decisões. Laurel passou os braços em volta dele e apertou o mais forte que podia. Queria nunca mais ter de soltá-lo.

— Vou interpretar isso como um sim — disse Tamani, com um gemido.

Ela se forçou a soltá-lo e dar um passo atrás. Era como tentar fazer um rio fluir na direção contrária. Mas conseguiu, depois de alguns segundos, e ficou ali quieta, absorvendo sua imagem. Os mesmos cabelos compridos e pretos, o mesmo sorriso rápido e aqueles olhos verdes hipnotizantes. Uma nuvem de constrangimento recaiu sobre Laurel, e ela olhou para os próprios sapatos, um pouco encabulada por seu cumprimento tão ardente e sem saber ao certo o que dizer.

— Esperei que você viesse antes — disse Tamani, por fim.

Agora que estava ali com ele, parecia ridículo ter sentido medo. Mas Laurel ainda podia se lembrar do nó gelado de medo em seu estômago cada vez que pensara em rever Tamani.

— Desculpe.

— Por que você não veio?

— Estava com medo — respondeu, com honestidade.

— De mim? — perguntou Tamani com um sorriso.

— Mais ou menos.

— Por quê?

Ela respirou fundo. Ele merecia a verdade.

— É fácil demais ficar aqui com você. Eu não confio em mim mesma.

Tamani abriu um sorriso.

— Acho que não posso me ofender muito com isso.

Laurel revirou os olhos. A longa ausência certamente não havia diminuído sua ousadia.

— Como vão as coisas?

— Bem. Está tudo bem — gaguejou ela.

Ele hesitou. — Como vão seus amigos?

— Meus amigos? — perguntou Laurel. — Tem como você ser mais transparente?

Laurel tocou inconscientemente a pulseira de prata em seu pulso. Os olhos de Tamani seguiram o movimento.

Ele chutou a terra. — Como vai o David? — perguntou, finalmente.

— Está ótimo.

— Vocês dois estão...? — Ele deixou a pergunta no ar.

— Se estamos juntos?

— Acho que é isso. — Tamani olhou novamente para a intricada pulseira de prata. A frustração enevoou seu rosto, transformando seu olhar numa mirada raivosa, mas ele a fez sumir com um sorriso.

A pulseira fora um presente de David. Ele a dera pouco antes do último Natal, quando oficialmente começaram a namorar. Era uma delicada videira de prata com minúsculas flores ao redor de centros de cristal. Ele não havia dito com todas as palavras, mas Laurel desconfiava que fosse para contrabalançar o anel de fada que ela ainda usava diariamente. Não suportava a ideia de guardá-lo e, cumprindo sua promessa, toda vez que pensava no anel, pensava em Tamani. Ainda tinha sentimentos por ele. Sentimentos divididos e incertos, na maior parte das vezes — mas fortes o bastante para fazê-la sentir-se culpada quando seus pensamentos tomavam aquele rumo.

Encantos 10

David era tudo o que ela podia desejar num namorado. Tudo, exceto o que não era, o que jamais poderia ser. Tamani, porém, tampouco poderia ser como David.

— Sim, estamos — respondeu ela finalmente.

Tamani ficou em silêncio.

— Eu preciso dele, Tam — disse ela, num tom de voz suave, mas não defensivo. Não podia, nem ia, se desculpar por escolher David. — Eu já lhe disse como é.

— Claro. — Ele correu as mãos pelos braços dela, de cima a baixo. — Mas ele não está aqui agora.

— Você sabe que eu não conseguiria viver com isso — ela se obrigou a dizer. Mas foi quase um sussurro.

Tamani suspirou. — Simplesmente vou ter de aceitar, não é?

— A não ser que realmente queira que eu fique sozinha.

Ele passou um braço sobre seus ombros, agora de forma amistosa.

— Jamais poderia querer isso para você.

Laurel colocou os braços em volta dele e apertou.

— Por que isso? — perguntou Tamani.

— Só por você ser você.

— Bem, certamente não recusarei um abraço — disse ele. Seu tom foi casual, brincalhão, mas ele passou o outro braço em volta dela com força, quase desespero. Antes que ela pudesse se afastar, ele abaixou o braço e indicou a trilha. — Vamos — disse Tamani. — É por aqui.

A boca de Laurel ficou seca. Havia chegado a hora.

Enterrando a mão no bolso, Laurel manuseou o cartão impresso, sem dúvida, pela centésima vez. Ele havia aparecido em seu travesseiro numa manhã, no início de maio, lacrado com cera e atado com uma fita prateada e reluzente. A mensagem era curta — quatro breves linhas —, mas mudava tudo.

Em virtude da natureza lamentavelmente inadequada da sua educação atual, você foi convocada à Academia de Avalon.

Por favor, compareça ao portal pela manhã do primeiro dia de verão. Sua presença será requerida por oito semanas.

Lamentavelmente inadequada. Sua mãe não tinha ficado muito contente com isso. Mas, ultimamente, sua mãe não ficava contente com nada que envolvesse fadas. Após a revelação inicial de que Laurel era uma fada, as coisas tinham sido surpreendentemente tranquilas. Seus pais sempre souberam que havia algo diferente em sua filha adotiva. Ainda que a verdade tivesse se revelado mais louca do que poderiam imaginar — que Laurel era uma criança trocada, uma criança-fada deixada a seus cuidados para herdar a terra sagrada do povo das fadas —, eles haviam aceitado tudo com surpreendente calma, ao menos no princípio. A atitude de seu pai não mudara desde então, mas, no decorrer dos últimos meses, sua mãe havia ficado cada vez mais transtornada pela ideia de que Laurel não fosse humana. Tinha parado de falar no assunto, depois se recusara até mesmo a ouvir a respeito, e as coisas finalmente haviam chegado a um ponto crítico no mês anterior, quando Laurel recebera o convite. Bem, na verdade, era mais uma intimação. Foi preciso muita argumentação de Laurel — e outro tanto de persuasão por parte de seu pai — antes que a mãe concordasse em deixá-la ir. Como se, de alguma forma, ela fosse voltar ainda menos humana do que era ao partir.

Laurel ficou contente por ter omitido os trolls do relato que fez aos pais; não tinha a menor dúvida de que não estaria ali, naquele momento, se tivesse contado.

— Está pronta? — pressionou Tamani, sentindo a hesitação de Laurel.

Pronta? Laurel não estava certa de que fosse possível se sentir mais pronta... ou menos.

Em silêncio, ela o seguiu pela floresta, com as árvores filtrando a luz do sol e fazendo sombra em seu caminho. A trilha mal era uma trilha de verdade, mas Laurel sabia aonde levava. Logo eles chegariam a uma árvore pequena, retorcida, de uma espécie única naquela floresta,

Encantos 12

mas que, à parte isso, tinha uma aparência bastante comum. Embora houvesse passado doze anos de sua vida morando ali e explorando o terreno, só tinha visto aquela árvore uma vez antes: quando trouxera Tamani, depois de haver lutado contra os trolls, ferido e praticamente inconsciente. Na última vez, havia testemunhado a transformação da árvore e vislumbrado levemente o que se ocultava além dela. Naquele momento, iria transpor o portal.

Naquele exato momento, iria ver Avalon com os próprios olhos.

À medida que se aprofundavam na floresta, outros elfos surgiram para acompanhar seus passos, e Laurel se obrigou a não esticar o pescoço para olhar para eles. Não tinha certeza se algum dia iria conseguir se acostumar àqueles guardas magníficos e silenciosos, que nunca falavam com ela e raramente a encaravam. Estavam sempre ali, mesmo quando não podia vê-los. Ela agora sabia disso. Perguntou-se brevemente quantos deles a vinham observando desde que era pequena, mas a vergonha era grande demais. Que seus pais tivessem testemunhado suas travessuras juvenis era uma coisa; que fossem sentinelas sobrenaturais anônimas era outra bem diferente. Ela engoliu em seco, concentrou-se no caminho e tentou pensar em outra coisa.

Logo eles chegaram, emergindo em meio a um grupo de sequoias unidas de forma protetora ao redor da árvore antiga e retorcida. As sentinelas formaram um semicírculo e, após um gesto rápido de Shar — o líder das sentinelas —, Tamani removeu a mão do aperto esmagador de Laurel para ir se juntar a eles. Parada no meio de aproximadamente uma dúzia de sentinelas, Laurel agarrou as alças de sua mochila. Sua respiração se acelerou quando cada sentinela pousou a mão na casca da árvore, precisamente onde o tronco sólido se dividia em dois galhos grossos. Então, a árvore começou a vibrar e a luz da clareira pareceu se agrupar ao redor dos galhos.

Laurel estava determinada a manter os olhos abertos dessa vez, para assistir à transformação completa. No entanto, apesar de estreitar os olhos contra o brilho ofuscante, um raio reluzente obrigou-a a cerrar as pálpebras por um brevíssimo instante. Quando se reabriram, a árvore havia se transformado no portal em arco, com barras altas e douradas, entremeado de videiras espiraladas e salpicado por flores lilases. Duas colunas fortes a cada lado o ancoravam no chão, mas, afora isso, o portão estava isolado na floresta iluminada pelo sol. Laurel soltou a respiração que nem sabia que vinha prendendo, apenas para tornar a prendê-la quando o portão se abriu.

Um calor tangível emergiu do portal e, mesmo a três metros de distância, Laurel captou o delicioso aroma de vida e crescimento que era capaz de reconhecer depois de anos de jardinagem com a mãe. Aquele, porém, era muito mais intenso — um perfume puro, de luz do sol de verão engarrafada. Sentiu os pés começarem a se mover adiante por vontade própria e estava quase atravessando o portal quando algo puxou sua mão. Laurel desprendeu o olhar do portal e ficou surpresa ao ver que Tamani tinha saído da formação para segurar a mão dela na sua. Um toque em sua outra mão a fez olhar novamente para o portal.

Jamison, o ancião elfo de Inverno que ela havia conhecido no outono passado, levantou a mão livre de Laurel e a pousou em seu braço, como se fosse um cavalheiro num filme antigo. Ele sorriu para Tamani de forma cordial, mas enfática.

— Obrigado por nos trazer Laurel, Tam. Eu a acompanharei a partir daqui.

A mão de Tamani não se afastou imediatamente.

— Virei vê-la na semana que vem — disse ele em voz baixa, mas sem sussurrar.

Os três ficaram ali parados por alguns segundos, congelados no tempo. Então, Jamison inclinou a cabeça e assentiu para Tamani. Este retribuiu o gesto e voltou ao seu lugar, no semicírculo.

Laurel sentiu os olhos de Tamani sobre ela, mas seu rosto já se voltava para a luz brilhante que emanava do portão dourado. A atração de Avalon era forte demais para que ela hesitasse, mesmo diante do doloroso pesar por deixar Tamani tão cedo, depois de seu reencontro. Mas ele viria visitá-la em breve.

Jamison deu um passo através do arco dourado e acenou para que Laurel avançasse, soltando a mão que repousava em seu braço.

Encantos 14

— Bem-vinda, Laurel — disse ele, baixinho.

Com a respiração presa na garganta, Laurel deu um passo à frente e atravessou o limiar do portal, pisando em Avalon pela primeira vez. *Não é realmente a primeira vez*, lembrou a si mesma. *Foi daqui que eu vim.*

Por um instante, não pôde ver nada além das folhas de uma imensa árvore que pendia sobre ela e da terra escura e solta a seus pés, coberta por uma densa grama verde-esmeralda. Jamison a conduziu para além da copa de folhas, e a luz do sol brilhou em seu rosto, aquecendo sua face instantaneamente e fazendo-a piscar.

Estavam numa espécie de parque murado. Trilhas de terra fértil e negra serpenteavam pela vegetação vibrante que se estendia e subia por um muro de pedra. Laurel nunca tinha visto um muro de pedra tão alto antes — construir algo assim, sem concreto, devia ter demorado décadas. O jardim era pontilhado de árvores, e videiras compridas e folhudas trepavam pelos troncos, enroscando-se nos galhos. Ela podia ver flores cobrindo as videiras, mas elas estavam fechadas para se proteger do calor do dia.

Virou-se para olhar para o portão. Estava fechado, e, além das grades douradas, pôde ver apenas a escuridão. Ficava no meio do parque e não se conectava a absolutamente nada — simplesmente estava ali, em pé, rodeado por umas vinte sentinelas, todas do sexo feminino. Laurel inclinou a cabeça. *Havia* algo. Deu um passo à frente e, imediatamente, lanças com lâminas largas e pontas que pareciam feitas de cristal se cruzaram diante de seus olhos.

— Está tudo bem, Capitã — veio a voz de Jamison atrás de Laurel. — Ela pode olhar.

As lanças se afastaram e Laurel deu um passo à frente, certa de que seus olhos a estavam enganando. Mas não; em um ângulo à direita do portão, havia outro portão. Laurel continuou andando até ter circulado quatro portões, conectados pelas colunas grossas que ela vira no outro lado do portal. Cada coluna se unia a dois dos portões, formando um quadrado perfeito em volta da estranha escuridão que persistia atrás deles, a despeito do fato de que deveria ser possível olhar através das grades e ver as sentinelas paradas no outro lado.

— Não entendo — disse Laurel, vindo novamente até Jamison.

— Seu portal não é o único — disse Jamison com um sorriso.

Laurel se lembrou vagamente de Tamani ter dito alguma coisa sobre quatro portões, no outono anterior, quando ela viera até ele surrada e cheia de hematomas após ter sido jogada no rio Chetco pelos trolls.

— Quatro portais — disse baixinho, tentando afastar aquela lembrança desagradável da memória.

— Para os quatro cantos do mundo. Um passo poderia levar de volta à sua casa, às montanhas do Japão, às terras altas da Escócia ou à foz do rio Nilo no Egito.

— Que incrível — disse Laurel, olhando para o portal. *Ou portais?*

— Milhares de quilômetros num único passo.

— E é o local mais vulnerável em toda Avalon — disse Jamison.

— Inteligente, no entanto, você não acha? Uma verdadeira façanha. Os portões foram feitos pelo Rei Oberon, à custa de sua própria vida, mas foi a Rainha Ísis que ocultou os portões no outro lado... e isso há apenas algumas centenas de anos.

— A deusa egípcia? — perguntou Laurel, sem fôlego.

— Apenas batizada em homenagem à deusa — disse Jamison sorrindo. — Por mais que desejemos pensar o contrário, nem todas as figuras importantes da história da humanidade são fadas e elfos. Vamos; meus *Am fear-faire* vão se preocupar se demorarmos demais.

— Seus o quê?

Ele olhou para ela, então, com um olhar a princípio questionador, depois estranhamente triste. — *Am fear-faire* — repetiu. — Meus guardiães. Tenho, pelo menos, dois comigo o tempo todo.

— Por quê?

— Porque sou um elfo de inverno. — Jamison seguiu lentamente pelo caminho de terra, parecendo sopesar suas palavras conforme as dizia. — Nossos dons são os mais raros de todas as fadas e elfos, portanto, somos estimados. Somente nós podemos abrir os portais, então somos protegidos. E Avalon em si é vulnerável a nosso poder, então jamais podemos ficar expostos a um inimigo. Com grandes poderes...

—Vem grande responsabilidade? — completou Laurel.

Jamison se virou para ela, agora sorrindo. — E quem lhe ensinou isso?

Laurel fez uma pausa, confusa. — Hã, o Homem-Aranha? — disse ela, de forma pouco convincente.

— Imagino que algumas verdades sejam realmente universais — riu Jamison, a voz ecoando nas muralhas de pedra. Então, ficou sério. — É uma frase que as fadas e os elfos de inverno usam com frequência. O rei bretão, Artur, disse-a após testemunhar a terrível vingança que os trolls levaram a cabo em Camelot. Ele sempre se sentiu culpado por aquela destruição, e acreditava que poderia tê-la evitado.

— E poderia? — perguntou Laurel.

Jamison acenou com a cabeça para duas sentinelas que ladeavam um enorme par de portas de madeira na muralha.

— Provavelmente, não — disse a Laurel. — Mas é uma boa mensagem, mesmo assim.

As portas se abriram sem produzir nenhum ruído e todos os pensamentos desapareceram da cabeça de Laurel quando ela e Jamison passaram da área cercada para a encosta de uma colina.

Uma beleza verdejante descia pela encosta e se espalhava em todas as direções, até onde a vista podia alcançar. Caminhos negros serpenteavam através de uma enorme quantidade de árvores, entremeadas por grandes campos salpicados de flores e grupos multicoloridos de algo que Laurel não conseguia identificar — pareciam balões gigantes, de todas as cores imagináveis, pousados no chão e cintilando como bolhas de sabão. Mais para baixo, num círculo que parecia percorrer toda a volta da base da colina, havia tetos de casas pequenas, e Laurel pôde distinguir ali alguns pontos de cores vivas se movendo que podiam ser outras fadas e elfos.

— Há... *milhares* deles — disse Laurel, sem realmente perceber que falara em voz alta.

— Claro — disse Jamison, com a voz colorida de alegria. — Praticamente a espécie toda vive aqui. Totalizamos mais de oitenta mil, atualmente. — Ele fez uma pausa. — Provavelmente parece pouco, para você.

— Não — disse Laurel rapidamente. — Quer dizer, sei que existem mais humanos do que isso, mas... nunca imaginei tantas fadas e elfos num mesmo lugar. — Era estranho; fazia-a sentir-se ao mesmo tempo normal e muito insignificante. Havia conhecido outros de sua espécie, claro — Jamison, Tamani, Shar, as sentinelas que via de relance de tempos em tempos —, mas a ideia de milhares e milhares deles era quase avassaladora.

A mão de Jamison tocou a parte baixa de suas costas. — Haverá mais tempo para conhecer aqui, outro dia — disse ele baixinho. — Precisamos levar você até a Academia. Vamos continuar.

Laurel seguiu Jamison até o perímetro da muralha. Quando circularam a lateral da parte murada, Laurel olhou para cima da colina e sua respiração ficou presa na garganta mais uma vez. Aproximadamente quatrocentos metros acima, na encosta suave, havia uma torre imensa que se elevava contra o horizonte, projetando-se do centro de uma construção irregular. Não se parecia tanto a um castelo, mas sim a uma majestosa biblioteca, toda quadrada, com pedras cinza e telhados pontudos. Janelas enormes se espalhavam por todas as paredes e havia claraboias cintilando entre as telhas de ardósia, como esconderijos de prismas lapidados. Todas as superfícies estavam estriadas por trepadeiras, emolduradas por flores, cobertas por folhagem ou, de alguma outra forma, hospedando plantas de inúmeras variedades.

As palavras de Jamison responderam a pergunta que Laurel estava espantada demais para fazer. Ele indicou a construção com um gesto do braço ao mesmo tempo que anunciava: — A Academia de Avalon.

Dois

CONFORME CAMINHAVAM NA DIREÇÃO DA ACADEMIA, LAUREL VISLUMBROU outra construção em meio a algumas brechas na floresta. No topo da colina, apenas um pouco acima da imponente Academia, ficavam as ruínas decadentes de um castelo. Laurel piscou e apertou os olhos; talvez *decadente* não fosse a palavra adequada. Estava, definitivamente, caindo aos pedaços, mas havia cordões de plantas se entrelaçando pelo mármore branco como se costurassem as paredes, e a copa de uma árvore enorme se abria acima dele, provendo sombra à metade da estrutura sob as folhas.

— O que é aquele prédio? — perguntou Laurel quando ele surgiu novamente em seu campo de visão.

— Aquele é o Palácio de Inverno — disse Jamison. — Eu moro ali.

— É seguro? — perguntou Laurel, incerta.

— Claro que não — respondeu Jamison. — É um dos lugares mais perigosos em toda Avalon. Mas *eu* estou seguro ali, assim como seus demais ocupantes.

— Vai desmoronar? — perguntou Laurel, observando um canto que estava amarrado como se fosse um espartilho, com fitas verde-azuladas.

— Não, — respondeu Jamison. — Nós, elfos e fadas de inverno, cuidamos desse palácio há mais de três mil anos. As raízes daquela sequoia agora crescem com o castelo, são tanto parte da estrutura quanto o mármore original. Ela jamais o deixará ruir.

— Por que vocês simplesmente não constroem um novo?

Jamison ficou em silêncio por alguns momentos e Laurel teve medo de que sua pergunta o tivesse ofendido. Mas, quando ele respondeu, não parecia irritado. — O castelo não é apenas um lar, Laurel. Também protege várias coisas... coisas que não podemos nos arriscar a mover simplesmente por conveniência ou para satisfazer nossa vaidade com uma construção nova e elegante. — Ele indicou novamente seu destino de pedra cinzenta, sorrindo. — Para isso temos a Academia.

Laurel olhou para o castelo, lá em cima, com um novo olhar. Em vez dos laços aleatórios de plantas que vislumbrara à primeira vista, agora podia identificar a lógica e o sentido nas linhas de treliça. Braçadeiras criteriosas nos cantos, uma teia de raízes que sustentavam grandes áreas da parede — a árvore realmente havia se tornado parte do castelo. Ou talvez o castelo houvesse se tornado parte da árvore. A estrutura toda parecia repousar com contentamento no abraço das raízes abertas.

Na curva seguinte, chegaram ao que Laurel, a princípio, pensou tratar-se de uma cerca de ferro forjado. Um olhar mais atento revelou se tratar, na verdade, de uma cerca viva. Galhos se retorciam, curvavam e cobriam uns aos outros em redemoinhos complicados, como uma árvore bonsai impossivelmente complexa. Dois guardas, um elfo e uma fada, estavam parados no portão, ambos em armaduras cerimoniais de um tom azul-vivo, complementadas por elmos reluzentes e emplumados. Ambos se inclinaram diante de Jamison e estenderam a mão para abrir cada lado do portão.

—Venha — disse Jamison, acenando para que Laurel se adiantasse quando ela hesitou diante do portão. — Estão esperando você.

O terreno em volta da Academia estava bastante movimentado. Dezenas de fadas e elfos trabalhavam pelo pátio. Usavam vestidos finos e esvoaçantes ou calças leves de seda, e carregavam livros nas mãos.

Encantos 20

Havia outros em trajes mais simples de algodão, ocupados em cavoucar e podar as plantas. E outros, ainda, colhiam flores, procurando espécimes perfeitos entre os muitos arbustos. Quando Jamison e Laurel passaram, a maioria parou de trabalhar e se inclinou numa mesura. Todos, no mínimo, inclinaram a cabeça de forma respeitosa.

— Eles... — Laurel se sentiu boba ao perguntar aquilo. — Estão se inclinando para mim?

— É possível — respondeu Jamison. — Mas desconfio que estejam se inclinando principalmente para mim.

Seu tom de voz casual pegou Laurel de surpresa. Mas, claramente, receber reverências era algo comum para Jamison. Ele sequer parava para responder.

— Eu deveria ter me inclinado, quando você veio até o portal? — perguntou Laurel, com a voz um pouco trêmula.

— Ah, não — disse Jamison prontamente. —Você é uma fada de outono. Você se inclina somente diante da Rainha. Um leve aceno de cabeça é mais do que suficiente da sua parte.

Laurel caminhou em silenciosa confusão enquanto passavam por várias outras fadas e outros elfos. Observou os poucos que apenas inclinaram a cabeça. Seus olhares se cruzaram conforme ela passava. Laurel não sabia bem como interpretar suas expressões. Alguns pareciam curiosos; outros olhavam feio. Muitos eram simplesmente indecifráveis. Baixando a cabeça com timidez, Laurel se apressou para manter o passo com Jamison.

Quando se aproximaram das imponentes portas de entrada, os lacaios as abriram e Jamison conduziu Laurel para um espaçoso vestíbulo, com um teto em cúpula feito inteiramente de vidro. A luz do sol se filtrava por ele, alimentando as centenas de plantas em vasos que adornavam o ambiente. O vestíbulo estava menos movimentado que o pátio, embora houvesse algumas fadas e alguns elfos sentados em divãs e em pequenas escrivaninhas, com livros diante dos olhos.

Uma fada mais velha — *não tão velha quanto Jamison*, pensou Laurel, embora fosse difícil saber, em se tratando de fadas — se aproximou deles e inclinou a cabeça.

— Jamison, que prazer. — Ela sorriu para Laurel. — Suponho que esta seja Laurel; minha nossa, como você mudou.

Laurel ficou surpresa por um momento, então se lembrou de que havia passado sete anos em Avalon antes de ir viver com seus pais. O fato de que *ela* não pudesse se lembrar de ninguém não significava que eles não se lembrariam dela. Sentiu-se estranhamente constrangida ao pensar em quantos daqueles pelos quais havia passado no pátio poderiam se lembrar de um passado que ela jamais recordaria.

— Sou Aurora — disse a fada. — Ensino os iniciados, que estão ao mesmo tempo adiantados e atrasados com relação a você. — Ela riu, como se fosse uma piada particular. — Venha, vou mostrar seu quarto. Nós o remodelamos... trocamos algumas coisas que haviam ficado pequenas por outras novas; mas, afora isso, deixamos tudo igual para a sua volta.

— Tenho um quarto aqui? — perguntou Laurel, antes que pudesse evitar.

— É claro — respondeu Aurora sem olhar para trás. — Aqui é a sua casa.

Casa? Laurel olhou à volta do vestíbulo austero para as balaustradas intricadas na escadaria em espiral, para as janelas e claraboias reluzentes. Será que tinha sido realmente a sua casa? A aparência — e a sensação — eram tão desconhecidas... Olhou para trás, para Jamison, que a seguia, mas ele não estava olhando em volta feito bobo. O ambiente em que ele vivia, no Palácio de Inverno, era provavelmente mais suntuoso ainda.

No terceiro andar, acessaram um corredor cheio de portas escuras de cerejeira. Em cada uma delas havia um nome pintado, em letras cintilantes e espiraladas. *Mara, Katya, Fawn, Sierra, Sari*. Aurora parou diante de uma porta que dizia claramente *Laurel*.

Laurel sentiu um aperto no peito, e o tempo pareceu se arrastar enquanto Aurora girava a maçaneta e abria a porta, que girou nas dobradiças silenciosas, abrindo-se para um carpete luxuoso em tom creme e revelando um quarto grande, com uma parede feita inteiramente de vidro. As outras paredes estavam cobertas por cortinas de cetim verde-claro, que se estendiam do teto ao chão. Uma claraboia se abria sobre metade do quarto, lançando luz sobre uma cama enorme, coberta por uma colcha de seda e rodeada de cortinas transparentes tão leves que se agitavam à mera sugestão da brisa que entrava pela porta. Móveis modestos, mas obviamente bem-feitos — uma escrivaninha, uma cômoda e um armário — completavam o quarto. Laurel entrou e olhou lentamente à sua volta, procurando algo familiar, algo que a fizesse sentir-se em casa.

Entretanto, apesar de ser um dos quartos mais lindos que já tinha visto na vida, ela não se lembrava dele. Nenhum vestígio de memória, nenhum traço de reconhecimento. Nada. Uma onda de decepção a engolfou, mas ela tentou disfarçar o sentimento ao se voltar para Jamison e Aurora.

— Obrigada — disse, esperando que seu sorriso não fosse rígido demais. Que importância tinha se não se lembrava? Estava ali agora. Era isso que importava.

— Vou deixar você desfazer sua mala e se refrescar um pouco — disse Aurora. Seus olhos passearam rapidamente pela camiseta e pelo short jeans de Laurel. — Fique à vontade para se vestir como quiser aqui na Academia; no entanto, pode ser que você ache as roupas que estão no seu guarda-roupa um pouco mais confortáveis. Tentamos adivinhar seu tamanho, mas podemos mandar fazer roupas novas para você para amanhã mesmo, se você quiser. Este... calção... que você está usando, o tecido parece terrivelmente áspero.

Uma risadinha de Jamison fez Aurora se empertigar um pouco.

— Toque esta sineta — disse ela, apontando — se precisar de qualquer coisa. Temos uma equipe de funcionários para atendê-la. Pode fazer o que quiser durante a próxima hora, depois enviarei um de nossos instrutores de estudos básicos para começar suas lições.

— Hoje? — perguntou Laurel um pouco mais alto do que havia pretendido.

Os olhos de Aurora voaram até Jamison.

— Jamison e a própria Rainha nos instruíram a aproveitar ao máximo o tempo que você passará conosco. Que já é curto demais, por sinal.

Laurel assentiu, com um arrepio de excitação e nervosismo.

— OK — disse ela. — Estarei pronta.

— Vou deixá-la, então. — Aurora se virou e olhou para Jamison, mas ele lhe respondeu com um gesto da mão.

— Ficarei mais alguns instantes antes de voltar para o palácio.

— Claro — disse Aurora com um aceno de cabeça antes de deixá-los a sós.

Jamison ficou parado na soleira da porta, observando o quarto. Quando o ruído dos passos de Aurora diminuiu pelo corredor, ele falou:

— Não venho aqui desde que levei você para viver com seus pais, há treze anos. — Ele ergueu os olhos para ela. — Espero que não se importe com a urgência em começar seu trabalho. Temos tão pouco tempo.

Laurel balançou a cabeça.

— Tudo bem. É que... tenho tantas perguntas.

— E a maioria terá de esperar — disse Jamison com um sorriso que suavizava suas palavras. — O tempo que você irá passar aqui é precioso demais para ser desperdiçado com os usos e os costumes de Avalon. Haverá muitos anos para você aprender essas coisas.

Laurel assentiu, mesmo não tendo certeza se concordava.

— Além disso — acrescentou Jamison, com um brilho travesso no olhar —, tenho certeza de que seu amigo Tamani ficaria mais do que contente em responder a todas as perguntas que você tiver tempo de lhe fazer. — E virou-se para ir embora.

— Quando vou ver você de novo? — perguntou Laurel.

— Virei lhe buscar quando suas oito semanas chegarem ao fim — disse ele. — E vou garantir que tenhamos tempo para discutir algumas coisas — prometeu. Com um rápido adeus, ele foi embora, fechando a porta e deixando Laurel se sentindo intensamente sozinha.

Parada ali no meio do quarto, Laurel girou num círculo, tentando absorver tudo. Não se lembrava daquele lugar, mas havia um consolo

Encantos 24

nisso: a percepção de que, de certa forma, seus gostos não haviam mudado. Verde sempre fora uma de suas cores favoritas, e ela geralmente preferia a simplicidade aos padrões e desenhos mais elaborados. O baldaquino era um pouco "menininha" demais, mas ela o escolhera havia séculos.

Foi até a escrivaninha e se sentou, observando que a cadeira era pequena demais. Abriu as gavetas e encontrou folhas de papel encorpado, potes de tinta, penas de escrever e um caderno de composição com seu nome escrito. Laurel demorou alguns segundos para perceber que o nome lhe parecia tão familiar porque estava escrito em sua própria caligrafia infantil. Com as mãos trêmulas, abriu cuidadosamente o caderno na primeira página. Era uma lista de palavras em latim que Laurel desconfiava serem nomes de plantas. Folheou as páginas e encontrou mais palavras. Mesmo as que estavam escritas em inglês não faziam muito sentido. Era profundamente desmotivante ver que soubera mais aos sete anos de idade do que sabia agora, aos dezesseis. *Ou vinte*, ela se corrigiu, *ou seja lá a idade que eu tenha agora*. Tentava não pensar muito sobre sua idade real; somente o que fazia era lembrá-la dos sete anos de sua vida de fada que agora estavam perdidos para a sua memória. Ela se sentia com dezesseis anos no que lhe dizia respeito, *tinha* dezesseis anos. Laurel guardou o caderno e se levantou para ir até o guarda-roupa.

Dentro havia vários vestidos leves de verão e algumas saias até o tornozelo feitas de tecido esvoaçante. As gavetas revelaram blusas estilo camponesa e camisas ajustadas com mangas curtas. Laurel passou o tecido no rosto, adorando a textura sedosa e macia. Experimentou várias peças e se decidiu por um vestido cor-de-rosa claro, antes de prosseguir com sua exploração do quarto.

Não foi muito longe antes de chegar à janela e perder o fôlego diante da vista abaixo. Seu quarto dava para o maior jardim de flores que já vira; fileiras e mais fileiras de flores de todos os matizes imagináveis se estendiam numa cascata de cores quase tão grande quanto o pátio em frente à Academia. Seus dedos pressionaram o vidro enquanto ela tentava absorver toda a vista de uma só vez. Ocorreu-lhe que era um desperdício que um quarto com uma vista tão deslumbrante tivesse ficado ali, vazio, durante os últimos treze anos.

Uma batida na porta a assustou e ela correu para abrir, ajeitando o vestido no caminho. Depois de um momento para alisar os cabelos, Laurel abriu a porta.

Um elfo alto de expressão severa e cabelos castanhos que começavam a ficar grisalhos nas têmporas estava na frente de outro elfo, este mais jovem, vestido de forma mais simples e carregando uma pilha de livros. O primeiro vestia o que parecia ser uma calça de linho usada para a prática de ioga e uma camisa verde de seda aberta até o peito de forma nada sensual. Laurel lembrou-se de seu gosto por usar regatas e pensou que aquilo era parecido. O comportamento dele foi distinto, formal, em desacordo com seus pés descalços.

— Laurel, suponho? — disse o elfo, com uma voz suave e profunda. Ele a analisou. —Você não mudou tanto assim.

Surpresa, Laurel olhou para ele sem qualquer expressão. Tinha visto fotos de si mesma quando criança; tinha mudado imensamente!

— Sou Yeardley, professor de noções básicas. Posso? — disse ele, inclinando a cabeça.

— Oh, claro — soltou Laurel, abrindo mais a porta.

Yeardley entrou com passos amplos e a fada atrás dele o seguiu de perto. — Ali — disse ele, apontando para a escrivaninha de Laurel. A outra fada colocou a pilha de livros sobre o móvel, fez uma mesura profunda para Laurel e Yeardley, e recuou porta afora antes de se virar e seguir pelo corredor.

Laurel se voltou para o professor, que não desviara o olhar.

— Sei que Jamison está ansioso para que você comece as aulas, mas, para ser sincero, não posso iniciar nem as lições mais básicas com você antes de assentarmos as fundações sobre as quais construir.

Laurel abriu a boca para falar, percebeu que estava completamente perdida e voltou a fechá-la.

Encantos 26

—Trouxe o que acredito serem as informações mais fundamentais requeridas antes de iniciar seus verdadeiros estudos. Sugiro que você comece imediatamente.

Os olhos de Laurel se deslocaram até a pilha de livros.

—Tudo isso? — perguntou ela.

— Não. Isso é apenas a metade. Tenho outros para quando você tiver terminado. Pode acreditar — disse ele —, não selecionei nada que não fosse absolutamente necessário. — Ele baixou os olhos para um pedaço de papel que havia tirado de uma bolsa a tiracolo. — Uma de nossas acólitas — ele ergueu os olhos para ela —, esse é o nível em que você estaria, a propósito, sob circunstâncias mais favoráveis... uma das acólitas concordou em ser sua monitora. Ela estará à sua disposição durante todas as horas de luz do dia; explicar conceitos tão básicos para você não será nenhum esforço, portanto, sinta-se à vontade para usá-la. Esperamos que você não passe mais do que duas semanas reaprendendo as coisas das quais se esqueceu desde que nos deixou.

Desejando poder abrir um buraco no chão e desaparecer, Laurel ficou ali parada, com os punhos cerrados.

— O nome dela é Katya — continuou Yeardley, sem prestar atenção à reação de Laurel. — Imagino que ela virá se apresentar logo Não deixe que sua natureza sociável distraia você de seus estudos.

Laurel assentiu rigidamente, com os olhos fixos na pilha de livros.

— Vou deixá-la com sua leitura, então — disse ele, girando nos calcanhares descalços. — Quando todos os livros tiverem sido lidos, poderemos começar com as aulas regulares. — Ele parou na porta. — Seus auxiliares poderão me chamar quando você tiver terminado, mas não se dê ao trabalho de fazer isso até que tenha lido completamente cada um dos livros. Simplesmente não vale a pena. — Sem se despedir, ele saiu e fechou a porta atrás de si, com um ruidoso clique que preencheu o silêncio do quarto de Laurel.

Respirando fundo, ela foi até a escrivaninha e examinou a lombada de alguns dos livros de aparência antiga: *Herbologia básica, Origens dos elixires, Enciclopédia completa das ervas defensivas* e *Anatomia dos trolls.* Laurel fez uma careta ao ler este último.

Sempre gostara de ler, mas aqueles livros não eram exatamente ficção leve. Olhou da pilha alta de livros para a janela panorâmica no outro lado do quarto e percebeu que o sol já começara a se pôr no céu ocidental.

Suspirou. Não era nada do que tinha esperado para aquele dia.

Três

LAUREL ESTAVA SENTADA NA CAMA COM AS PERNAS CRUZADAS E UMA tesoura na mão, cortando folhas de papel em forma de fichas improvisadas. Menos de uma hora de leitura fora suficiente para perceber que a situação iria requerer fichas de estudo. E marcadores de texto. Um ano estudando biologia com David a transformara numa neurótica da metodologia de estudo. Entretanto, na manhã seguinte, ficou consternada ao descobrir que os "auxiliares", como todos se referiam aos serviçais de fala mansa e roupas simples que trabalhavam agilmente pela Academia, não faziam a menor ideia do que eram fichas de estudo. Sabiam, no entanto, o que era uma tesoura; portanto, Laurel estava fazendo suas próprias fichas, usando uma provisão de papel-cartão fino. Marcadores de texto, infelizmente, eram um caso perdido.

Uma batida leve soou na porta.

— Entre — exclamou Laurel, preocupada em espalhar pedaços de papel por toda parte se tentasse se levantar para ir abrir.

A porta se abriu e uma cabecinha loura surgiu pelo vão.

— Laurel?

Tendo desistido de reconhecer as pessoas, Laurel simplesmente assentiu com a cabeça e esperou que a estranha se apresentasse.

Os cabelos curtos e arrepiados foram seguidos por um sorriso ofuscante ao qual Laurel se viu automaticamente respondendo. Era um alívio perceber um sorriso dirigido a ela. O jantar, na noite anterior, tinha sido um completo desastre. Laurel fora chamada por volta das sete para descer para a refeição noturna. Usando seu vestido curto de alcinhas, com os pés descalços e os cabelos ainda presos num rabo de cavalo, havia corrido escada abaixo atrás de uma fada que lhe mostrara o caminho até o salão de jantar — devia ter desconfiado ao ouvir o nome *salão de jantar* em vez de *refeitório*. No momento em que entrou no salão, Laurel percebeu que havia cometido um erro. Todo mundo usava camisas de botão e calças de seda ou vestidos e saias longos. Era praticamente um evento de gala. Pior, tinha sido empurrada para a frente da sala por Aurora para ser apresentada e receber as boas-vindas de todas as fadas e elfos de outono. Centenas deles, sem nada melhor a fazer do que olhar para ela.

Lembrete para si mesma: vestir-se formalmente para o jantar.

Mas isso fora na noite passada, e agora havia um sorriso genuíno, dirigido a ela.

—Vamos entrando — disse Laurel. Ela não se importava particularmente com quem poderia ser aquela fada ou por que estava ali, mas sim com o fato de que parecia amistosa.

E que representava uma desculpa para Laurel fazer uma pausa.

— Sou Katya — disse a fada.

— Laurel — disse ela automaticamente.

— Bem, é claro que sei disso — disse Katya com uma risadinha. —Todo mundo sabe quem *é você*.

Laurel, constrangida, baixou os olhos.

— Espero que você tenha achado a Academia do seu gosto — continuou Katya, falando como uma perfeita anfitriã. — Sei que fico sempre um pouco confusa quando tenho que viajar. Não consigo dormir bem — disse Katya, vindo se sentar ao lado dela na cama.

Laurel evitou seu olhar e emitiu um ruído de concordância, sem, na verdade, dizer nada, e perguntando-se que distâncias Katya poderia realmente ter viajado dentro dos limites de Avalon.

Encantos 30

Na verdade, Laurel *não* tinha dormido bem. Esperava que fosse o ambiente novo, como Katya havia sugerido. Mas tinha sido violentamente despertada várias vezes por pesadelos, e não apenas por aqueles de sempre, com trolls, armas apontadas para Tamani, ela apontando uma arma para Barnes ou ondas geladas se fechando sobre sua cabeça. Na noite anterior, não fora a sua fuga de Barnes, com os pés se movendo em câmara lenta; foram seus pais, David, Chelsea, Shar e Tamani.

Laurel se levantara da cama e fora até a janela, pressionando a testa contra o vidro frio e olhando para as luzes cintilantes salpicando a escuridão lá embaixo. Parecia tão contraditório vir para Avalon para aprender a proteger a si mesma e a seus entes queridos, e, ao fazer isso, deixá-los tão vulneráveis. Por outro lado, se os trolls estavam atrás *dela*, talvez sua família ficasse mais segura sem ela por perto. A situação toda estava fora de seu controle, fora de seu próprio conhecimento. Detestava se sentir impotente... inútil.

— O que você está fazendo? — perguntou Katya, tirando Laurel de seus pensamentos sombrios.

— Cortando fichas de estudo.

— Fichas de estudo?

— Sim, ferramentas de estudo que eu costumava usar lá em ca... no mundo humano — disse Laurel.

Katya pegou um dos cartões artesanais. — São apenas estes pedacinhos de papelão ou tem mais alguma coisa que não estou conseguindo ver?

— Não. Somente isso. Bastante simples.

— Então, por que você mesma está fazendo?

— Hein? — Laurel balançou a cabeça e deu de ombros. — Porque eu preciso das fichas.

Os olhos de Katya estavam arregalados, inocentemente questionadores. — Espera-se que você estude feito uma louca, enquanto estiver aqui. Foi isso que Yeardley me disse.

— Sim, mas as fichas me ajudarão a estudar melhor — insistiu Laurel. — Vale a pena gastar tempo com elas.

— Não foi isso que eu quis dizer. — Katya riu, e então pegou a sineta de prata que Aurora havia lhe mostrado no dia anterior e a tocou. O repicar claro ressoou pelo quarto por alguns segundos, fazendo com que o ar parecesse quase vivo.

— Uau — disse Laurel, recebendo um olhar perplexo de Katya.

Alguns segundos depois, uma fada de meia-idade apareceu na porta. Katya tirou a tesoura da mão de Laurel e juntou a pilha de papel-cartão.

— Precisamos que todos estes papéis sejam cortados em retângulos deste tamanho — disse ela, entregando uma das fichas que Laurel tinha acabado de fazer. — E isso é da maior importância, por isso deve ter prioridade sobre qualquer outra coisa que você esteja fazendo.

— É claro — disse a mulher com uma leve reverência, como se estivesse falando com uma rainha, e não com uma fada jovem com metade de sua idade, talvez até menos. — Você gostaria que eu fizesse isso aqui para que possam recebê-las à medida que eu for cortando, ou prefere que eu leve para outro lugar e traga tudo de uma vez, quando a tarefa estiver concluída?

Katya olhou para Laurel e deu de ombros. — Por mim não tem problema se ela ficar aqui; ela tem razão quanto a podermos usá-las assim que forem cortadas.

— Tudo bem — murmurou Laurel, sem graça em pedir a uma mulher adulta que fizesse um trabalho tão servil.

— Você pode sentar ali — disse Katya, apontando para o comprido banco sob a janela. — A luz é boa.

A mulher simplesmente assentiu, levou os papéis até a janela e começou imediatamente a cortá-los em retângulos retos e cuidadosos.

Katya se acomodou na cama ao lado de Laurel.

— Agora me mostre o que você vai fazer com estas fichas de estudo e verei como posso ajudar.

— Posso cortar minhas próprias fichas — sussurrou Laurel.

— Com certeza, mas há formas muito mais úteis de usar o seu tempo.

Encantos 32

— Imagino que também haja formas mais úteis de usar o tempo dela — retrucou Laurel, apontando com o queixo na direção da mulher.

Katya levantou os olhos e a encarou com franqueza.

— Dela? Acho que não. Ela é apenas uma fada de primavera.

A indignação encheu o peito de Laurel.

— O que você quer dizer com isso, apenas uma fada de primavera? Ela ainda é uma pessoa, tem sentimentos.

Katya pareceu ficar muito confusa.

— Não disse que não era. Mas este é o trabalho dela.

— Cortar as minhas fichas?

— Fazer qualquer serviço de que as fadas e elfos de outono tenham necessidade. Olhe dessa forma — continuou Katya, ainda naquele tom de voz alegre e casual —; provavelmente a salvamos de ter de ficar sentada, esperando que algum outro ser de outono precise de alguma coisa. Agora, vamos, ou perderemos todo o tempo que ela está nos economizando. Deixe-me ver em que livro você está.

Laurel estava deitada de bruços, olhando fixamente para seu livro. Já nem conseguia mais ler; vinha lendo durante quase toda a manhã e as palavras haviam começado a nadar diante de seus olhos; portanto, olhar fixamente era o melhor que conseguia fazer. Ouviu uma leve batida na entrada do quarto, onde a porta de cerejeira intricadamente esculpida estava aberta. Laurel ergueu os olhos e viu uma fada de primavera idosa, com olhos cor-de-rosa gentis e rugas perfeitamente simétricas, com as quais ainda não conseguira se acostumar.

—Você tem um visitante no átrio — disse a fada, com um sussurro que mal se ouvia. Os auxiliares de primavera tinham sido instruídos a manter silêncio perto de Laurel e evitar incomodá-la o tempo todo.

Aparentemente, o mesmo se aplicava aos demais estudantes. Laurel nunca via ninguém além de Katya, exceto no jantar, onde ela era observada em silêncio, na maior parte do tempo. Mas estava quase terminando o último livro — em seguida, viriam as aulas. Não tinha certeza absoluta de que aquilo fosse bom, mas ao menos era *diferente*.

— Um visitante? — disse Laurel. Demorou alguns segundos para que sua cabeça cansada de estudar somasse dois mais dois. Então, quase gritou de alegria. *Tamani!*

Laurel desceu alguns lances de escada e tomou um caminho ligeiramente mais longo para poder andar por um corredor arredondado de vidro, margeado de flores de todas as cores do arco-íris. Eram lindas. No começo, era só isso que Laurel via nelas: as cores deslumbrantes se espalhando em faixas luminosas por todo o terreno da Academia. Mas eram mais do que simples decoração; eram os instrumentos de trabalho das fadas e dos elfos de outono. Agora ela as conhecia, depois de quase uma semana estudando-as, e foi atribuindo mentalmente nomes a elas. Delphinium azul e ranúnculo vermelho, frésia amarela e copos-de-leite, antúrio pintalgado e suas mais novas favoritas: as orquídeas cymbidium, com suas pétalas brancas macias e núcleo escuro cor-de-rosa. Deixou seus dedos tocarem de leve as orquídeas tropicais enquanto passava, recitando automaticamente seus usos comuns. *Cura envenenamento por flores amarelas, bloqueia temporariamente a fotossíntese, fosforesce quando misturada corretamente com azedinha.*

Tinha bem pouco contexto para as listas de dados em sua cabeça, mas, graças a suas "fichas de estudo" — as quais tinha de admitir que a fada de primavera havia cortado com muito mais capricho do que ela teria feito —, tudo estava memorizado.

Saindo do corredor florido, Laurel se apressou até a escadaria, descendo praticamente aos pulos. Avistou Tamani encostado em uma parede perto da porta de entrada e, de alguma forma, conseguiu não gritar seu nome nem correr até ele. Mas foi por pouco.

Em vez das camisas e calças largas a que ela estava tão acostumada, ele usava uma túnica elegante sobre uma calça preta. Seus cabelos estavam cuidadosamente penteados para trás e o rosto parecia diferente, sem as mechas despenteadas ao redor. Quando ergueu os braços para abraçá-lo, um leve gesto de impedimento da mão de Tamani a deteve.

Encantos 34

Ela ficou parada, confusa; então, ele sorriu e se inclinou levemente, dobrando-se na altura da cintura, com a cabeça inclinada no mesmo gesto de deferência que os auxiliares de primavera insistiam em usar.

— É um prazer vê-la, Laurel. — Ele indicou a porta. — Vamos?

Por um instante, ela olhou para ele com estranheza, mas, quando ele indicou novamente a saída com um movimento rápido da cabeça, ela trincou os dentes e atravessou as portas da Academia. Percorreram a via de entrada que, em vez de ser reta como a maioria das calçadas do lugar onde Laurel morava, serpenteava entre canteiros de flores e plantas. Assim como, infelizmente, entre outros estudantes de outono. Ela podia sentir seus olhares seguindo-a, e, apesar de a maioria tentar disfarçar a curiosidade por trás dos livros, alguns a encaravam abertamente.

Foi um percurso longo e silencioso, e Laurel não parava de lançar olhares a Tamani, que insistia em andar dois passos atrás dela. Podia ver um sorriso travesso brincando nos cantos de sua boca, mas ele se mantinha em silêncio. Uma vez que haviam cruzado os portões, ele a deteve com um toque suave nas costas e inclinou a cabeça na direção de uma fileira comprida de arbustos altos. Ela caminhou na direção indicada e, assim que a visão da Academia foi bloqueada pelos caules verdes e altos, braços fortes a ergueram no ar e giraram.

— Senti tanta saudade de você — disse Tamani, com o sorriso que ela adorava de volta a seu rosto.

Laurel passou os braços em volta dele e apertou por um longo tempo. Ele era um lembrete de sua vida fora da Academia, uma ligação com seu próprio mundo. Com o lugar que ainda chamava de lar. Era estranho perceber que, no decorrer de apenas alguns dias, seu vínculo mais direto com Avalon havia se tornado sua ligação mais forte à vida humana.

E, é claro, ele era ele. Havia muito também a ser dito a esse respeito.

— Desculpe por tudo aquilo — disse ele. — A Academia é muito rígida com relação ao protocolo entre as fadas e os elfos de primavera e os de outono, e eu detestaria que você tivesse problemas. Bem, suponho que é mais provável que eu tivesse problemas, mas mesmo assim... vamos evitá-los.

— Se for necessário. — Laurel sorriu e levou as mãos aos cabelos dele, despenteando até que se rearranjassem nas mechas largas de costume. Em seguida, agarrou suas mãos, feliz por estar novamente em uma companhia amistosa e conhecida. — Estou tão feliz por você ter vindo. Achei que fosse enlouquecer se tivesse que passar mais uma noite estudando.

Tamani ficou sério.

— É trabalho duro, mas é importante.

Ela baixou os olhos para seus pés descalços, salpicados de terra escura.

— Não é *tão* importante assim.

— É, sim. Você não faz ideia de quanto todos nós usamos as coisas que as fadas e os elfos de outono fazem.

— Mas não posso realmente fazer nada! Ainda nem comecei as aulas. — Ela suspirou e balançou a cabeça. — Simplesmente não sei quanto posso aprender em menos de dois meses.

— Você não poderia voltar... de tempos em tempos?

— Acho que sim. — Laurel ergueu os olhos de novo. — Se for convidada.

— Ah, você será... *convidada*. — Tamani sorriu ao dizer aquilo, como se achasse a palavra intrinsecamente engraçada. — Confie em mim.

Seus olhos encontraram os dela e Laurel se sentiu hipnotizada. Após um instante de nervosismo, ela se virou e começou a caminhar. — Então, aonde estamos indo? — perguntou, tentando disfarçar seu constrangimento.

— Indo?

— Jamison disse que você iria me levar para ver os lugares interessantes. Só tenho algumas horas.

Tamani parecia completamente despreparado para aquela conversa.

— Não tenho certeza de que ele quis dizer...

Encantos 36

— Não tenho feito nada além de memorizar plantas há... — Laurel fez uma pausa. — Seis. Dias. Seguidos. Quero ver Avalon!

Um sorriso travesso iluminou o rosto de Tamani e ele assentiu com a cabeça.

— Muito bem, então. Aonde você gostaria de ir?

— Eu... não faço a menor ideia. — Laurel se virou para ele. — Qual é o melhor lugar em Avalon?

Ele respirou fundo, então hesitou. Após outro instante, disse:

— Você quer fazer alguma coisa com outras fadas ou ficamos sozinhos?

Laurel olhou para baixo, na colina. Parte dela queria estar com Tamani, mas não confiava muito em si mesma para passar tanto tempo sozinha com ele.

— Não podemos fazer um pouco de cada coisa?

Tamani sorriu. — Claro. Por que não vam...?

Ela levou um dedo aos lábios dele. — Não, não me conte; apenas vamos.

Em resposta, Tamani apontou para a descida da colina e disse:

— Vá em frente.

Um arrepiozinho de excitação a atravessou conforme a Academia foi ficando cada vez menor atrás deles. Passaram as muralhas altas de pedra que delimitavam o portão e logo seu caminho se desviou para outras estradas que ocasionalmente circundavam algum edifício; aquelas estradas, porém, não eram pavimentadas. Em vez disso, eram feitas da mesma terra macia, preta e cheia de nutrientes que cobria o caminho do portão à entrada da Academia. A terra refrescou os pés descalços de Laurel e energizou seus passos. Era dez vezes melhor do que qualquer outra caminhada que já tinha feito.

Quanto mais se distanciavam da Academia, mais movimentadas as ruas iam ficando. Entraram numa espécie de feira a céu aberto com centenas de fadas e de elfos nas entradas, passeando pelas lojas que davam para a rua e percorrendo quiosques repletos de mercadorias cintilantes penduradas. Tudo era em tons do arco-íris e de cores vivas, e Laurel demorou alguns segundos para perceber que as centelhas brilhantes e multicoloridas que ela via, entremeadas na multidão, eram as flores das fadas de verão. Uma fada passou diante dela, bem perto, carregando uma espécie de instrumento de cordas e exibindo uma flor maravilhosa, parecida a uma flor tropical. Era vermelho-vivo e listrada de um amarelo da cor do sol, com cerca de dez pétalas largas que terminavam em pontas finas, como a purpúrea que Laurel havia estudado justamente no dia anterior. Mas era enorme! As pétalas inferiores flutuavam apenas alguns centímetros acima do chão, enquanto as superiores se arqueavam sobre a cabeça dela como uma imensa coroa.

Ainda bem que não sou uma fada de verão, pensou Laurel, lembrando-se do trabalho que tivera para esconder sua própria flor sazonal havia menos de um ano. *Aquela coisa jamais teria cabido sob uma blusa.*

Em todo lugar para onde olhava, via mais daquelas flores vibrantes de aparência tropical, numa variedade que lhe pareceu infinita. As fadas de verão também se vestiam de forma diferente. Usavam roupas do mesmo tecido leve e cintilante de Laurel e de todos os seus colegas de classe, mas em comprimentos mais longos e mais soltas, com babados e franjas e outros adornos que flutuavam no ar, ou caudas que varriam o chão. *Ostentosas*, concluiu Laurel. *Como suas flores.*

Olhou para trás para se certificar de não ter perdido Tamani, mas ele ainda estava ali, dois passos atrás de seu ombro esquerdo.

— Queria que você mostrasse o caminho — disse Laurel, cansada de virar o pescoço para vê-lo.

— Não cabe a mim fazer isso.

Laurel parou. — Não cabe a você?

— Por favor, não faça escândalo — disse baixinho Tamani, empurrando-a adiante com a ponta dos dedos. — Simplesmente é assim.

— Isso é uma das coisas das fadas e dos elfos de primavera? — perguntou Laurel, a voz um pouco elevada.

— Laurel, por favor — implorou Tamani, os olhos voando de um lado a outro. — Falaremos sobre isso mais tarde.

Encantos 38

Ela lhe dirigiu um olhar severo, mas ele se recusou a corresponder, então ela se rendeu, e continuou andando. Vagou em meio aos quiosques por algum tempo, deliciando-se com os mensageiros do vento reluzentes e os tecidos sedosos exibidos pelos lojistas que, em alguns casos, estavam vestidos de maneira ainda mais extravagante que os transeuntes.

— O que é isto? — perguntou ela, pegando uma maravilhosa tira de diamantes resplandecentes — provavelmente reais — entremeada de minúsculas pérolas e delicadas flores de vidro.

— É para os cabelos — explicou atenciosamente um elfo alto, de cabelos vermelhos. Com os dedos envoltos em luvas branquíssimas que pareciam demasiado formais para Laurel, ele tocou a extremidade onde havia um pente habilmente escondido por trás de um cacho de flores de vidro. Naturalmente, por se tratar de um homem, ele não tinha uma flor, mas sua roupa sugeria que ele era um elfo de verão. — Me permite?

Laurel olhou para Tamani e ele sorriu, assentindo com a cabeça. Ela se virou, e o elfo alto prendeu o ornamento em seus cabelos, conduzindo-a até um espelho grande no outro lado do quiosque. Laurel sorriu diante do reflexo. A tira prateada pendia exatamente no lado em que ela repartia os cabelos, caindo até abaixo de seus ombros. Resplandecia ao sol, ressaltando o brilho das mechas naturalmente mais claras em seus cabelos louros. — É lindo — disse, sem fôlego.

— Você gostaria de usá-lo agora ou devo colocar numa caixa?

— Ah, eu não posso...

— Deve — disse Tamani baixinho. — Está lindo.

— Mas eu... — Ela contornou o vendedor alto e se aproximou de Tamani. — Não tenho com que pagar por ele e certamente não vou deixar que *você* pague.

Tamani riu baixinho. — Você não precisa pagar pelas coisas aqui, Laurel. Isso é uma coisa muito... humana. Apenas leve-o. Ele se sentirá lisonjeado por você ter gostado do trabalho dele.

Laurel olhou de relance para o vendedor, que pairava além do alcance de sua voz. — Sério?

— Sim. Diga a ele que o ornamento lhe agrada e que você vai usá-lo na Academia. Esse é o pagamento que ele deseja.

Era tudo tão inacreditável. Laurel ficou nervosa, momentaneamente incapaz de superar a certeza de que, a qualquer minuto, um segurança apareceria para prendê-la. Mas Tamani não iria fazer uma brincadeira daquelas com ela... ou iria?

Ela deu mais uma olhada no espelho, então sorriu para o elfo alto, esperando que não parecesse forçado demais. — É muito, muito bonito — disse ela. — Eu gostaria de ir com ele nos cabelos, se for possível. — O vendedor deu um sorriso enorme para ela e fez uma mesura delicada. Laurel, hesitante, começou a se afastar.

Ninguém a deteve.

Passaram-se alguns minutos antes que pudesse superar a sensação de ter acabado de roubar alguma coisa. Começou a prestar atenção aos demais transeuntes, e muitos deles também retiravam itens de vitrines e quiosques sem dar nada em troca além de elogios e agradecimentos. Após vários minutos observando os outros "compradores", ela se forçou a ficar calma.

— Deveríamos conseguir alguma coisa para você — disse ela, virando-se para Tamani.

— Ah, não. Não para mim. Eu não faço minhas compras aqui. Meu mercado fica mais abaixo da colina.

— Então, o que é isto?

— Este é o Mercado de Verão.

— Ah — disse Laurel, entrando novamente em pânico. — Mas eu sou uma fada de outono. Não deveria ter pegado isto.

Tamani riu.

— Não, não, fadas e elfos de inverno e de outono compram onde quiserem. São muito poucos para terem seu próprio mercado.

— Ah. — Ela ficou pensativa por um minuto. — Então eu poderia comprar também no seu mercado?

— Imagino que sim, mas não sei por que iria querer fazer isso.

— Por que não?

Tamani deu de ombros. — Não é bonito como o Mercado de Verão. Quer dizer, o lugar é bonito; tudo em Avalon é bonito. Mas nós não precisamos de bugigangas e decorações. Precisamos de roupas, de comida e das ferramentas para nossos diversos trabalhos. Eu obtenho minhas armas lá, assim como os elixires e poções de que preciso para meus kits de sentinela; essas coisas vêm da Academia. Fadas e elfos de verão precisam de coisas extravagantes; elas fazem parte do seu trabalho. Principalmente daqueles que trabalham no teatro. Mas, se você olhar com mais atenção, particularmente em algumas das lojas internas, encontrará materiais mais técnicos. Tintas e equipamentos para cenários, instrumentos musicais, ferramentas para confecção de joias... esse tipo de coisa. — Ele sorriu. — Os quiosques têm todas as coisas reluzentes para captar a luz do sol e atrair mais consumidores.

Ambos riram e Laurel estendeu a mão para tocar seu novo enfeite de cabelo. Pensou rapidamente em quanto valeria na Califórnia e, então, afastou a ideia. Não era algo que um dia venderia; portanto, não importava.

A multidão foi ficando mais dispersa à medida que eles iam se afastando do mercado. A larga estrada de terra agora estava ladeada por casas, e Laurel olhou de um lado a outro, maravilhada. Cada habitação parecia feita inteiramente do mesmo tipo de vidro de açúcar da janela panorâmica de seu quarto. As grandes esferas translúcidas que se abriam para a rua eram, obviamente, as salas de estar; as bolhas ligeiramente menores, de cor pastel, agrupadas nas laterais e na parte de trás, Laurel desconfiava que fossem quartos. Cortinas enormes de seda em tons pastel estavam presas por trás de cada residência, permitindo que o sol iluminasse com maior intensidade o interior daquelas notáveis construções; no entanto, Laurel viu que também podiam ser drapejadas sobre os vidros, para dar privacidade durante a noite. Cada casa resplandecia à luz do sol e muitas eram decoradas com fileiras de cristais e prismas que captavam a luz e a faziam dançar, exatamente como os prismas que Laurel tinha em seu quarto, em casa. A vizinhança inteira cintilava tão intensamente que era quase difícil de olhar, e Laurel percebeu que aqueles eram os "balões" que tinha visto de cima da colina quando chegara com Jamison.

— São tão lindas — ponderou.

— Sem dúvida. Adoro caminhar pelos bairros de verão.

As moradias reluzentes começaram a ficar mais espaçadas e logo Laurel e Tamani estavam novamente descendo a colina. A estrada larga atravessava um prado de trevos, com moitas de flores aqui e ali; Laurel vira prados assim somente em filmes. E mesmo tendo se acostumado ao ar de Avalon — sempre perfumado com o aroma de terra fresca e flores desabrochando —, era ainda mais forte ali, onde o vento podia carregar livremente cada aroma ao passar por seu rosto. Laurel inalou profundamente, deliciando-se com a brisa revigorante.

Ela parou quando percebeu que Tamani já não estava mais a seu lado. Olhou rapidamente para trás. Ele estava agachado, esfregando as mãos numa manta acolchoada de trevos.

— O que você está fazendo? — perguntou.

Tamani se levantou, parecendo constrangido.

— Eu... hã... esqueci minhas luvas — disse ele baixinho.

Laurel ficou confusa por um segundo, então notou que os trevos pareciam um pouco cintilantes.

—Você usa luvas para cobrir o pólen? — adivinhou.

— É uma questão de educação — disse ele, pigarreando.

Laurel repensou e se deu conta de que todos os homens no Mercado de Verão estavam usando luvas. Agora fazia sentido. Apressou-se a mudar de assunto para resgatar Tamani de seu óbvio desconforto.

— Então, o que vem a seguir? — perguntou, com a mão diante da fronte, bloqueando o sol para poder enxergar o que havia além, na estrada.

—Vou levar você a meu lugar favorito em toda Avalon.

— Sério? — disse Laurel, com a animação fazendo-a se esquecer momentaneamente de ter pedido para ser surpreendida. — Aonde?

Ele sorriu com suavidade. — Minha casa. Quero que você conheça a minha mãe.

Quatro

Um arrepio percorreu as costas de Laurel enquanto o nervosismo e a confusão disputavam o controle.

— Sua mãe?

— Tem... algum problema?

— Você me disse que fadas e elfos não tinham mãe.

Tamani abriu a boca e, então, voltou a fechá-la, franzindo a testa — a expressão que sempre fazia quando era pego numa meia-verdade.

— Nunca disse, realmente, que fadas e elfos não têm mãe — explicou-se, cauteloso. — Eu disse que aqui as coisas são diferentes. E são mesmo.

— Mas você... eu... deduzi que, já que, você sabe, nós nascemos de sementes... você disse que vocês se cuidam sozinhos! — inquiriu ela, agora um pouco irritada.

— Cuidamos — disse Tamani, tentando apaziguá-la. — Quero dizer, geralmente. A maternidade aqui não é exatamente a mesma coisa que no mundo humano.

— Mas você tem mãe?

Ele assentiu, e ela pôde perceber que ele sabia o que viria a seguir.

— *Eu* tenho mãe? Uma mãe fada?

Tamani ficou em silêncio por um instante, e Laurel concluiu que ele não queria dizer. Finalmente, deu de ombros num gesto mínimo, quase imperceptível, e balançou a cabeça.

Choque e decepção tomaram conta de Laurel. Não ajudava o fato de que, a despeito da tensão em casa, ela sentisse muita falta de sua mãe e estivesse com saudades de seu lar. Lágrimas ameaçaram cair, mas Laurel se recusou a chorar. Girou nos calcanhares e continuou descendo a colina, contente por não haver ninguém por perto.

— Por que não? — perguntou, com raiva.

— Simplesmente não tem.

— Mas você tem. Por que você tem? — Sabia que estava falando como uma criança petulante, mas não se importava.

— Porque não sou um elfo de outono nem de inverno.

Laurel parou e se virou novamente para Tamani.

— E daí? Nascemos de formas diferentes?

Tamani balançou a cabeça.

— A semente da qual eu nasci foi feita por uma fada e um elfo, certo?

Tamani hesitou, então assentiu.

— Então, quem são eles? Talvez eu pudesse...

— Eu não sei — disse Tamani, interrompendo-a. — Ninguém sabe. Os registros foram destruídos — completou baixinho.

— Por quê?

— Fadas e elfos de outono e de inverno não ficam com seus pais. São filhos de Avalon; filhos da Coroa. Não é como no mundo humano — acrescentou ele. — Os relacionamentos não são iguais.

— Então, o relacionamento que você tem com a sua mãe não é como o relacionamento que eu tenho com a minha, lá em casa? — perguntou Laurel. Ela sabia que se referir a algum lugar além de Avalon como *casa* iria irritar Tamani, mas estava brava demais para se sentir mal por isso.

— Não foi o que eu quis dizer. Quando você faz uma semente, é apenas uma semente. É muito, muito preciosa porque é o potencial de uma nova vida, mas o relacionamento não começa com a semente.

Encantos 44

Começa quando o broto nasce e a muda vai para casa viver com os pais. Aqueles... que fizeram a sua semente...

— Pais — interrompeu Laurel.

— Está bem. Seus pais podem ter ficado decepcionados ao descobrir que você não seria a muda deles, que você jamais iria para casa com eles, mas ficaram principalmente contentes por terem contribuído para a sociedade. No que lhes dizia respeito, você ainda não era uma pessoa. Eles não teriam sentido saudades de você, porque não a conheciam.

— E isso, supostamente, deveria fazer eu me sentir melhor?

— Sim, deveria. — A mão dele pousou em seu ombro, fazendo-a parar antes que pudesse dobrar na ampla estrada central. — Porque eu sei como você é generosa. Você preferiria ter a possibilidade de um reencontro com um casal de pais que vêm sofrendo durante anos de saudades de você, ou preferiria que eles não estivessem sofrendo, enquanto você era criada por pais humanos que a adoram?

Laurel engoliu em seco. — Não tinha pensado por esse lado.

Tamani sorriu e levou a mão ao rosto dela, afastando uma mecha de cabelo para trás de sua orelha e deixando o polegar se demorar em sua face.

— Acredite em mim, não é fácil sentir saudades de você. Eu não desejaria isso a ninguém.

Sem pensar, Laurel se reclinou sobre a mão de Tamani. Ele se moveu para a frente até pousar sua testa na dela, emoldurando com as mãos as laterais de seu rosto, e, então, desceu-as lentamente por seu pescoço. Somente quando a ponta de seu nariz tocou o nariz dela — da forma mais leve —, ela percebeu que ele estava a ponto de beijá-la. E que não tinha absoluta certeza de querer impedi-lo.

— Tam — sussurrou. Os lábios dele estavam a milímetros de distância dos dela.

Seus dedos se apertaram minimamente no pescoço dela, mas ele se deteve e se afastou. — Desculpe — disse. Levantando um pouco a cabeça, deixou os lábios pousarem em sua testa antes de se afastar e apontar para a ampla estrada que atravessava o prado. — Vamos indo. Eu devo levar você de volta para a Academia dentro de mais ou menos uma hora.

Laurel assentiu, sem saber qual emoção era mais forte. Alívio. Decepção. Solidão. Arrependimento.

— Como... como meus pais sabiam que eu seria uma fada de outono? — perguntou Laurel, tentando encontrar um assunto mais neutro.

— Seu broto abriu no outono — disse Tamani simplesmente. — Todas as fadas e elfos emergem de seus brotos na estação de seus poderes.

— Broto?

— A flor da qual você nasceu.

— Ah.

Laurel não tinha mais nada para perguntar sem voltar ao assunto da paternidade das fadas; então, ficou em silêncio, tentando absorver aquele novo desdobramento — e Tamani a seguiu. Caminharam um pouco mais até que o tráfego de pedestres aumentou e mais casas começaram a pontilhar a estrada. Agora as casas eram diferentes das que ela vira ao redor da Praça do Mercado de Verão. Tinham as mesmas trepadeiras que decoravam grande parte da Academia — aquelas com flores que se abriam quando a lua surgia. Mas em vez das paredes transparentes às quais estava acostumada, essas construções eram feitas de madeira e de casca de árvore — alpendres sólidos, casas pequenas, alguns chalés com tetos de palha. Eram encantadoras e singulares, e todas as demais palavras de conto de fadas que já ouvira serem usadas para descrever casas pequeninas. Mas uma sensação de disparidade permeava o ar.

— Por que estas casas não são transparentes? — perguntou Laurel.

— São as casas das fadas e dos elfos de primavera — respondeu Tamani, ainda olhando sobre seu ombro esquerdo.

— E...?

— E o quê?

— O que tem isso?

— Fadas e elfos de verão precisam fotossintetizar com uma quantidade enorme de luz do sol para criar suas ilusões e a luz necessária para os fogos de artifício. Eles precisam ficar expostos o máximo possível a todas as horas de luz do dia. Além disso — acrescentou, após uma breve pausa —, estas casas são mais fáceis de construir e de conservar. Existem muitos de nós, afinal.

— Quantas fadas e elfos de primavera existem?

Tamani deu de ombros. — Não sei ao certo. Algo em torno de oitenta por cento da população.

— Oitenta? Verdade? E quantos de verão?

— Ah, imagino que uns quinze por cento. Provavelmente um pouquinho mais.

— Oh. — Ela não perguntou sobre os de outono. Podia fazer os cálculos sozinha. Tamani dissera que fadas e elfos de inverno eram os mais raros de todos, com talvez um indivíduo nascido a cada geração, mas, aparentemente, fadas e elfos de outono também eram bem incomuns. Laurel supunha que, inconscientemente, já devia ter percebido que havia poucos seres de outono, mas não entendera exatamente quão poucos. Não era de admirar que não tivessem seu próprio mercado.

A quantidade de casas estava aumentando e, agora, outros indivíduos se aglomeravam à sua volta. Alguns usavam luvas e carregavam materiais de jardinagem, vários deles bastante estranhos para Laurel, apesar da paixão de sua mãe pelas plantas. Outros se ocupavam do lado de fora das casas, lavando roupas delicadas demais para serem suas. Laurel notou vários carrinhos carregados de comida: desde frutas secas e legumes a refeições completamente preparadas e embaladas em folhas de uva ou em pétalas de uma flor enorme que cheirava vagamente a gardênia.

Um elfo de primavera, que passou apressadamente, carregava um cajado parecido ao de um pastor, com um potinho pendurado no alto, num gancho. Havia, ao menos, uma dúzia de frascos com líquidos atados junto a seu peito. Laurel lançou um olhar interrogativo sobre o ombro, mas Tamani apenas apontou à frente, sorrindo.

Laurel se virou e percebeu que o murmúrio baixo da multidão estava se elevando tanto em volume quanto em timbre. Mas foi somente quando uma nuvem de insetos que zumbiam se materializou, parecendo surgir do nada, que Laurel entendeu por quê. Conteve um grito ao se ver envolta por uma nuvem de abelhas extremamente ocupadas.

Tão rapidamente quanto haviam surgido, elas se foram. Laurel se virou para ver o enxame desaparecer em meio à multidão, seguindo o elfo de primavera com o cajado de pastor. Laurel se lembrava, em virtude de suas leituras, de que vários animais e insetos "e outras formas inferiores de vida" podiam ser influenciados e até mesmo controlados pelo aroma. Ponderou momentaneamente sobre a utilidade das abelhas domesticadas para uma sociedade de plantas, mas sua reflexão foi desviada pela risada de Tamani.

— Desculpe — disse ele com uma risadinha. O sorriso ainda elevava um canto de sua boca. — Você precisava ter visto a sua cara.

O instinto de Laurel foi ficar brava, mas suspeitava que sua cara *tinha* sido mesmo engraçada. — Estou indo na direção certa? — perguntou, como se nada fora do comum tivesse acabado de acontecer.

— Sim, avisarei quando for hora de virar.

— Estamos na região da primavera agora, certo? Que importância tem que você ande atrás de mim? Faz com que me sinta perdida.

— Peço desculpas — disse Tamani, com a voz tensa. — Mas é assim que as coisas são por aqui. Tenho de caminhar atrás de uma fada que esteja mais do que um grau acima de mim.

Ela parou e Tamani quase deu uma trombada às suas costas.

— Essa é a coisa mais estúpida que já ouvi na vida. — Ela se voltou para Tamani. — E não vou fazer isso.

Tamani suspirou. — Olha, você é privilegiada o suficiente para ter esses padrões de comportamento; eu, não. — Ele olhou para a multidão que fluía ao redor e finalmente disse baixinho: — Se eu não fizer isso, não será você que terá problemas, serei eu.

Laurel não queria dar o braço a torcer, mas também não queria que Tamani fosse punido por causa de seus ideais. Olhando mais uma vez para ele, que estava com os olhos baixos, Laurel se virou e continuou caminhando. Estava cada vez mais ciente de quanto se destacava ali; muito mais do que no Mercado de Verão. À parte seus variados instrumentos de trabalho, todos à sua volta se pareciam... bem... com Tamani. Estavam vestidos em tecidos simples semelhantes à lona, a maioria cortados em forma de calções ou saias abaixo dos joelhos. Todavia, como acontecia com todas as fadas e elfos, eram atraentes e bem-arrumados. Em vez de se parecerem ao estereótipo de classe trabalhadora — com aparência cansada e roupas surradas —, eles mais se pareciam a atores *fingindo* ser da classe trabalhadora.

Bastante menos encantadora era a forma como todos que captavam seu olhar paravam de falar, sorriam e se curvavam levemente na altura da cintura, fazendo a mesma mesura que Tamani fizera ao vê-la na Academia. Depois que ela e Tamani passavam, a conversa recomeçava. Vários cumprimentaram Tamani e tentaram dizer alguma coisa. Ele os dispensou com um gesto, mas uma palavra em particular chegou repetidas vezes aos ouvidos de Laurel.

— O que é um Misturador? — perguntou ela quando a multidão ficou mais escassa.

Tamani hesitou. — É um pouco estranho de explicar.

— Ah, bem, então deixe para lá, porque explicar coisas estranhas para mim definitivamente nunca fez parte deste relacionamento.

Seu sarcasmo provocou um sorriso constrangido no rosto de Tamani. — É uma coisa de fadas e elfos de primavera — disse ele, de forma evasiva.

— Ah, tenha dó — disse ela. Então acrescentou, provocando:
— Me conte ou andarei do seu *lado*.

Quando ele não respondeu, ela diminuiu o passo e então, rapidamente, soltou-se da mão em seu ombro e se reposicionou bem ao lado dele.

—Tudo bem — disse ele num sussurro, empurrando-a gentilmente à sua frente. — Um Misturador é uma fada ou um elfo de outono. Não é um nome feio nem nada disso — continuou ele, com urgência. — É apenas um... apelido. Mas é algo que jamais diríamos na cara dos outonos.

— Misturador? — disse Laurel, como se estivesse experimentando a palavra e gostando da sensação em sua boca. — Porque nós fazemos coisas — disse ela, rindo. — É apropriado.

Tamani deu de ombros.

— Como são chamados as fadas e os elfos de verão?

Agora Tamani se encolheu um pouco.

— Cintilantes.

Laurel riu e várias fadas de primavera vestidas de maneira alegre olharam de relance para ela, antes de voltar ao trabalho com um ar um pouco intencional demais.

— E os de inverno?

Tamani balançou a cabeça.

— Oh, nunca brincamos a respeito das fadas e dos elfos de inverno. Nunca — acrescentou enfaticamente.

— E como vocês se referem a si mesmos? — perguntou ela.

—Traentes — respondeu Tamani. —Todo mundo sabe disso.

—Talvez todo mundo na *Traentolândia* — disse Laurel. — Eu não sabia.

Tamani deu uma risada debochada quando ela disse *Traentolândia*.

— Bem, agora sabe.

— O que significa? — perguntou Laurel.

— Traente, como em a-*traente*, que usa o poder de atração. É o que todos nós fazemos. Bem, o que podemos fazer, de qualquer forma. Geralmente apenas as sentinelas usam esse poder.

— Ah — disse Laurel com um sorriso. — Traente. Entendi. Por que só as sentinelas usam?

— Hum — começou ele, incerto —, lembra no ano passado, quando tentei usá-lo em você?

— Ah, é mesmo! Quase tinha me esquecido. — Ela se voltou para ele, fingindo estar furiosa. — Fiquei tão brava com você!

Tamani deu uma risadinha e levantou os ombros. — A questão é que não funcionou muito bem porque você é uma fada. Portanto, apenas sentinelas, especificamente as que trabalham fora de Avalon, alguma vez têm a chance de usar esse poder em criaturas que não são fadas e elfos.

— Faz sentido. — Com sua curiosidade satisfeita, Laurel recomeçou a andar. Dedos leves tocavam sua cintura, guiando-a através da multidão ainda considerável.

— Para a direita aqui — disse Tamani. — Estamos quase chegando.

Laurel se alegrou ao ver-se entrando numa rua lateral muito menos movimentada. Sentia-se extravagante e constrangida, e desejou ter pedido ao elfo alto no quiosque para colocar sua joia de cabelo numa caixa. Ninguém mais ali usava nada nem sequer remotamente parecido. — Já chegamos?

— Aquela casa ali na frente — disse Tamani, indicando com um gesto. — Aquela com os grandes vasos de flores na frente.

Eles se aproximaram de uma casa pequena, mas charmosa, feita de uma árvore oca, embora a árvore não se parecesse a nada que Laurel tivesse visto antes. Em vez de um tronco grosso subindo em linha reta, tinha uma base ampla e crescia num formato arredondado, como uma imensa abóbora de madeira. O tronco se estreitava novamente no topo e continuava para cima, brotando galhos e folhas que davam sombra à casa. — Como ela cresce assim?

— Magia. Esta casa foi um presente da Rainha para a minha mãe. Fadas e elfos de inverno podem pedir às árvores que cresçam no formato que eles quiserem.

— Por que sua mãe recebeu um presente da Rainha?

— Como agradecimento por anos de trabalho bem-feito como Jardineira.

— Jardineira? Não existem milhares de jardineiros?

— Oh, não. É um campo muito especializado. Uma das posições mais prestigiadas a que uma fada ou um elfo de primavera pode aspirar.

—Verdade? — disse Laurel com ceticismo. Tinha visto dezenas de jardineiros, somente em volta da Academia.

Tamani olhou para ela com estranheza por um momento antes que a compreensão surgisse em seu rosto.

— Não é como os jardineiros humanos. Esses nós chamamos aqui de Cuidadores, e, é claro, há um monte deles. Suponho que se poderia dizer que minha mãe é uma... uma parteira.

— Parteira?

Se Tamani ouviu a pergunta, não deu qualquer indicação. Bateu suavemente na porta de freixo da estranha casa de árvore. Então, sem esperar por resposta, ele a abriu.

— Cheguei.

Um gritinho soou de dentro da casa e um alvoroço de saias coloridas se enrolou nas pernas de Tamani. — Ai, minha nossa, mas o que é isto? — Ele desenroscou a fadinha e a levantou acima de sua cabeça.
— O que é esta coisinha aqui? Acho que é uma flor Rowen! — A garotinha gritou quando Tamani a apertou contra o peito.

A menina parecia ter talvez um ano de idade, pouco mais que um bebê. Mas andava com firmeza e seus olhos revelavam inteligência. Inteligência e, Laurel pôde sentir sem saber por quê, travessura.

—Você foi uma boa menina hoje? — perguntou Tamani.

— É claro — respondeu a fadinha, expressando-se muito melhor do que Laurel teria imaginado ser possível em uma criança tão pequena. — *Sempre* sou uma boa menina.

— Excelente. — Ele dirigiu o olhar para dentro da casa. — Mãe? — chamou.

Encantos 52

— Tam! Que surpresa. Não sabia que você viria hoje.

— Laurel ergueu os olhos e se sentiu repentinamente tímida quando uma fada mais velha entrou na sala. A mulher era linda, com um rosto de rugas suaves, olhos verde-claros como os de Laurel e um sorriso amplo que se dirigia a Tamani. Ela parecia ainda não ter notado Laurel, meio escondida atrás dele na soleira da porta.

— Nem eu mesmo sabia, até hoje de manhã.

— Não importa — disse a mulher, tomando o rosto de Tamani com ambas as mãos e beijando suas faces.

— Eu trouxe visita — disse Tamani, com a voz subitamente baixa.

A mulher se virou para Laurel e, por um segundo, a preocupação tomou conta de seu rosto. Então, deu-se reconhecimento e ela sorriu.

— Laurel. Olhe só para você; não mudou quase nada.

Laurel respondeu ao sorriso, mas seu rosto murchou quando a mãe de Tamani inclinou a cabeça e se curvou.

Tamani sentiu Laurel se enrijecer, porque ele apertou a mão de sua mãe e disse: — Laurel já teve formalidade suficiente por um dia. Ela é apenas ela mesma nesta casa.

— Melhor ainda — disse a mãe de Tamani com um sorriso. Então, deu um passo à frente e tomou o rosto de Laurel, exatamente como fizera com Tamani momentos antes, e a beijou em ambas as faces.

— Bem-vinda.

Lágrimas surgiram nos olhos de Laurel. Era o cumprimento mais carinhoso que tinha recebido de qualquer pessoa além de Tamani desde a sua chegada em Avalon. Fez com que sentisse mais saudades ainda de sua mãe.

— Obrigada — disse baixinho.

— Entrem, entrem; não há razão para ficarem parados na porta. Temos janelas suficientes para isso — disse a mãe de Tamani, acenando para que entrassem. — E já que vamos dispensar as formalidades, você pode me chamar simplesmente de Rhoslyn.

Cinco

O INTERIOR DA CASA SE ASSEMELHAVA AO DORMITÓRIO ONDE LAUREL vivia, exceto que tudo parecia mais simples. Ranúnculos amarelos especialmente tratados para brilhar à noite — *com casca de freixo e essência de lavanda*, Laurel recitou automaticamente em sua cabeça — pendiam dos caibros e balançavam suavemente para a frente e para trás, com a leve brisa que entrava pelas seis janelas abertas à volta da sala. Em vez de seda, as cortinas eram feitas de um material que mais parecia algodão, e as cadeiras e poltronas espalhadas pela sala estavam revestidas com o mesmo material. O piso era de madeira lisa, em vez de carpete felpudo, e Laurel limpou cuidadosamente os pés no capacho grosso antes de entrar na casa. Várias pinturas em aquarela decoravam as paredes, em molduras biseladas.

— São lindas — disse Laurel, inclinando-se para olhar mais de perto a que retratava um canteiro de flores cheio de caules compridos com um único botão cada, prontos para desabrochar.

— Obrigada — disse Rhoslyn. — Comecei a pintar depois que me aposentei. Eu gosto muito.

Laurel se virou para outro quadro, dessa vez retratando Tamani. Sorriu ao constatar como Rhoslyn havia captado tão perfeitamente traços taciturnos dele. Os olhos estavam sérios na pintura e ele olhava para alguma coisa pouco além da moldura.

Encantos 54

— Você é muito boa — disse Laurel.

— Imagine. Só me divirto com alguns materiais descartados pelas fadas e pelos elfos de verão. Também, é impossível cometer erros quando se está pintando um modelo tão bonito quanto o nosso Tamani — disse ela, passando um braço em volta da cintura dele.

Laurel olhou para ambos. Rhoslyn, ainda menor do que Laurel, olhando com orgulho para Tamani; este equilibrando a fadinha no quadril, enquanto ela se agarrava a seu peito. Laurel se sentiu desapontada, por um instante, ao perceber que ele tinha uma vida que não a incluía, mas se repreendeu imediatamente. A maior parte de sua própria vida não o incluía; portanto, era egoísmo querer mais dele do que estava disposta a dar. Sorriu para Tamani e afastou seus pensamentos sombrios.

— Esta é sua irmã? — perguntou Laurel, apontando para a fadinha.

— Não — disse Tamani, e Rhoslyn riu.

— Na minha idade? — disse ela com um sorriso. — Céus e terra, não! Tam é meu caçula e eu já era um pouco velha mesmo para ele.

— Esta é Rowen — disse Tamani, cutucando a menininha nas costelas. — A *mãe* dela é minha irmã.

— Ah. Sua sobrinha — disse Laurel.

Tamani deu de ombros. — Não usamos termos específicos para ninguém além de *mãe, pai, irmão* e *irmã*. Ademais, todos pertencemos uns aos outros e ajudamos com todas as crianças. — Ele fez cócegas na fadinha e ela soltou um gritinho de alegria. — Rowen pode receber atenção extra de nós porque tem uma conexão mais próxima do que as outras mudas, mas não reivindicamos nada além disso. Somos todos da mesma família.

— Ah. — Era um conceito de que Laurel ao mesmo tempo gostava e não gostava. Seria divertido ter uma sociedade inteira de pessoas que se considerassem parte da sua família. Mas iria sentir falta dos laços que tinha com sua família, já tão esparsa.

Laurel piscou de surpresa diante de uma criaturinha que parecia um esquilo roxo, com asas de borboleta cor-de-rosa, empoleirada no ombro de Rowen. Tinha certeza de que não estava ali alguns minutos atrás. Enquanto olhava, Rowen sussurrou para a criatura, então riu baixinho, como se estivesse compartilhando uma piada.

— Tamani? — sussurrou Laurel, sem tirar os olhos daquela coisa estranha.

— O quê? — respondeu Tamani, seguindo seu olhar.

— O que é aquela coisa?

— É o familiar dela — respondeu Tamani, abafando um sorriso. — Pelo menos no momento. Ela o muda regularmente.

— Preciso dizer que estou completamente confusa?

Tamani encontrou um banco e se sentou, colocando Rowen novamente no chão. Ele esticou as pernas à sua frente. — Pense nisso como um amigo imaginário não tão imaginário.

— É imaginário?

— É uma ilusão. — Ele sorriu pelo fato de Laurel continuar aturdida. — Rowen — disse Tamani, com afeto na voz — é uma fada de verão.

Rowen sorriu timidamente.

Rhoslyn deu um sorriso radiante de alegria.

— Temos muito orgulho dela.

— Criar um amiguinho imaginário é uma das primeiras manifestações da magia de uma fada ou de um elfo de verão. Rowen vem fazendo o dela desde que tinha umas duas semanas de idade. É como ter um cobertor especial ou um brinquedo favorito, só que muito mais divertido. Para começar, meus brinquedos preferidos nunca se mexeram desse jeito.

Laurel observou a tal criatura-esquilo roxa com desconfiança.

— Então, não é real?

— Apenas ligeiramente mais real do que o amigo imaginário de qualquer outra fada.

— Isso é incrível.

Tamani revirou os olhos. — Incrível nada. Você deveria ver os salva-vidas heroicos que ela conjura para salvá-la dos monstros embaixo da cama. — Ele fez uma pausa. — Que também são criações dela.

— Onde estão os pais dela?

— Estão lá no Verão esta tarde — disse Rhoslyn. — Rowen está quase na idade de começar o treinamento e eles estão tomando as providências com o diretor.

— Assim tão nova?

— Ela tem quase três anos — respondeu Tamani.

— Verdade? — disse Laurel, analisando a menina que brincava no chão. — Ela parece tão mais nova — disse baixinho. Fez uma pausa. — E age como se fosse muito mais velha. Eu ia mesmo perguntar sobre isso.

Rowen ergueu os olhos para Laurel. — Sou exatamente igual a todas as fadas da minha idade. Não sou? — Ela dirigiu a pergunta a Tamani.

— Você é perfeita, Rowen. — Ele a colocou no colo, e a coisa cor-de-rosa e roxa se acomodou no topo de sua cabeça.

Laurel se obrigou a desviar o olhar, embora cogitasse se seria falta de educação ficar olhando, se a coisa encarada não estivesse realmente ali.

— Deixe-me contar uma coisa sobre Laurel — disse Tamani a Rowen. — Ela é muito especial. Ela vive no mundo humano.

— Como você — disse Rowen objetivamente.

— Não exatamente como eu — disse Tamani rindo. — Laurel vive *com* os humanos.

Os olhos de Rowen se arregalaram.

— Sério?

— Sim. Na verdade, ela nem sabia que era uma fada até o ano passado, quando floresceu.

— O que você pensava que era? — perguntou Rowen.

— Pensava que era humana, como meus pais.

— Que bobagem — disse Rowen com desdém. — Como uma fada poderia ser humana? Os humanos são estranhos. E assustadores — acrescentou após uma breve pausa. Então, sussurrou, conspiratoriamente: — Eles são *animais*.

— Não são tão assustadores assim, Rowen — disse Tamani. — E se parecem exatamente com a gente. Se você não soubesse nada a respeito das fadas, também poderia achar que era humana.

— Ah, eu jamais poderia ser uma humana — respondeu Rowen com seriedade.

— Bem, você jamais terá de ser — disse Tamani. — Você será a fada de verão mais linda de Avalon.

Rowen sorriu e baixou as pálpebras com modéstia, e Laurel não teve dúvida de que Tamani tinha razão. Com seus cabelos castanhos macios e seus longos cílios, ela era tão linda quanto qualquer bebê que Laurel já vira. Então, ela abriu sua boquinha em forma de botão num enorme bocejo.

— Hora da soneca, Rowen — disse Rhoslyn.

O rosto de Rowen murchou e ela começou a fazer bico.

— Mas eu quero brincar com Laurel.

— Laurel voltará outro dia — disse Rhoslyn, desviando os olhos rapidamente para Laurel, como se para confirmar sua promessa. Laurel assentiu rapidamente, sem ter certeza de que fosse verdade. — Você pode dormir na cama de Tamani — acrescentou Rhoslyn quando Rowen continuou ali. — Espero que não se importe — disse ela para Tamani, que balançou a cabeça.

O rosto da fadinha se iluminou consideravelmente e Rhoslyn a conduziu pelo corredor estreito, deixando Tamani e Laurel a sós.

— Ela tem apenas três anos mesmo? — perguntou Laurel.

— Sim. E é bastante normal para uma fada de sua idade — disse Tamani, espalhando-se na poltrona ampla. Era fascinante para Laurel observá-lo. Jamais o vira tão à vontade.

— Você me havia dito que as fadas envelheciam de maneira diferente, mas eu... — Sua voz diminuiu.

— Não acreditou em mim? — disse Tamani com um sorriso.

— Acreditei. Só que ver é algo bem diferente. — Ela olhou para ele. — As fadas são bebês em algum momento?

— Não da forma como você imagina.

Encantos 58

— E eu era mais velha do que Rowen, quando fui viver com meus pais?

Tamani assentiu, com um sorrisinho flertando nos cantos de sua boca. — Você tinha sete anos. Mal os havia completado.

— E você e eu... nós estudávamos juntos?

Ele riu.

— De que me serviria ter as aulas das fadas de outono?

— Então, como eu conheci você?

— Eu passava muito tempo na Academia com a minha mãe.

Como se sentisse que estavam falando dela, Rhoslyn voltou para a sala, trazendo cálices de néctar de helicônia quente. Laurel já havia provado uma vez na Academia, onde fora informada de que a bebida doce era umas das favoritas em Avalon e que era muito difícil de se conseguir. Sentiu-se lisonjeada que lhe servissem, então, a bebida.

— O que é uma Jardineira? — perguntou Laurel, dirigindo-se agora a Rhoslyn. — Tamani disse que é como uma parteira.

Rhoslyn estalou a língua com escárnio.

— Tamani e suas palavras humanas. Não posso dizer que saiba o que é uma *parteira*, mas uma Jardineira é uma Cuidadora que cultiva os brotos em germinação.

— Ah. — Mas Laurel continuava confusa. — Os pais não cuidam deles pessoalmente?

Rhoslyn negou com a cabeça.

— Não há tempo suficiente. Brotos precisam de cuidados constantes e muito especializados. Todos temos tarefas diárias a cumprir, e, se todas as mães tirassem um ano, ou até mais, para cuidar de seu broto, muitos trabalhos ficariam por fazer. Além disso, um casal poderia decidir fazer uma semente apenas para ficar um ano sem trabalhar, e uma nova vida é importante demais para ser criada por um motivo tão frívolo.

Laurel se perguntou o que Rhoslyn teria a dizer sobre os muitos motivos frívolos que os humanos encontravam para ter bebês, mas não disse nada.

59   APRILYNNE PIKE

— Os brotos são cuidados num jardim especial na Academia — continuou Rhoslyn —, como todas as outras plantas e flores importantes. As mudas de primavera e de verão aprendem a trabalhar observando os demais, em geral seus próprios pais; portanto, Tamani passou muito tempo na Academia comigo.

— E eu estava lá?

— Claro. Desde que seu broto floresceu, assim como todas as outras fadas e elfos de outono.

Laurel olhou para Tamani e ele assentiu.

—- Desde o primeiríssimo dia. Como eu disse. Eles não conhecem você.

Laurel assentiu tristemente.

— Ah, não se aflija — censurou Rhoslyn. — A separação é uma parte importante da sua criação. Pais só atrapalham.

— O quê? Como? — perguntou Laurel, um pouco incomodada pelo tom casual que Rhoslyn, ela mesma uma mãe, estava usando para descartar os pais desconhecidos de Laurel.

— Provavelmente, seus pais eram de primavera; eles não teriam a menor ideia de como ensinar uma muda de outono. As fadas e os elfos de outono precisam ser livres desses tipos de ligações fortuitas com os inferiores — disse ela calmamente, como se não estivesse falando de si mesma. — Precisam aprender a cultivar sua própria mente para fazer o trabalho que se espera que realizem. Fadas e elfos de outono são muito importantes para a nossa sociedade. Mesmo depois de seu curto tempo na Academia, com certeza você consegue enxergar isso.

A mente de Laurel se prendeu à expressão *ligações fortuitas*. Pais eram muito mais do que isso. Ou, ao menos, deveriam ser.

Apesar do aconchego da casa de Tamani, Laurel se flagrou querendo fugir daquela conversa.

— Tamani — disse ala abruptamente —, nós andamos tanto; estou preocupada em voltar tarde para a Academia.

— Oh, não se preocupe — disse Tamani. — Andamos por toda a volta de um círculo, apenas contemplando as bordas de cada distrito residencial. Não estamos longe do bosque da Rainha, e ele faz divisa com o terreno da Academia. No entanto — prosseguiu, dirigindo-se à mãe —, realmente devemos ir. Prometi ao pessoal da Academia que seria uma visita curta. — Tamani olhou para Laurel com preocupação nos olhos, mas ela desviou o olhar.

— É claro — disse Rhoslyn com amabilidade, completamente inconsciente da tensão que havia criado. — Volte quando quiser, Laurel. Foi ótimo ver você novamente.

Laurel sorriu de forma mecânica. Sentiu os dedos de Tamani se entrelaçarem aos dela, puxando-a até a porta.

— Você vai voltar para cá, Tam? — perguntou Rhoslyn pouco antes que eles saíssem.

— Sim. Tenho que retornar ao portal ao nascer do sol, mas passarei esta noite aqui.

— Ótimo. Rowen já deverá ter ido embora quando você voltar. Vou garantir que sua cama esteja pronta.

— Obrigado.

Laurel disse adeus e se virou, seguindo na frente até a estrada principal que haviam percorrido apenas uma hora antes. Quando Tamani soltou sua mão e retomou seu lugar alguns passos atrás dela, ela resmungou e cruzou os braços na altura do peito.

— Por favor, não faça isso — disse Tamani baixinho.

— Não posso evitar — disse Laurel. — O jeito que ela falou, ela...

— Eu sei que você não está acostumada a isso, Laurel, mas é como funciona aqui. Tenho certeza de que nenhum dos seus colegas de classe sequer pensa a respeito.

— Porque eles não conhecem nada além disso. Mas você, sim.

— Por quê? Porque eu sei como os humanos fazem? Você está deduzindo que o seu jeito é melhor?

— *É* melhor! — disse Laurel, girando nos calcanhares para encará-lo.

— Talvez para os humanos — rebateu Tamani num tom de voz forte e baixo. — Mas os humanos não são fadas e elfos. Nós temos necessidades diferentes.

— Então, você está dizendo que gosta disso? De tirar as fadas e os elfos de seus pais?

— Não estou dizendo que nenhum dos dois seja melhor. Não vivi com humanos tempo suficiente para julgar. Mas leve isso em consideração — disse ele, colocando a mão em seu ombro, o toque suavizando a aspereza de suas palavras. — E se vivêssemos aqui em Avalon como vocês vivem no mundo humano? Cada vez que um casal de primavera tem uma muda de outono, ela vai viver com eles. Eles a criam. Exceto que ela os abandona para ir estudar na Academia durante doze horas por dia. Eles nunca a veem. Não entendem nada do que ela está fazendo. Para piorar, eles não têm um jardim — um jardim que ela precisa para fazer seu dever de casa — então, ela fica fora durante quatorze, dezesseis horas por dia. Eles sentem falta dela; ela sente falta deles. Eles nunca se veem. No final, eles *são* como estranhos, exceto que, agora, os pais sabem o que estão perdendo. E dói, Laurel. E dói nela também. Agora me diga de que forma isso é melhor.

Laurel ficou em choque, à medida que a lógica ia penetrando sua mente. Estaria ele certo? Ela detestava ter de considerar aquilo. Contudo, possuía certa eficiência brutal que ela não podia negar.

— Não estou dizendo que seja melhor — disse Tamani, com voz gentil. — Nem estou dizendo que você tenha de entender, mas não pense que somos desprovidos de emoção porque separamos os superiores dos inferiores. Temos nossos motivos.

Laurel assentiu lentamente.

— E quanto aos pais? — perguntou ela, agora num tom baixo, já sem raiva. — Você tem um pai?

Tamani fixou o olhar firmemente no chão.

— Tinha — disse ele, a voz baixa e levemente abafada.

A culpa tomou conta dela. — Sinto muito, eu não quis... me desculpe. — Tocou o ombro dele, querendo que houvesse mais alguma coisa que pudesse fazer.

Encantos 62

O maxilar de Tamani estava enrijecido, mas ele se forçou a sorrir.

— Está tudo bem. É que sinto saudades dele. Só faz um mês.

Um mês. Justamente quando ele teria estado à espera dela, para vir visitá-lo no terreno de sua propriedade. *Mas eu não fui.* Seu peito pareceu ficar oco.

— Eu... não sabia — ela fez uma pausa.

Ele sorriu.

— Tudo bem, de verdade. Todos sabíamos que esse momento estava chegando.

— É mesmo? Do que ele morreu?

— Ele não morreu, realmente. É meio que o oposto de morrer.

— O que isso quer dizer?

Tamani respirou fundo e soltou o ar lentamente. Quando ergueu de novo os olhos para Laurel, era o Tamani de antes — seu pesar tinha sido escondido. — Eu lhe mostrarei algum dia. É algo que você precisa ver para entender.

— Mas não podemos...?

— Não temos tempo hoje — disse Tamani, interrompendo-a com um tom que continha um leve toque de firmeza. — Vamos. É melhor levar você de volta para que me deixem buscá-la de novo da próxima vez.

— Na semana que vem? — disse Laurel, esperançosa.

Tamani balançou a cabeça. — Mesmo que eu tivesse tanta permissão assim de Avalon, eles não deixariam você abandonar os estudos. Daqui a algumas semanas.

Laurel achava o conceito de "permissão de Avalon" estranhamente desconcertante — mas não tanto quanto ficar indefinidamente aprisionada na Academia. *Algumas semanas?* Era quase como se tivesse dito para sempre. Só podia esperar que sua próxima fase de aprendizado fizesse o tempo passar mais depressa do que ficar sentada em seu quarto com uma pilha de livros didáticos.

Seis

NA MANHÃ SEGUINTE, LAUREL ANALISOU SUA APARÊNCIA NO ESPELHO, perguntando-se como exatamente deveria se parecer um aluno iniciante. Depois do fiasco em seu primeiro jantar em Avalon, havia se esforçado para se vestir apropriadamente, mas perguntar para as pessoas o que deveria vestir nunca lhe rendera mais que um incentivo sorridente para usar "o que achasse mais confortável". Analisou seus cabelos — amarrados, num rabo de cavalo —, então desatou o laço, deixando-os cair em volta dos ombros. Enquanto os prendia novamente, uma batida soou na porta. Ela a abriu e viu o rosto sorridente de Katya.

— Pensei em vir mostrar a você aonde ir, em seu primeiro dia oficial de aula — disse Katya com animação.

— Seria ótimo — disse Laurel, sorrindo de alívio. Ela olhou rapidamente para a roupa de Katya: uma saia longa e esvoaçante e uma blusa sem mangas com decote cavado em U. Laurel usava um vestido de alcinhas até o meio da canela feito de um material que esvoçava na brisa e dançava em volta de suas pernas quando caminhava. Concluiu que seu traje era suficientemente parecido ao de Katya para não ser considerado inadequado.

—Você está pronta, então? — perguntou Katya.

— Sim — disse Laurel. — Deixe-me pegar minha bolsa. — Ela pendurou a mochila no ombro, o que provocou um olhar de esguelha de Katya. Com seus zíperes pretos grossos e a costura de náilon — sem falar do adesivo dos Transformers que David havia aplicado de brincadeira, alguns meses antes — a mochila contrastava intensamente com a bolsa de lona a tiracolo de Katya. Mas Laurel não tinha outra escolha onde colocar suas fichas de estudo; além disso, era reconfortante carregar sua velha e familiar mochila.

Elas saíram e, depois de algumas curvas, percorreram um longo corredor repleto de janelas de vidro de açúcar, que cintilavam ao nascer do sol e projetavam o reflexo das meninas nas janelas opostas. Laurel observou os reflexos enquanto caminhavam e, por um momento, perdeu de vista qual era o seu. Katya era quase da mesma altura de Laurel e também tinha cabelos louros, embora os dela fossem curtos e com curvas graciosas ao redor da cabeça. A maioria das outras fadas da Academia tingia os cabelos e os olhos através da manipulação da dieta, portanto, havia muitos mais de cabelos vermelhos, verdes e azuis do que simples louros e morenos. Era uma abordagem interessante da moda que, em circunstâncias diferentes, Laurel talvez pudesse curtir. No momento, já tinha trabalho demais com o código não oficial de vestimenta.

Chegaram a uma porta dupla de onde emanava o aroma de terra fértil e úmida.

— Ficaremos aqui hoje — disse Katya. — Nós nos encontramos em lugares diferentes, dependendo de nossos projetos. Mas as aulas são dadas aqui praticamente metade das vezes. — Ela abriu a porta e uma onda de conversa as atingiu.

Atrás da porta havia uma sala diferente de qualquer sala de aula que Laurel já tivesse visto. Normalmente, chamaria o lugar de estufa. Floreiras da madeira cheias de verduras variadas contornavam o perímetro da enorme sala, sob as janelas altas que se estendiam do teto ao chão; havia claraboias encaixadas no telhado inclinado e a sala toda estava tropicalmente aquecida e úmida. Laurel ficou imediatamente agradecida pelo tecido leve de seu vestido e entendeu por que seu guarda-roupa continha tantos vestidos assim.

Não havia carteiras, embora houvesse uma mesa comprida no centro da sala, cheia de equipamentos de laboratório. Laurel podia imaginar David maravilhando-se com tudo: béqueres e frascos, conta-gotas e lâminas, até mesmo vários instrumentos que se pareciam a microscópios, e fileiras e mais fileiras de vidros com líquidos coloridos.

Mas nem uma carteira à vista. Laurel ficou um pouco surpresa ao perceber que aquilo era um alívio. Fazia com que se lembrasse dos dias em que estudava em casa.

Os próprios estudantes provocaram um arrepio de nervosismo na espinha de Laurel. O murmúrio das conversas, levemente abafado pela abundância de plantas, enchia a sala; talvez houvesse uma centena de alunos por ali, reunidos diante de floreiras ou em círculos, conversando. Segundo Aurora, os acólitos com quem Laurel estudaria podiam ter qualquer idade entre quinze e quarenta anos, dependendo de seu talento e dedicação; portanto, não tinha como saber quanto teria em comum com seus colegas de classe. Não reconhecia quase ninguém; somente um rosto aqui e ali, dos jantares. Isso a colocava em relevante desvantagem, porque tinha certeza de que a maioria deles se lembraria dela, de antes — se lembraria como alguém de quem ela mesma não se lembrava.

Enquanto Laurel ficou parada, com os pés congelados no piso molhado de pedra, Katya acenou para um grupo de meninas em volta do que parecia ser um arbusto de romãs.

— Os professores vão chegar daqui a alguns minutos — disse ela —, e eu quero checar antes a minha pereira. Você se importa?

Laurel balançou a cabeça. *Me importar? Eu não saberia fazer outra coisa.*

Katya foi até uma floreira de madeira com uma arvorezinha folhuda e tirou um caderno de composição de sua bolsa.

Pera, pensou Laurel automaticamente. *Para curas; neutraliza a maioria dos venenos. O sumo das flores protege contra desidratação.*

— O que você está fazendo com ela? — perguntou.

Encantos 66

— Tentando fazer com que cresça mais rápido — disse Katya, fixando os olhos em várias marcas no tronco da jovem árvore. — É uma poção bastante rudimentar, mas simplesmente não consigo pegar o jeito. — Ela apanhou um frasco de líquido verde-escuro e o segurou contra o sol. — Se você precisar de uma poção para curar doenças, sou a melhor Misturadora que você pode desejar. — Laurel piscou diante da forma casual com que Katya usou a palavra; afinal, Tamani havia sugerido que era um termo usado pelas fadas e pelos elfos de primavera, e até mesmo deixara implícito que não era exatamente educado. Katya, aparentemente, pensava de outra forma. — Mas o simples ato de acentuar aspectos já funcionais dá nó na minha cabeça — completou ela, sem notar a reação de Laurel.

Laurel deixou seu olhar percorrer a sala. Alguns alunos ergueram os olhos em sua direção, alguns desviaram o olhar, outros sorriram e uns poucos apenas a encararam de forma direta, até que foi Laurel quem, finalmente, teve de desviar o olhar. Mas, quando deparou com uma fada alta de olhos roxos, com uma franja lisa castanho-escuro, Laurel ficou surpresa ao perceber que era alvo de um olhar direto e furioso. A fada alta jogou os cabelos compridos por cima do ombro e, em vez de simplesmente olhar para o outro lado, virou-se completamente de costas para Laurel.

— Ei, Katya — sussurrou Laurel. — Quem é aquela ali?

— Quem? — perguntou Katya, um pouco distraída.

— No outro lado da sala. De cabelos longos e escuros. Com raízes e olhos roxos.

Katya olhou rapidamente. — Ah, é a Mara. Ela olhou feio? Apenas a ignore. Ela tem problemas com você.

— Comigo? — Laurel quase gritou. — Ela nem me conhece!

Katya mordeu o lábio inferior, hesitante. — Olha — disse ela baixinho —, ninguém gosta muito de falar sobre quanta coisa você não lembra. Todos nós sabemos fazer as poções de memória — acrescentou ela rapidamente, antes que Laurel pudesse interromper. — Como iniciados, aprendemos a fazê-las. Fiz meu primeiro lote bem-sucedido quando tinha dez anos. Mas, supostamente, são para os humanos, para os trolls... você sabe, animais. Elas não funcionam do mesmo jeito nas fadas.

— É como ser imune ao poder de atração? — perguntou Laurel.

— Não exatamente. Se as fadas e os elfos fossem imunes à magia de outono, não poderíamos usar as poções benéficas. Mas as poções feitas para os animais não funcionam da mesma forma nas plantas, e quem, em seu juízo perfeito, produziria especificamente uma poção para roubar as memórias de seu semelhante? Quer dizer, fadas e elfos de outono estudavam venenos no passado... muito antes que eu brotasse... mas houve uma fada que... levou isso longe demais — disse Katya, numa voz que era quase um sussurro. — Portanto, isso agora é fortemente desencorajado. É preciso ter uma permissão especial até mesmo para ler os livros sobre o assunto. Você é um caso especial, porque eles não queriam que você fosse capaz de revelar nada aos humanos, nem mesmo por acidente. Mas, ainda assim, ter uma fada com amnésia por aqui... falando francamente, vítima de uma magia que nem sequer temos permissão de estudar... você é praticamente um tabu ambulante. Sem querer ofender. — Ela fez um gesto de cabeça na direção de Mara. — Mara é quem mais odeia isso. Alguns anos atrás, ela solicitou permissão para estudar venenos de fadas e elfos e a permissão foi recusada, mesmo sendo ela a melhor da classe e já perita em venenos de animais.

— E ela me odeia por causa disso? — perguntou Laurel, confusa.

— Ela odeia o fato de você ser a prova viva de uma poção que ela não sabe fazer. Além disso, ela conhece você, ou conhecia. Quase todos nós aqui conhecíamos, uns mais, outros menos.

— Ah — disse Laurel baixinho.

— Antes que você pergunte, eu não a conhecia realmente antes de você ser selecionada como enxerto e, mesmo assim, apenas de longe. Entretanto, Mara — disse ela, indicando com a cabeça a fada alta e escultural — era uma amiga bem íntima sua.

—Verdade? — disse Laurel, sentindo-se estúpida por ter de saber por meio de outra pessoa quem eram seus amigos e perplexa pelo fato de que ter sido amiga de alguém no passado pudesse justificar um olhar tão raivoso.

— Sim. Mara, porém, também estava sendo considerada para ser o enxerto e ela ficou muito chateada quando você conseguiu o lugar em vez dela. Ela viu isso como um fracasso, em vez do que realmente era: que você se encaixava melhor nos parâmetros. Ser loura, aparentemente, foi o fator decisivo — disse Katya com um gesto da mão. — "Os humanos gostam de bebês louros", disseram eles.

Laurel engasgou um pouco com aquilo, tossindo para limpar a garganta e chamando atenção por parte dos demais. Até mesmo Mara virou a cabeça para olhar feio para ela, de novo.

— Desconfio que ela venha tentando provar sua capacidade desde então — disse Katya. — Ela é realmente talentosa; atingiu o nível de acólita muito antes de a maioria de nós. Está quase pronta para se tornar artesã e, no que me diz respeito, quanto antes, melhor. — Katya se voltou novamente para a sua árvore. — Ela pode ir estudar com *eles* — resmungou ela.

Laurel posicionou o corpo da mesma forma, mas continuou espiando Mara pelo canto dos olhos. A fada esguia e lânguida estava encostada no balcão com a graciosidade e a beleza de uma bailarina, mas seus olhos analisavam a sala toda, sopesando o que viam e parecendo julgar insatisfatório. Seria verdade mesmo que um dia tinham sido amigas?

Um séquito de fadas e de elfos aparentando meia-idade entrou na sala; a que liderava o grupo batendo palmas para chamar a atenção dos alunos. — Aproximem-se, por favor — disse ela numa voz surpreendentemente baixa. Mas o som se transportou por toda a sala, que havia ficado completamente em silêncio. Todos os estudantes pararam de falar e se viraram para os instrutores quando estes entraram.

Bem, pensou Laurel, *totalmente diferente de casa.*

69   APRILYNNE PIKE

Os alunos vieram de todos os lados da sala para se reunir num grande círculo em volta dos aproximadamente vinte professores. A fada que havia chamado todo mundo assumiu a liderança.

— Alguém está começando um projeto novo hoje?

Algumas mãos se levantaram. Imediatamente, os outros alunos se afastaram e abriram espaço para que fossem até a frente. Cada um a sua vez, os estudantes — ou, às vezes, um grupo pequeno deles — descreveram o projeto que estavam começando, seu propósito, como planejavam desenvolvê-lo, quanto tempo achavam que levaria e outros detalhes. Rebateram algumas perguntas dos professores e até mesmo dos colegas.

Todos os projetos pareciam bastante complexos e os estudantes não paravam de usar frases que Laurel não entendia; frases como *receptores monastuolo, matrizes de resistência eucariótica* e *vetores caprílicos defensivos*. Após alguns minutos daquilo, sua atenção começou a divagar. Olhou em volta do círculo, enquanto eram feitas as apresentações. Os demais alunos estavam ouvindo em silêncio. Ninguém parecia inquieto; quase ninguém cochichava, e, mesmo quando o faziam, parecia ser a respeito do projeto que estava sendo exposto. Passou quase meia hora até que todos os projetos novos fossem descritos, e todos ficaram calados e atentos, o tempo todo.

Tudo isso parecia um pouco sinistro.

— Alguém completou um projeto ontem? — perguntou a instrutora, depois que todos tinham feito seus relatos. Algumas mãos se levantaram e novamente a multidão abriu espaço para que aqueles alunos fossem para a frente.

Enquanto eles informavam sobre seus projetos terminados, Laurel olhou em volta da classe com outros olhos. As plantas que cresciam ali eram tão variadas quanto as que cresciam lá fora, mas pareciam mais aleatórias em sua diversidade. Muitas estavam rodeadas por feixes de papel, equipamentos científicos ou tecidos colocados estrategicamente para filtrar a luz do sol. Aquilo não era exatamente uma estufa de plantas; era um laboratório.

— Quando observei seu projeto na semana passada, ele não parecia estar indo muito bem. — Um dos professores, um elfo de voz profunda e grave, questionava uma fadinha morena que parecia ser bastante jovem.

— Não estava mesmo — disse simplesmente a fada, sem qualquer tipo de vergonha ou constrangimento. — No final, o projeto foi um completo fracasso.

Laurel se encolheu, esperando os sussurros sarcásticos e as risadinhas.

Mas não houve nenhum.

Ela olhou em volta. Os outros alunos estavam prestando a maior atenção. Na verdade, vários assentiam com a cabeça conforme a fada ia descrevendo aspectos variados de seu fracasso. Ninguém parecia minimamente desestimulado. Outra diferença enorme — e muito revigorante — com relação ao mundo lá fora.

— Então, quais são seus planos agora? — questionou o mesmo professor.

A jovem fada não hesitou nem por um segundo:

— Preciso estudar mais para determinar por que o soro não funcionou, mas, quando tiver terminado de fazer isso, gostaria de recomeçar. Estou decidida a encontrar uma maneira de recuperar o uso da poção de viridefaeco em Avalon.

O instrutor pensou naquilo por um momento.

— Vou aprovar — disse, finalmente. — Mais uma rodada. Depois você terá de voltar a seus estudos regulares.

A fada jovem assentiu e agradeceu, antes de voltar para o círculo.

— Mais alguém? — perguntou a instrutora-chefe. Todos olharam em volta à procura de mãos levantadas, mas não havia nenhuma.

— Antes que vocês se dispersem — disse a instrutora —, acho que todos estão cientes de que Laurel voltou para nós, ainda que apenas por um breve tempo.

Olhos se voltaram para Laurel. Ela recebeu alguns sorrisos, mas, da maior parte, apenas olhares curiosos.

— Ela ficará conosco pelas próximas semanas. Por favor, permitam que ela os observe livremente. Respondam a suas perguntas. Não há necessidade de que ela decante nada, particularmente se for uma tarefa delicada, mas, por favor, procurem explicar a ela o que vocês estão fazendo, como e por quê. Dispensados. — Ela bateu palmas mais uma vez e os alunos se dispersaram.

— E agora? — sussurrou Laurel para Katya. O murmúrio de conversas havia retornado, mas ainda parecia mais apropriado para Laurel sussurrar, depois do silêncio da última hora.

— Vamos trabalhar — disse Katya simplesmente. — Tenho dois projetos de longo prazo nos quais estou trabalhando no momento, e depois há o trabalho repetitivo.

— Trabalho repetitivo?

— Fazer poções e soros simples para as outras fadas e elfos de Avalon. Aprendemos a fazê-los quando somos bem jovens, mas eles só confiam nos alunos de alto nível para preparar os produtos que são, de fato, distribuídos entre a população. Temos cotas mensais e acabei me concentrando tanto na minha pereira que estou um pouco atrasada.

— Vocês todos só... trabalham? Em qualquer coisa que quiserem?

— Bem, projetos avançados precisam ser aprovados pelo corpo docente. Eles passam por aqui e checam periodicamente o que estamos fazendo. Mas, sim, nós escolhemos nossos próprios projetos.

O processo todo lembrava Laurel dos anos que passara estudando em casa com a mãe, criando um currículo com base em seus interesses pessoais e aprendendo tudo em seu próprio ritmo. Sorriu diante daquela lembrança, embora há muito tempo houvesse parado de pedir à mãe para voltar a estudar em casa — em grande parte graças a David e à sua amiga Chelsea.

Mas aqui Laurel não tinha um projeto próprio, e passear pela sala não parecia que realmente fosse ajudá-la a aprender alguma coisa.

Encantos 72

Mesmo depois de duas semanas decorando os usos das plantas, simplesmente não sabia o suficiente para fazer perguntas significativas aos outros alunos. Portanto, ficou aliviada quando viu um rosto conhecido entrar na sala — uma emoção que duvidava que fosse sentir ao ver o rosto severo de Yeardley, o instrutor de noções básicas.

— Ela está pronta? — perguntou Yeardley, dirigindo-se a Katya em vez de a ela.

Katya sorriu e empurrou Laurel adiante. — É toda sua.

Laurel seguiu Yeardley até um trecho da mesa repleto de equipamentos. Sem sequer cumprimentá-la, ele começou a perguntar sobre o segundo lote de livros que ela havia lido durante a semana anterior. Ela não sentiu firmeza em nenhuma de suas respostas, mas Yeardley pareceu satisfeito com seu progresso. Ele vasculhou em sua própria bolsa a tiracolo e tirou... mais livros.

A decepção a engolfou.

— Pensei que já tivesse terminado de ler — disse Laurel, antes que pudesse se conter.

— Você nunca *termina* — disse Yeardley, como se fosse um palavrão. — Cada casta tem sua natureza essencial. A essência da magia de primavera é social; lida com a empatia. As fadas e os elfos de verão devem aperfeiçoar seu senso de estética; sem a arte, sua magia é efetivamente frágil. A essência da nossa magia é o intelecto; o conhecimento reunido por meio de estudos cuidadosos é o reservatório de onde nossa intuição retira seu poder.

Aquilo não parecia magia para Laurel. Parecia, sim, um monte de trabalho duro.

— Dito isso, estes livros são para mim, não para você.

Laurel conseguiu abafar um suspiro de alívio.

— Laurel.

Ela levantou os olhos por causa do tom na voz dele. Não era severo, como um momento antes. Era tenso — até mesmo preocupado —, mas havia uma suavidade que não estivera ali antes.

— Normalmente, neste ponto, eu começaria a lhe ensinar poções básicas. Loções, soros antissépticos, tônicos nutritivos... esse tipo de coisa. As coisas que ensinamos aos principiantes. Mas você vai ter de voltar aqui numa época menos importante para aprender essas coisas, ou terá de se informar sozinha. Vou lhe ensinar herbologia defensiva. Jamison insistiu, e estou totalmente de acordo com a decisão dele.

Laurel assentiu, sentindo um impulso percorrer seu corpo. Não apenas de animação em começar a ter aulas de verdade, mas pela razão para a pressa: a ameaça dos trolls. Era por aquilo que ela vinha esperando.

— A maior parte do que vou ensinar estará além das suas habilidades de reprodução, provavelmente por um bom tempo, mas será um começo. Espero que você se dedique muito, para o seu próprio bem, mais do que pelo meu.

— É claro — respondeu Laurel com sinceridade.

— Fiz com que você lesse sobre uma variedade de plantas e seus usos. Talvez você ainda não perceba que fazer poções, soros, elixires e coisas semelhantes não é uma simples questão de misturar essências nas quantidades corretas. Há sempre uma instrução geral... uma receita, se quiser; mas o processo, assim como o resultado, varia de uma fada de outono para outra. O que ensinamos na Academia não são receitas, mas sim a seguir sua intuição... confiar na habilidade que é sua por direito e usar seu conhecimento da natureza para melhorar a vida de todos aqui em Avalon. Porque o ingrediente mais essencial em qualquer mistura é *você*, a fada de outono. Ninguém mais pode fazer o que você faz, nem mesmo se seguir seus rituais com exata precisão.

Ele vasculhou em sua bolsa e tirou um potinho dentro do qual crescia uma plantinha verde, com os botões completamente fechados.

— Você deve aprender a sentir o âmago da natureza com a qual estiver trabalhando — prosseguiu, tocando a planta gentilmente — e formar uma conexão com ela, tão próxima, tão íntima, que saiba não apenas como manipular seus componentes à sua vontade — ele procurou em meio a uma fileira de frascos e pegou um, abrindo-o e tomando uma gota com a ponta de seu dedo —, mas também a liberar seu potencial e permitir que se desenvolva, como ninguém mais poderá fazer.

Ele tocou cuidadosamente cada botão fechado com o dedo úmido e, ao afastar a mão, os botões minúsculos se abriram para revelar flores roxas vibrantes.

Em seguida, olhou para os olhos arregalados de Laurel.

— Podemos começar?

Sete

LAUREL SE AJOELHOU NO BANCO EM FRENTE À JANELA DE SEU QUARTO, com o nariz grudado no vidro, apertando os olhos para ver melhor o pátio que levava até os portões de entrada da Academia. Tamani disse que chegaria às onze horas, mas ela não conseguia evitar a esperança de que ele se adiantasse.

Decepcionada, voltou lentamente ao trabalho — naquele dia, um soro monastuolo que estava indo claramente mal. Mas Yeardley insistira para que fosse até o fim com seus experimentos, mesmo quando soubesse que estavam fadados a falhar, pois iria ensinar-lhe o que *não* deveria fazer. Para Laurel, aquilo parecia uma enorme perda de tempo, mas tinha aprendido a não duvidar de Yeardley. A despeito de seu exterior rude, no mês anterior ela havia começado a ver o outro lado dele: além de obcecado por herbologia, nada o encantava mais do que um aluno dedicado. E ele estava sempre, *sempre* certo. No entanto, Laurel continuava cética com relação àquela regra em particular.

Prestes a se sentar e acrescentar o componente seguinte, alguém bateu à porta. *Finalmente!* Tomando um minuto para verificar os cabelos e as roupas no espelho, Laurel respirou fundo e abriu a porta para Celia, a fada de primavera que não apenas tinha cortado suas fichas de estudo, mas feito também centenas de pequenos favores para ela durante as últimas semanas.

Encantos 76

— Tem uma visita para você lá embaixo, no átrio — disse ela, fazendo uma referência. Não importava quantas vezes Laurel lhes pedisse para não fazerem aquilo, as fadas de primavera *sempre* encontravam uma forma de lhe fazer uma mesura.

Laurel agradeceu pelo recado e saiu porta afora. Cada passo que dava a fazia sentir-se um pouco mais leve. Não que não gostasse de suas lições — ao contrário, agora que as entendia melhor; eram fascinantes. Mas estivera certa sobre uma coisa desde o começo: tudo aquilo dava um montão de trabalho. Estudava oito horas diárias com Yeardley, observava as fadas e os elfos de outono por várias horas e, todas as noites, tinha mais leituras para colocar em dia, assim como a prática das poções, pós e soros. Ficava ocupada do nascer ao pôr do sol, com apenas um curto intervalo para o jantar no fim do dia. Katya lhe garantira que não era assim para todas as fadas de outono; que elas trabalhavam e estudavam *somente* umas doze horas por dia. Até mesmo isso parecia excessivo para Laurel.

Mas, pelo menos, *elas* tinham tempo livre. Laurel, não.

— Admito que a quantidade de trabalho que se espera de você é um pouquinho excessiva — disse Katya certa vez; era uma concessão imensa, vinda de uma fada de outono estudiosa e leal. Nesse aspecto, ela se parecia um pouco com David. Mas, quando Laurel tentou elogiá-la dizendo aquilo, Katya ficou mortalmente ofendida ao ser comparada com um humano.

Assim, três dias antes, quando chegara um bilhete de Tamani requisitando a companhia de Laurel por uma tarde, esta havia ficado extasiada. Era apenas um intervalo curto, mas seria uma oportunidade bem-vinda de se recarregar e se preparar para uma última semana cansativa de estudos, antes de voltar para seus pais.

Laurel estava tão distraída que quase não viu Mara e Katya paradas na balaustrada, num patamar da escada de onde se podia ver o átrio.

— Ele está aqui de novo — disse Mara, com o desdém escorrendo de seus perfeitos lábios cor de rubi. — Você não pode fazê-lo esperar lá fora?

Laurel levantou uma sobrancelha.

— Se dependesse de mim, ele iria se encontrar comigo no meu quarto.

Mara arregalou os olhos e fitou Laurel com raiva, mas esta já estava acostumada aos olhares vagamente ameaçadores da beldade. As coisas não haviam melhorado desde aquele surpreendente primeiro olhar no laboratório. Laurel geralmente a evitava. E, na única vez que lhe fizera uma pergunta sobre seu projeto — uma pesquisa com um cacto, apropriadamente —, Mara apenas lhe dera as costas e fingira não ter ouvido.

De cabeça erguida, Laurel continuou andando, sem dizer uma palavra.

Katya a alcançou.

— Não ligue para ela — disse, num tom carinhoso. — Particularmente, acho bastante corajoso da sua parte.

Laurel olhou para Katya. — Como assim, corajoso?

— Não conheço muitas fadas ou elfos de primavera além dos auxiliares. — Katya deu de ombros. — Especialmente soldados.

— Sentinelas — corrigiu Laurel automaticamente, sem saber ao certo por quê.

— Mesmo assim. Eles parecem tão... toscos. — Ela fez uma pausa e espiou por cima da balaustrada, para o átrio, onde Tamani estava esperando. — E existem *tantos* deles.

Laurel revirou os olhos.

— Claro, vocês dois já se conhecem há muito tempo, então suponho que seja diferente.

Laurel assentiu, embora fosse verdade apenas em parte. Pelo que podia se lembrar, conhecia Tamani havia menos de um ano. Mas um ano era muito mais tempo do que podia se lembrar de conhecer qualquer fada ou elfo de outono que, agora, via todos os dias.

— Bem, vejo você mais tarde — disse Laurel com animação, o cansaço das últimas semanas nada mais que uma tênue lembrança.

— Quanto tempo você vai ficar fora? — perguntou Katya, de olhos arregalados.

O máximo que puder, pensou ela. Mas, para Katya, disse:

— Não sei. Mas, se não a vir hoje à noite, verei você amanhã.

Katya não pareceu convencida.

— Acho que você não deveria sair sozinha. Talvez Caelin pudesse acompanhá-la.

Laurel suprimiu a vontade de revirar os olhos de novo. Por um acaso do destino, Caelin era o único elfo de outono com a idade próxima de Laurel. E, mesmo com a sua estatura miúda e sua voz estridente, ele insistia em se colocar no papel de protetor de todas as suas "damas", como as chamava. A última coisa que precisava era dele, grudado nela e tentando provar que era melhor que todos os outros machos que encontrassem. Que era *exatamente* o que Caelin iria fazer.

Não queria nem pensar em como seria a reação de Tamani.

Um sorrisinho cruzou seu rosto. Mas, também, talvez fosse interessante. Caelin não parecia capaz de durar dez segundos na presença de Tamani. Ela iria adorar que alguém colocasse Caelin em seu lugar. Mas não tanto quanto adoraria seu tempo a sós com Tamani.

— Confie em mim, Katya, não preciso de acompanhante.

— Se você está dizendo — sorriu Katya. — Divirta-se — disse ela, num tom ao mesmo tempo sincero e duvidoso.

— Então, aonde vamos? — perguntou Laurel depois que ela e Tamani já haviam terminado o teatro de andar formalmente em silêncio pela Academia até passar pelos portões.

— Você não consegue adivinhar? — perguntou Tamani com um sorriso, indicando a grande cesta de vime que balançava em sua mão esquerda.

— Eu perguntei aonde vamos, e não o que vamos fazer. — Mas não havia irritação em seu tom. Era tão bom deixar a Academia para trás, sentir o vento fresco no rosto, o chão macio sob seus pés e ver

Tamani pelo canto dos olhos, seguindo atrás dela. Queria abrir os braços e girar e rir, mas conseguiu se segurar.

— Você vai ver — disse ele, com os dedos nas costas dela, guiando-a por uma bifurcação na estrada que levava para longe das casas pelas quais haviam passado na última vez. — Quero lhe mostrar uma coisa.

Enquanto caminhavam, a trilha foi se estreitando e ficando mais íngreme; após alguns minutos, chegaram ao topo da colina alta e, por um momento, Laurel achou que houvesse algo de errado com seus olhos. Sombreando a considerável expansão de terra no alto da colina, viu uma árvore enorme, com galhos grossos que se espalhavam ao redor. Parecia-se vagamente a um carvalho, com folhas rendadas e longas, mas, em vez de ter um tronco alto e imponente, era imensamente robusto, nodoso e deformado. Laurel desconfiava que aquela árvore fizesse até mesmo a maior das sequoias no parque nacional que delimitava sua propriedade, na periferia de Orick, sentir-se uma anã.

Afora sua imensidade, não parecia uma árvore fora do comum, mas, quando Laurel se colocou sob a sombra dos galhos, ofegou ao sentir... algo... algo que não podia identificar nem explicar. Era quase como se o ar tivesse ficado mais denso, girando ao redor de seu corpo como água. Água cheia de *vida*, que penetrava o ar que ela respirava e a preenchia por dentro e por fora.

— O que é isso? — perguntou, ofegante, assim que recuperou a voz. Não tinha percebido que Tamani diminuíra a distância entre eles e colocara uma mão estabilizadora em sua cintura.

— Chama-se Árvore do Mundo. É... feita de fadas e de elfos.

— Como...? — Laurel sequer tinha certeza de como terminar a pergunta.

Tamani franziu a testa. — Imagino que seja... bem, é uma longa história. — Ele a levou para mais perto do tronco. — Há muito, muito tempo... antes mesmo que humanos existissem, as fadas e os elfos brotaram das florestas de Avalon. De acordo com a lenda, nós ainda não falávamos. Mas havia um elfo, o primeiro exemplar de inverno, que tinha mais poder do que qualquer outro antes dele ou desde então. E, com aquele poder, veio um tremendo conhecimento. Quando ele sentiu que seu tempo estava se acabando, procurou transmitir a sabedoria que havia acumulado. Então, em vez de esperar até definhar, ele veio até o alto desta colina e rezou para Gaia, a mãe de toda a Natureza, e disse a ela que daria sua vida se ela preservasse sua consciência na forma de uma árvore.

— Então... ele... é esta árvore? — perguntou Laurel, aproximando-se do tronco nodoso.

Tamani assentiu.

— Ele é a árvore original. E as outras fadas e os outros elfos podiam vir até aqui com suas perguntas e problemas. E, se ouvissem com muita atenção quando o vento soprasse, escutariam o farfalhar das folhas e ele compartilharia com eles sua sabedoria. Anos se passaram e logo os pássaros ensinaram as fadas e os elfos a falar e...

— Pássaros?

— Sim. Os pássaros foram as primeiras criaturas que as fadas e os elfos ouviram cantando e vocalizando, e nós aprendemos a usar nossa voz com eles.

— O que aconteceu, então?

— Infelizmente, quando as fadas e os elfos começaram a falar e a cantar, acabaram se esquecendo de como ouvir as folhas farfalhantes. A Árvore do Mundo foi, por muito tempo, apenas mais uma árvore. Então, Efreisone se tornou Rei. Efreisone também era um estudioso e encontrou lendas sobre a Árvore do Mundo espalhadas em meio a seus textos ancestrais. Quando conseguiu juntar toda a história, tudo o que ele queria era fazer reviver a Árvore do Mundo e aproveitar sua sabedoria. Ele passou horas e horas à sombra desta árvore, cuidando dela e recuperando-a de seu estado de dormência. E, durante essas horas, ele descobriu que estava começando a ouvir as palavras que a árvore dizia. Com isso, aprendeu as histórias das eras, e todas as noites, quando voltava para casa, ele as escrevia para compartilhá-las com seus súditos. E, quando sentiu que seu tempo estava chegando ao fim, decidiu se juntar à árvore.

— Como assim, se juntar à árvore?

Tamani hesitou.

— Ele... se enxertou à árvore. Foi absorvido pela árvore e se tornou parte dela.

Laurel tentou visualizar o que ele dissera. Era, ao mesmo tempo, grotesco e fascinante.

— Por que ele quis fazer isso?

— Fadas e elfos que se tornam parte da Árvore do Mundo liberam sua consciência para dentro dela. A sabedoria de milhares deles vive nesta árvore. Milhares e milhares. — Ele fez uma pausa. — Eles são chamados de Silenciosos.

O entendimento surgiu no rosto de Laurel, e ela ofegou, baixinho.

— Seu pai fez isso. Ele é parte desta árvore.

Tamani assentiu.

Laurel se afastou da árvore, sentindo-se subitamente uma intrusa. Mas, depois de um momento, estendeu a mão e tocou o tronco com dedos hesitantes. Yeardley lhe ensinara a sentir a essência de qualquer planta com dedos cuidadosos — uma das poucas lições que tinha aprendido com facilidade e rapidez. Ela fechou os olhos e procurou senti-la, com as mãos pressionadas contra a casca.

Não era como nenhuma outra planta que já houvesse sentido. A vida não vibrava gentilmente sob suas mãos: estrondava como um rio caudaloso; retumbava como um tsunami. Ela inalou rapidamente quando algo como uma canção fluiu por sua mão, subiu por seu braço e pareceu enchê-la dos pés à cabeça. Virou-se para Tamani com os olhos arregalados.

— Então, ele vive para sempre.

— Sim. Mas é inacessível a nós, então é como se tivesse morrido. Eu... sinto saudades dele.

Encantos 82

Laurel retirou a mão da árvore e a deslizou para dentro da mão de Tamani. — Com que frequência as fadas e os elfos fazem isso?

— Não muita. Requer sacrifício. Você tem que se unir à árvore enquanto ainda tem forças para passar pelo processo. Meu pai só tinha cento e sessenta anos, ele ainda dispunha de uns bons trinta ou quarenta anos pela frente, mas sentiu que começava a enfraquecer e sabia que precisava agir rápido. — E riu triste. — Foi a única vez na vida que ouvi meus pais discutirem.

Ele fez uma pausa e seu tom tornou a ficar sério.

— Se você deseja se unir à árvore, deve vir aqui sozinho, então não sei que parte da árvore ele escolheu. Mas, às vezes, posso jurar que vejo seus traços naquele ramo, três galhos acima — disse ele, apontando. Então, deu de ombros. — Provavelmente é só porque eu quero muito acreditar.

— Talvez não — disse Laurel, desesperada para lhe dar algumas palavras de conforto. Depois de um silêncio pesado, ela perguntou: — Quanto tempo demora? — Em sua cabeça, via um elfo ancião sendo absorvido pela grande árvore, sua vida sendo lentamente retirada.

— Ah, é rápido — disse Tamani, fazendo desaparecer a imagem pavorosa da mente de Laurel. — Não se esqueça de que tanto o elfo que se transformou na árvore quanto o primeiro elfo que se uniu a ela eram de inverno. A árvore retém parte desse poder imenso. Meu... — Ele hesitou. — Meu pai me disse que você escolhe seu ponto da árvore e se submete a ele, e, quando sua mente está clara e suas intenções são verdadeiras, a árvore toma você, que é instantaneamente transformado. — Ela viu seus olhos vagarem novamente até o ponto em que ele achava poder ver os traços do pai.

Laurel se aproximou um pouco mais.

—Você disse que a árvore se comunica. Você não pode falar com ele?

Tamani balançou a cabeça.

— Não com ele especificamente. Você fala com a árvore como um todo, e ela responde a uma só voz.

Laurel ergueu os olhos para os galhos elevados.

— Será que *eu* poderia falar com a árvore?

— Não hoje. Leva tempo. Você tem que vir e contar à árvore sua pergunta, ou preocupação, então você se senta, em silêncio, e escuta até suas células se lembrarem de como compreender a linguagem.

— Quanto tempo isso leva?

— Horas. Dias. É difícil prever. E depende da atenção com que você escuta. E também de quão aberta você está para a resposta.

Ela hesitou por um longo tempo antes de perguntar:

—Você já tentou?

Ele se virou para ela, e seus olhos estavam vulneráveis como ela vira poucas vezes antes.

— Sim.

— Conseguiu sua resposta?

Ele assentiu.

— Quanto tempo demorou?

Ele hesitou. — Quatro dias. — Daí, sorriu. — Sou teimoso. Eu não estava aberto para receber a resposta certa. Estava determinado a conseguir a resposta que *eu* queria.

Ela tentou imaginar Tamani sentado em silêncio sob a árvore por quatro dias.

— O que a árvore disse? — sussurrou.

—Talvez eu lhe conte um dia.

A boca de Laurel ficou seca enquanto ele a olhava nos olhos, e o ar vivo rodopiava à sua volta. Então, Tamani sorriu e indicou um canteiro de grama densa a vários metros de distância da sombra da Árvore do Mundo.

— Não podemos comer aqui? — perguntou ela, relutante em se afastar do tronco da árvore.

Tamani balançou a cabeça.

— Não é educado — disse ele. — Tentamos deixar a árvore o máximo possível à disposição daqueles que procuram respostas. É algo muito particular — acrescentou.

Encantos 84

Embora Laurel pudesse entender aquilo, ainda ficou um pouco triste por sair das sombras e ir para o sol. Tamani arrumou um piquenique modesto — simplesmente não havia muita necessidade de comer, na luz nutritiva do sol de Avalon — e ambos se acomodaram na grama, Laurel deitando de barriga para baixo e se deliciando em não fazer nada durante aquele breve interlúdio.

— Então, como vão seus estudos? — perguntou Tamani.

Laurel considerou a pergunta. — Fantásticos — respondeu, finalmente. — Nunca soube quantas coisas podiam ser feitas com plantas. — Ela rolou na grama para olhar para ele, dobrando o cotovelo para apoiar a cabeça. — E minha mãe é naturopata; portanto, acredite, já é dizer muito.

—Você aprendeu muita coisa?

— Mais ou menos. — Ela franziu as sobrancelhas. — Quer dizer, tecnicamente, *aprendi* um monte de coisas. Mais do que jamais pensei que pudesse absorver em apenas algumas semanas. Mas não consigo, de fato, *fazer* nada. — Ela suspirou ao deitar-se de costas. — Nenhuma das minhas poções funciona. Algumas chegam mais perto do que outras, mas nenhuma realmente ficou certa.

— Nenhuma? — perguntou Tamani, com um tom de preocupação subjacente na voz.

—Yeardley diz que é normal. Ele diz que pode demorar anos até que a primeira poção saia perfeita. Não tenho tanto tempo assim; não aqui, em Avalon, nem antes que precise proteger a minha família. Mas ele diz que estou indo bem. —Virou-se para olhar novamente para Tamani. — Ele diz que, mesmo que eu não consiga me lembrar, é óbvio para ele que estou reaprendendo. Que estou recuperando tudo anormalmente rápido. Espero que ele esteja certo — resmungou. — E você? Sua vida, com certeza, está mais interessante do que a minha, no momento.

— Na verdade, não, não está mesmo. Está tudo muito tranquilo no portal. Tranquilo demais. — Ele estava sentado com os joelhos dobrados junto ao peito e os braços em volta deles, olhando para a Árvore do Mundo. — Tenho feito muito trabalho de exploração ultimamente.

— O que você quer dizer com *exploração*?

Ele olhou para ela por um segundo antes que seus olhos voltassem para a árvore. — Deixando o portal. Me aventurando mais longe para obter um plano melhor da propriedade. — Ele balançou a cabeça. — Não vimos um único troll em semanas. E, de alguma forma, não acho que seja porque eles, de repente, tenham desistido de Avalon — disse ele com uma risada tensa. Então, ficou sério. — Estou procurando o motivo, mas há um limite para o que posso fazer. Não sou humano... não sei como me misturar ao mundo humano. Então, não consigo todas as informações que quero. Há alguma coisa que não estou... captando — disse ele, com firmeza. — Eu sei. Posso sentir. — Deu de ombros. — Mas não sei o que é nem onde encontrar.

Laurel contemplou a árvore. — Por que não pergunta a eles? — indagou, apontando.

Ele balançou a cabeça. — Não funciona desse jeito. A árvore não é onisciente nem adivinha. É a sabedoria combinada de milhares de anos, mas nunca esteve fora de Avalon. — Ele balançou a cabeça. — Nem mesmo os Silenciosos podem me ajudar nisso. Tenho que fazer sozinho.

Ficaram ali deitados por vários minutos, esparramados de costas, aproveitando o calor do sol.

— Tam? — disse Laurel, hesitante.

— Hum? — Os olhos de Tamani estavam fechados e ele parecia quase adormecido.

— Você... — hesitou Laurel. — Você se cansa de ser um elfo de primavera?

Seus olhos se abriram completamente por um segundo antes que ele os fechasse de novo.

— Como assim?

Encantos 86

Ela ficou quieta, tentando pensar numa maneira de perguntar sem insultá-lo.

— Ninguém acha que as fadas e os elfos de primavera são tão bons quanto os demais. Você tem de se inclinar, e servir, e andar atrás de mim. Não é justo.

Tamani ficou em silêncio por um tempo, passando a língua pelo lábio inferior enquanto pensava. Finalmente, disse:

— Você se cansa de as pessoas pensarem que você é humana?

Laurel negou com a cabeça.

— Por que não?

Ela deu de ombros.

— Eu pareço humana; faz sentido.

— Não, esse é o raciocínio lógico de *por que* as pessoas acham que você é humana. Quero saber por que não a incomoda.

— Porque todo mundo sempre pensou que eu fosse humana. Estou acostumada — disse ela, as palavras saindo de sua boca antes de perceber que havia caído como um patinho na armadilha.

Ele sorriu.

— Está vendo? É a mesma coisa. Sempre fui um elfo de primavera; sempre agi como um elfo de primavera. É a mesma coisa que me perguntar se estou cansado de estar vivo. Esta é a minha vida.

— Mas você, em algum nível, não percebe que é errado?

— Por que é errado?

— Porque você é uma pessoa, assim como todo mundo aqui. Por que o tipo de elfo que você é deveria definir seu status social?

— Eu acho que a forma como se define o status social dos humanos é igualmente ultrajante. Talvez até mais.

— Como assim?

— Médicos, advogados... por que eles são tão respeitados?

— Porque têm um nível alto de escolaridade. E os médicos salvam a vida das pessoas.

— Então você paga mais para eles, e eles ocupam um posto mais alto na sociedade, certo?

Laurel assentiu.

— De que forma isso é diferente de nós? As fadas e os elfos de outono têm mais estudos; e também salvam vidas. Fadas e elfos de inverno fazem ainda mais: mantêm Avalon a salvo dos intrusos, protegem nossos portais, impedem que sejamos descobertos pelos humanos. Por que não deveriam ser reverenciados?

— Mas é mera casualidade. Ninguém escolhe ser de primavera.

— Talvez não, mas você escolhe quanto quer trabalhar. Todas as fadas e todos elfos escolhem. Não é como se você ficasse sentada misturando alguma poção ocasional. Você me contou quanto você estuda. Todas as fadas e os elfos de outono estudam muito. Mesmo que não tenham escolhido ser de outono, eles escolhem se dedicar e aprimorar suas habilidades para ajudar a *mim*. Se isso não merece o meu respeito, então não sei o que mereceria.

Fazia sentido, mais ou menos. Mas ainda parecia errado para Laurel.

— Não é apenas que as fadas e os elfos de outono e de inverno sejam reverenciados — disse ela —, é que os de primavera são menosprezados. Existem tantos de vocês — disse, com a consciência doendo um pouco ao lembrar-se que Katya havia dito a mesma coisa pouco antes, embora não exatamente no mesmo tom de voz. — As fadas e os elfos de inverno podem proteger Avalon, mas são os de primavera que a fazem funcionar. Vocês fazem quase todos os trabalhos. Quer dizer, fadas e elfos de verão cuidam de entretenimento e tal, mas quem faz a comida, quem constrói as estradas e as casas, quem costura e lava todas as minhas roupas? — perguntou, com a voz começando a se elevar. — Vocês. São as fadas e os elfos de primavera! Vocês não são nada; vocês são *tudo*.

Alguma coisa nos olhos de Tamani lhe disse que havia atingido um ponto vulnerável. Seu maxilar estava enrijecido e ele pensou por alguns momentos antes de responder.

— Talvez você esteja certa — disse baixinho —, mas é assim que as coisas são. É como sempre foi. As fadas e os elfos de primavera servem a Avalon. Estamos contentes em servir — acrescentou ele com um toque de orgulho colorindo a voz. — *Eu* sou feliz em servir — acrescentou. — Não é como se fôssemos escravos. Eu sou um elfo completamente livre. Uma vez que meus deveres sejam cumpridos, posso fazer o que quiser e ir aonde quiser.

— Você é livre? — perguntou Laurel.

— Sou.

— Quanto?

— Tanto quanto quiser ser — respondeu ele, com ardor.

— É livre para andar ao meu lado?

Ele ficou calado.

— É livre para ser qualquer coisa além de um amigo para mim? *Se...* — e ela enfatizou fortemente o *se* — eu decidisse ficar vivendo em Avalon e quisesse ficar com você, você seria livre para fazer isso?

Ele desviou o olhar, e Laurel pôde ver que ele vinha evitando aquele tipo de conversa.

— Seria? — insistiu ela.

— Se você quisesse — respondeu ele, finalmente.

— Se *eu* quisesse?

Ele assentiu.

— Não tenho permissão para pedir. Você teria que pedir a mim.

Sua respiração ficou presa na garganta e Tamani olhou para ela.

— Por que você acha que David me incomoda tanto?

Laurel baixou os olhos para seu colo.

— Não posso simplesmente avançar e proclamar minhas intenções. Não posso "roubar" você. Só posso esperar e ter esperanças de que você, algum dia, me peça.

— E se eu não pedir? — disse Laurel, com uma voz que mal passava de um sussurro.

— Então, suponho que ficarei esperando para sempre.

Oito

LAUREL ESTAVA EM SEU QUARTO, OLHANDO PARA A VARIEDADE DE COISAS espalhadas sobre a cama Havia passado a dar valor a suas roupas de fada por mais motivos além da beleza; não se pareciam com nada que se pudesse encontrar no mundo humano. A maior parte era feita de um tecido semelhante a uma gaze sedosa que, embora Laurel não tivesse certeza se era brincadeira, várias das outras fadas disseram que era feita a partir da seda da teia de aranha. Qualquer que fosse a matéria-prima utilizada, permitia fotossíntese corporal completa, então Laurel não sentia necessidade de usar sempre camisetas de alcinha e shorts, como fazia em casa.

E havia também o vestido que encontrara em um dos quiosques do Verão durante um passeio curto que fizera para desanuviar a cabeça após um dia especialmente cansativo. Era lindo e exatamente do seu tamanho; um vestido azul-escuro com um decote profundo atrás para acomodar a flor e a saia ajustada até os joelhos, abrindo-se depois em estilo sereia. Uma sobressaia de babados leves e simples envolvia o vestido e flutuava com a mais leve das brisas. Tinha se sentido um pouco culpada em pegá-lo — afinal, não havia nenhum evento em que pudesse usá-lo —, mas era simplesmente perfeito demais para não levar.

Também tinha várias saias compridas, blusas estilo camponesa que a faziam lembrar-se da camisa de Tamani e algumas saias e vestidos curtos, que a faziam sentir-se como uma fada de contos infantis. Somente por diversão.

Mas apenas uma parte daquilo iria caber em sua mochila.

E ela não poderia ir sem seu kit.

De todas as coisas que lhe deram, essa era a mais preciosa. Aproximadamente do tamanho de uma caixa de sapato, o kit — que Yeardley lhe dera naquela manhã — continha dezenas de essências. Mais especificamente, tinha várias poções para deter trolls, feitas por fadas e elfos de outono muito mais habilidosos que ela. Também continha vários extratos que poderia usar para aumentar o nível de proteção à sua casa e sua família. Supondo que ela, em algum momento, melhorasse com a prática. Era muitíssimo melhor que nada.

Mas o kit ocupava metade da mochila.

Enquanto ficava ali considerando a cama cheia de roupas, Katya entrou pela porta e atirou algo sobre a cama.

— Parece que você está precisando disto aqui — disse ela com uma risada.

Laurel apanhou uma bolsa cor-de-rosa que parecia feita de papel de seda. Tinha uma leve suspeita de que fosse muito mais resistente do que parecia.

— Obrigada — disse. — Eu estava a ponto de chamar Celia para ver se ela podia encontrar alguma coisa.

Katya olhou para a pilha de roupas na cama, então para a mochila de Laurel, com dúvida nos olhos.

— Você não ia realmente tentar enfiar tudo isso aí, não é?

— Não — disse Laurel, sorrindo.

— Que bom — disse Katya, com uma risada tilintante. — Acho que seria necessária magia de nível de inverno.

Laurel riu da piada que somente outra fada poderia entender. Soltou o cordão que fechava a bolsa no alto e vislumbrou um *K* bordado na lateral, numa linda caligrafia. — Não posso aceitar isto. Está bordado com a sua inicial.

Katya espiou de longe.

— É? Sinceramente, nem tinha notado. Tenho um monte delas.

—Verdade?

— Claro. Elas costumavam vir assim toda vez que eu mandava minhas roupas para lavar. Acho que agora estão usando outra pessoa.

Laurel começou a enfiar roupas na bolsa cor-de-rosa. Ainda teria de deixar algumas coisas, mas já era um progresso.

Por vários segundos, Katya observou em silêncio, então, quase timidamente, perguntou:

—Você tem mesmo que ir embora?

Laurel olhou para ela, surpresa. Com pouquíssimas exceções, as demais fadas tinham sido amáveis com ela — e bastante falantes —, mas Laurel não teria chamado nenhuma de amiga. Obviamente, os sentimentos de Katya eram diferentes.

— Eu vou voltar — disse Laurel.

— Eu sei. — Katya forçou um sorriso e, então, perguntou: — Mas você realmente *tem* de voltar? Só ouvi alguns comentários, mas dizem que sua missão foi cumprida. Você ganhou a propriedade das terras onde está o portal. Não pode voltar para cá agora?

Laurel baixou os olhos para as roupas que estava dobrando, evitando o olhar de Katya.

— É mais complicado do que isso. Tenho família, amigos. Não posso deixá-los sozinhos.

—Você poderia ir visitá-los — sugeriu Katya alegremente, mas Laurel sentia certa solenidade em sua intenção.

— É mais do que simplesmente querer vê-los — disse Laurel com seriedade. — Tenho de protegê-los. Eles estão em perigo por minha causa e tenho uma obrigação para com eles.

— Uma obrigação para com humanos?

Laurel apertou o maxilar. Não era realmente culpa de Katya. Ela não tinha como saber. Nunca tinha sequer visto um humano. Uma ideia lhe ocorreu e, em vez de responder, Laurel vasculhou num bolsinho de sua mochila e tirou uma foto pequena. Era uma fotografia dela e David num baile, naquela primavera. David estava atrás dela, envolvendo-a com os braços. O fotógrafo tinha captado Laurel precisamente quando ela se virara para olhar para David; seu perfil era uma silhueta risonha e David a contemplava, abaixo, com um olhar ardente. Era uma de suas fotos favoritas. Ela a entregou para Katya.

Um sorriso atravessou o rosto de Katya.

— Você já está entrelaçada? — perguntou num gritinho. — Você não tinha me contado — disse, com os olhos arregalados de enlevo. Ela olhou em volta do quarto e baixou a voz. — Ele é da Corte Unseelie? Já ouvi falar deles. Vivem logo depois dos portais e...

— Não — disse Laurel, interrompendo-a. — Este é o David. O humano sobre o qual lhe falei.

A expressão de Katya adquiriu um ar de descrença. — Um humano? — disse, horrorizada. Ela voltou a olhar para a foto, com uma ruga de aversão se formando entre suas sobrancelhas. — Mas... ele está *tocando* você.

— Sim, está — disse Laurel com intensidade, tomando a foto de volta. — Ele é meu namorado. Ele me toca e me beija e... — Ela se obrigou a parar de falar por alguns segundos. — Ele me ama — disse corajosamente, mas com calma.

Katya a encarou por vários segundos antes que sua expressão se suavizasse.

— Eu apenas me preocupo com você lá fora — disse ela, os olhos ainda dardejando para a foto chocante. — Os humanos nunca foram muito gentis com as fadas.

— O que você quer dizer?

O olhar de Katya era de genuína preocupação. Ela deu de ombros.

— Já faz muito tempo desde que Avalon se envolveu em problemas humanos. Eu sei que, às vezes, é necessário. Mas parece que os relacionamentos entre humanos e fadas ou elfos sempre terminam mal.

Laurel atirou a cabeça para trás, num solavanco.

— Sério?

— Claro. Sanzang, Scheherazade, Guinevere. E também houve aquele incidente trágico com Eva.

Katya não notou a foto escapar, esquecida, das mãos de Laurel.

— E houve outros. Toda vez que Avalon entra em contato com o mundo humano, algo dá errado. Só digo isso.

— Minha família me ama; David também. Eles jamais fariam nada que me magoasse.

— Apenas tenha cuidado — disse Katya.

Laurel arrumou suas coisas em silêncio por alguns minutos, embalando suas joias de cabelo em uma das saias longas. Depois de examinar o quarto à procura de qualquer coisa que pudesse ter esquecido, olhou para Katya com uma sobrancelha erguida. — Eva? Sério?

— Claro. Por quê? O que os humanos dizem sobre ela?

Laurel estava esperando num divã de brocado quando as portas da Academia se abriram para Jamison e seus sempre presentes guardas. Esse era um dos motivos pelos quais não se deveria desejar ser uma fada ou um elfo de inverno. Laurel certamente não iria querer ser seguida a todo lugar onde fosse. Ser seguida durante a *metade* do tempo já era mais do que suficiente.

— Laurel, minha querida — disse Jamison, com as mãos estendidas. Ele tomou as mãos dela nas suas e sorriu como um avô coruja, antes de se acomodar a seu lado no divã. — Yeardley me disse que você foi uma excelente aluna.

Laurel sorriu diante do elogio do austero professor.

— Ele me informou que você tem um grande talento — continuou Jamison. — *Fenomenal* foi, acredito eu, a palavra que usou. Embora eu não me surpreenda nem um pouco — disse ele, dirigindo-lhe um sorriso caloroso. — Senti seu incrível potencial quando a conheci, no ano passado.

— Oh, não — disse Laurel, surpresa. — Não sou assim. Já estou tão atrasada que nunca...

— Ah, eu acho que sim. Você tem ainda mais potencial do que suspeitávamos quando era apenas uma muda. Com tempo e prática, tenho certeza de que suas habilidades irão desabrochar de forma espetacular. Você pode até mesmo chegar a ser tão grande quanto... bem, deixe para lá. Só precisa cultivar suas consideráveis habilidades. Elas são fortes. — Ele deu um tapinha em sua mão. — Acontece que sou um excelente juiz dessas coisas.

— É mesmo? — disse Laurel baixinho, um pouco surpresa com seu próprio atrevimento. Mas estar tão lamentavelmente atrasada com relação às outras fadas de sua idade tinha sido muito desanimador; ansiara por ouvir declarações tão confiantes.

O sorriso desapareceu, substituído por uma expressão grave.

— Sou, de verdade. E você irá precisar das habilidades que adquiriu. Desconfio de que precisará delas mais cedo do que pensa. — Ele se virou para Laurel, com o rosto muito sério. — Estou feliz por você ter vindo — disse com sinceridade. — O trabalho que temos para você é muito mais importante do que esperávamos. Suas lições neste verão foram rigorosas e exigentes, mas você deve perseverar. Pratique os conhecimentos que aprendeu, domine-os. Pode ser que ainda precisemos de você no mundo humano.

Laurel levantou os olhos para ele.

— Mas você não teve sempre a intenção de que eu voltasse para Avalon, para retomar meus estudos?

— Originalmente, sim — disse Jamison. — Mas as coisas mudaram. Pode ser que tenhamos de pedir mais a você. Diga-me, Laurel, o que você sabe sobre erosão?

Laurel não podia imaginar o que aquilo tinha a ver com o assunto, mas respondeu mesmo assim:

— Como quando a água ou o vento desgasta o solo?

— Isso mesmo. Com o tempo, o vento e a chuva podem carregar até mesmo a montanha mais alta para o mar. Mas — disse ele, levantando um dedo — uma colina coberta por grama resistirá à erosão, e o barranco de um rio pode ser mantido no lugar por arbustos e árvores. Estes espalham suas raízes — disse ele, estendendo as mãos com sua narrativa — e se agarram. E, embora o rio puxe o solo, se as raízes forem suficientemente fortes, irão prevalecer. Se não conseguirem, finalmente serão também arrastadas.

"Durante quase dois mil anos, protegemos nossa terra natal da exploração tanto dos trolls quanto dos humanos. Onde a erosão ameaça nossas defesas, nós plantamos sementes... como você. Quando colocamos você com seus pais, só esperávamos que você fizesse o que a maioria das fadas faz: crescer onde foi plantada. Sua tarefa toda era viver e crescer e herdar a terra, juntamente com uma identidade incontestavelmente humana, o que ajuda muito a ocultar dos trolls as nossas transações. Não pretendíamos trazê-la de volta à Academia até que você chegasse à idade adulta no mundo humano.

"Mas agora seu papel será mais ativo." Ele colocou a mão em seu braço e Laurel se encheu de uma apreensão repentina.

— Laurel, alguém está se movendo contra nós, contra a nossa terra e o nosso povo, e o tempo não está do nosso lado. Precisamos que você estenda suas raízes, Laurel. Precisamos que você lute contra o rio caudaloso, o que quer que este venha a ser. Se não puder...

Abruptamente, ele desviou o olhar, olhando pela janela para os campos de Avalon que se estendiam lá embaixo. Um momento se passou antes que voltasse a falar.

— Se você não puder, temo que tudo isto se reduzirá a nada.

— Você está falando sobre os trolls — disse Laurel, quando recuperou a voz. — Está falando sobre Barnes. — Não tinha falado seu nome em voz alta em meses; não houvera nem sinal dele desde dezembro, mas ele nunca estava longe de seus pensamentos. Desde o outono passado, vinha se assustando com qualquer sombra e olhando com medo a cada esquina que virava.

— Eu seria um tolo se acreditasse que ele agiu sozinho — disse Jamison, voltando para Laurel seus olhos azul-claros que combinavam com as raízes vagamente distinguíveis de seu cabelo prateado. — E você também.

— Quem se uniria a ele? E por quê? — perguntou Laurel.

— Não sabemos — respondeu Jamison. — Sabemos que o próprio Barnes está vivo e em algum lugar lá fora.

— Mas ele não pode mais me usar. Não pode me obrigar a vender-lhe a propriedade — protestou Laurel.

Jamison sorriu tristemente.

— Se fosse tão simples assim. Ainda há muitas coisas para as quais ele pode usar você. Embora ele saiba onde está a propriedade, não sabe onde fica o portal. Ele poderia tentar usar você para descobrir isso.

— Por que ele precisa saber? Não pode simplesmente vir com suas hordas e arrasar a floresta inteira?

— Poderia tentar, mas não subestime as habilidades de nossas sentinelas, nem a força do portal e a magia das fadas e dos elfos de inverno. O portal pode ser destruído, mas seria necessária uma quantidade tremenda de força concentrada. Se ele não puder encontrar exatamente onde está o portal, não poderá destruí-lo.

— Eu jamais diria — disse Laurel com fervor.

— Sei disso. E, lá no fundo, desconfio que *ele* também sabe. Mas isso não o impedirá de tentar se vingar de você, de qualquer maneira. Em nenhuma criatura o conceito de vingança está tão profundamente enraizado quanto nos trolls. O desejo de vingança é mais intenso do que qualquer outra emoção que eles possam sentir. Somente por isso ele já viria atrás de você.

— Então, por que não vem? — perguntou Laurel. — Ele teve muitas oportunidades. Faz mais de seis meses. — Ela deu de ombros. —Talvez ele esteja realmente morto.

Jamison balançou a cabeça.

—Você já observou uma vênus caça-moscas? — indagou.

Laurel riu por dentro, lembrando-se da conversa com David sobre plantas caça-moscas, no ano anterior.

— Já — disse Laurel. — Minha mãe tinha uma quando eu era pequena.

—Você já se perguntou como a caça-moscas consegue pegar as moscas? — perguntou Jamison. — A mosca é mais rápida, pode ver o perigo se aproximando, pode fugir com a maior facilidade. Pela lógica, toda planta caça-moscas deveria morrer de fome. Por que isso não acontece?

Laurel deu de ombros.

— Porque elas são pacientes — disse Jamison. — Ficam imóveis e parecem inofensivas. Não fazem nada até que a mosca tenha vagueado, tranquilamente, para o centro da armadilha. Somente quando a captura é virtualmente inevitável, a caça-moscas se move. Trolls também são pacientes, Laurel. Barnes esperará; esperará até que você relaxe e pare de tomar cuidado. Então, e apenas então, ele irá atacar.

Laurel sentiu a garganta se apertar.

— O que posso fazer para impedi-lo? — perguntou.

— Praticar o que Yeardley lhe ensinou — respondeu Jamison. — Essa será a sua maior defesa. Seja especialmente cuidadosa depois do pôr do sol...

— Barnes pode sair durante o dia — interrompeu Laurel. — Já sabemos disso.

— Não é à prova de erros — disse Jamison, sua voz traindo a irritação por ela ter interrompido —, mas ainda é fato que Barnes... qualquer troll, está em seu ponto mais fraco durante o dia, e você estará mais frágil quando o sol houver se posto. Ser mais cuidadosa depois do pôr do sol não irá detê-los, mas, pelo menos, lhes custará sua vantagem. — Ele se sentou um pouco mais ereto. — E dará mais vantagem a seus guardiães.

— Meus guardiães?

— Depois do incidente no outono passado, colocamos sentinelas nos bosques próximos à sua nova casa. Shar não queria que eu lhe contasse... ele tinha medo que isso apenas servisse para deixar você nervosa, mas acho que você tem o direito de saber.

— Estou sendo espionada de novo? — disse Laurel, o velho rancor surgindo novamente dentro dela.

— Não — disse Jamison com firmeza. — Está simplesmente sendo protegida. Não haverá fadas nem elfos espiando pelas suas janelas ou se intrometendo nos seus momentos privados. Mas sua casa está sendo observada e defendida. Também foi protegida contra trolls; enquanto você estiver lá dentro, apenas os mais fortes dentre os trolls poderão chegar até você. Mas fique ciente de que os bosques atrás da sua casa são o lar de mais coisas além de árvores. As sentinelas estão ali para protegê-la do perigo.

Laurel assentiu, com o maxilar rígido. Ainda a incomodava o fato de ter sido vigiada de perto — e, às vezes, forçada a esquecer coisas — durante a maior parte da sua vida no mundo humano. Até mesmo essa restauração menos invasiva de sua guarda pessoal lhe pareceu instantaneamente restritiva. Mas como poderia argumentar? Tinha visto a ira de Barnes em primeira mão, visto ele atirar em Tamani, então cair de uma janela a mais de três metros de altura e sair correndo depois de Laurel ter atirado nele. Era uma força que não devia ser subestimada, e mesmo que Yeardley tivesse fé em suas habilidades incipientes, Laurel não tinha. Precisava de ajuda, e não havia como negar isso.

Jamison tinha razão, como sempre. Ele exalava sabedoria — mesmo os instrutores mais sábios da Academia eram chamas pálidas e trêmulas diante da luminosidade solar da intuição de Jamison. Parecia tolice que ele estivesse ali, confortando-a diante do medo e da insegurança, enquanto Avalon poderia se beneficiar mais diretamente de sua liderança.

— Por que... — mas Laurel interrompeu sua própria pergunta. Havia se perguntado frequentemente por que, com tão poucas fadas e elfos de inverno dentre os quais escolher, Jamison não fora selecionado como governante de Avalon. Mas isso não era da sua conta.

—Vá em frente.

Laurel balançou a cabeça.

— Não é nada.

—Você quer saber... — Jamison estudou seu rosto, então sorriu. Parecia um tanto surpreso, mas não inteiramente zangado. — Você quer saber por que não sou Rei?

Laurel inalou rapidamente.

— Como você...?

— Algumas coisas na vida não passam de acaso, e essa é uma delas. A falecida Rainha era alguns anos mais velha do que eu, mas era jovem o bastante para se tornar Rainha na época da sucessão. E, quando ela finalmente passou à terra — ele riu —, bem, aí eu já não era exatamente uma muda para ser direcionada e modelada para o papel. Talvez, se não houvesse outras fadas e elfos de inverno para tomar a coroa... mas, felizmente, não temos estado tão desesperados há muitas gerações.

— Oh — Laurel não sabia o que mais poderia dizer. *Sinto muito* parecia, de certa forma, inapropriado.

— Não me incomoda — disse Jamison, novamente parecendo ler seus pensamentos. — Passei mais de cem anos como conselheiro de uma das maiores rainhas da considerável história de Avalon. — A centelha voltou a seu olhar. — Ou, ao menos, é assim que me sinto. — Ele suspirou de cansaço. — Esta nova Rainha... bem, com o crescimento que apenas o tempo e a experiência podem transformar em realidade, talvez seu bom-senso venha a melhorar.

Sua crítica à Rainha, embora gentil, chocou Laurel. Pelo que podia dizer, ninguém nunca dizia nada desfavorável a respeito dela. Mas fazia sentido que outro elfo de inverno tivesse mais liberdade de se expressar. Não podia evitar pensar no que, especificamente, ele achava que a Rainha estava julgando mal.

O olhar pensativo no rosto de Jamison fez Laurel pensar no pai de Tamani.

Encantos 100

— Você se transformará num... num Silencioso, Jamison?

Ele baixou o olhar para ela e riu muito baixinho.

— Agora, quem falou a você a esse respeito?

Ela abaixou a cabeça, levemente encabulada, e não disse nada. Quando olhou para cima, Jamison não estava olhando para ela e sim para a janela oriental, onde os galhos retorcidos da Árvore do Mundo e sua vasta copa podiam ser vistos acima do topo das outras árvores, mais comuns, se você soubesse o que procurar.

— Foi Tamani, não foi?

Laurel assentiu.

— Ele tem se remoído muito desde que seu pai realizou a união. Espero que você possa ajudá-lo a encontrar novamente a felicidade.

De novo, Laurel se sentiu culpada e esperou que Jamison não soubesse quanto tempo ela ficara longe, enquanto Tamani a esperava.

— Eu teria adorado mais do que tudo seguir os passos do pai de Tam — disse Jamison. — Mas o tempo já passou para mim. Eu não teria mais o vigor necessário. — Voltou a olhar para ela, seu sorriso empurrando a tristeza para fora de seu rosto... mas não de todo. — Precisam de mim aqui. Às vezes, é preciso deixar de lado nossos próprios desejos para servir a um bem maior. Temo que Avalon esteja... como já esteve várias vezes no passado, equilibrada no fio da navalha. Eu... — Olhou na direção dos guardas, mas estes deliberadamente olhavam para o outro lado. Não obstante, ele baixou a voz. — Eu fui até a árvore e ouvi o vento.

Laurel prendeu a respiração, com os olhos fixos em Jamison.

— Ainda há uma tarefa para mim. Algo que ninguém além de mim pode... ou irá... fazer. E, portanto, estou contente em ficar aqui.

Antes que ela pudesse fazer mais perguntas, Jamison se levantou e lhe ofereceu o braço. — Vamos continuar?

Seguiram o caminho familiar para fora da Academia, até a praça murada que hospedava os portais, e as sentinelas se postaram atrás deles. Laurel estava excitada em ver como Jamison iria abrir sua estrada mágica para casa. Esperou que ele fizesse alguma coisa fantástica — uma chuva de fagulhas e um raio de luz, ou, pelo menos, um encantamento ancestral — mas só o que ele fez foi estender a mão e abrir o portão, que deslizou silenciosamente. Com um rápido olhar para as sentinelas às suas costas, ele abriu o portão completamente e, de repente, eles viram outro grupo de sentinelas em semicírculo, do outro lado. No centro, estava Shar — sério e maravilhoso — e, à sua direita, Tamani. Todos estavam de armadura completa; uma visão intimidante, mas à qual Laurel estava se acostumando.

Jamison estendeu o braço mais uma vez, convidando Laurel a atravessar o portão. No último segundo, ele agarrou seu ombro gentilmente e se inclinou para junto de seu ouvido.

—Volte — sussurrou. — Avalon precisa de você.

Mas, quando ela olhou por cima do ombro, ele estava fechando o portal. Mais dois segundos e a visão de Avalon se esvaiu em sombras e desapareceu.

— Eu levo isto — disse Tamani, assustando Laurel. Ela sorriu e entregou a Tamani a grande bolsa cor-de-rosa. Ele olhou para a bolsa e riu. — Mulheres e suas roupas.

Laurel sorriu e se virou para o portão, para uma última olhada. Mas ele já havia se retorcido na forma de uma árvore de aspecto comum. Ela balançou a cabeça, ainda espantada com tudo o que tinha visto naquele verão.

— Por mais que eu quisesse que fosse diferente, temos que nos apressar — disse Tamani. — Esperamos que sua mãe chegue logo, e seria melhor que você a estivesse aguardando. — Ele colocou a mão em sua cintura e Laurel sentiu as outras sentinelas se mesclando à floresta enquanto ela e Tamani seguiam pela trilha.

Laurel se sentia estranha, como acontecia toda vez que tinha de se despedir de Tamani. Caminharam em silêncio até chegarem a um ponto de onde já podiam divisar a cabana e a comprida estrada de acesso. — Não tem ninguém aí ainda — disse Tamani. — Mas desconfio que seja apenas uma questão de minutos.

— Eu... — Sua voz ficou presa na garganta e ela recomeçou: — Sinto muito que não haja mais tempo.

Tamani sorriu de leve. — Fico feliz que você sinta. — Ele se recostou numa árvore, levantando uma perna para se apoiar contra o tronco. Não olhava para ela. — Quanto tempo você vai ficar longe desta vez?

A culpa queimou no peito de Laurel ao se lembrar do que Jamison dissera.

— Não é o que você está pensando — disse. — Tenho que...

— Tudo bem — interrompeu Tamani. — Não quis dizer nada com isso. Só estava perguntando.

— Não tanto quanto da última vez — disse ela, impulsivamente.

— Quando? — disse Tamani e olhou para ela, com sua fachada de indiferença se rompendo, ainda que somente por um instante.

— Não sei — disse Laurel, sem corresponder a seu olhar. Não podia olhar em seus olhos, não quando estavam tão expostos e vulneráveis. — Não posso simplesmente aparecer em algum momento?

Tamani ficou quieto por um instante.

— Tudo bem — disse. — Encontrarei um jeito de fazer dar certo. Apenas venha — acrescentou com fervor.

— Virei — prometeu ela.

Ambas as cabeças se viraram ao ouvir o motor de um carro virar na estrada e se aproximar.

— Sua carruagem — disse Tamani com um sorriso, mas sua boca estava rígida.

— Obrigada — disse Laurel. — Por tudo.

Ele deu de ombros, as mãos enfiadas nos bolsos.

— Não fiz nada de especial.

— Você... — Ela tentou encontrar as palavras para expressar o que sentia, mas nada parecia adequado. — Eu... — Dessa vez suas palavras foram interrompidas por uma série de buzinadas curtas. — É a minha mãe — disse, desculpando-se. — Tenho que ir.

Tamani assentiu, então ficou imóvel.

A bola estava com ela.

Ela hesitou, então, rapidamente, deu um passo até ele e o beijou no rosto, afastando-se depressa antes que ele pudesse dizer qualquer coisa. Correu pelo caminho na direção do carro, que agora estava estacionado e em silêncio. Ela parou. Não era o carro da sua mãe.

— David. — O nome escapou de seus lábios um instante antes que os braços dele a envolvessem, puxando-a de encontro a seu peito. Seus pés abandonaram o chão e ela estava girando, da mesma forma que Tamani a havia girado fora da Academia. A sensação de seu rosto contra o pescoço dele trouxe de volta lembranças de ficar abraçada com ele no sofá, na grama do parque, no carro, na cama dele. Ela se agarrou a ele percebendo — com um tanto de vergonha — que mal pensara nele desde que partira. Dois meses de saudades a atingiram de uma só vez, e as lágrimas arderam em seus olhos enquanto seus braços se entrelaçavam ao redor do pescoço dele.

Dedos gentis levantaram seu queixo e os lábios dele encontraram os dela — suaves e insistentes. Ela não podia fazer outra coisa senão corresponder ao beijo, sabendo que Tamani devia estar logo além de suas vistas, observando o reencontro com aquela expressão cautelosa que ele sabia fazer tão bem.

Nove

— Laurel?

O minúsculo cilindro de vidro de açúcar estilhaçou com seu susto.

— Aqui em cima — Laurel gritou, cansada.

David entrou em seu quarto como um tufão e passou um braço por seus ombros, depositando um beijo em seu rosto. Seus olhos voaram até o equipamento diante dela.

— O que você está fazendo? — Não havia como não perceber a excitação em sua voz.

Deixando que os diminutos cacos de vidro caíssem de sua mão sobre a mesa, Laurel suspirou.

— Estou *tentando* fazer frascos de vidro de açúcar.

— Eles são realmente feitos de açúcar?

Laurel assentiu, enquanto esfregava as têmporas.

— Pode comer estes pedaços aqui, se quiser — disse, não esperando que ele realmente o fizesse.

David olhou com desconfiança para a pilha de estilhaços de vidro, então pegou um dos pedaços maiores. Analisou-o por um momento antes de lamber o lado liso, longe da ponta afiada.

— Parece um pouco com açúcar cristal — disse ele, devolvendo o pedaço à mesa. — Estranho.

— Frustrante, isso sim.

— Para que servem?

Laurel se virou para seu kit e retirou um frasco de vidro — o que Yeardley tinha feito, não ela. Ainda não tinha conseguido fazer nenhum decente. Entregou o frasco a David.

— Algumas poções e elixires, ou seja lá o que for, não podem ser armazenados em sua forma final. Então, você os faz em duas partes. Quando combinar as duas, o efeito que você quer se produzirá instantaneamente. Portanto, você armazena as duas partes diferentes em frascos de açúcar para que possa juntá-las no momento certo, ou romper os dois frascos em sua mão, numa emergência.

— Parece machucar — disse David, devolvendo com cuidado o delicado frasco a Laurel.

Laurel balançou a cabeça. — Normalmente não é grosso o bastante para cortar a pele. Entretanto, mesmo que corte, o açúcar se dissolverá e você não terá de arrancar pedacinhos de vidro da sua mão... é por isso que não se usa vidro normal. Em condições ideais, você simplesmente despeja os dois num morteiro, ou sei lá o quê, mas é preciso estar preparado para tudo. — *Eu tenho que estar preparada para tudo*, acrescentou para si mesma.

— As poções não dissolvem o açúcar?

— Aparentemente, não.

— Por que não?

— Não sei, David — disse Laurel, laconicamente. — Simplesmente não dissolvem.

— Desculpe — disse David baixinho. Ele puxou uma banqueta estofada cor-de-rosa e se sentou ao lado dela na escrivaninha. — Então, como você os faz?

Laurel respirou fundo e se preparou para tentar novamente.

— Tenho cana-de-açúcar em pó — disse ela, apontando para um saco de tecido cheio de um pó esverdeado — e a misturo com resina de pinheiro. — Enquanto ela falava, ia seguindo suas próprias instruções, tentando se concentrar, a despeito da respiração de David perto de sua orelha e dos olhos dele fixos em suas mãos. Quase podia escutar a mente dele zunindo enquanto tentava absorver tudo aquilo.

— Fica bem grosso e melado, como uma calda — disse ela, mexendo a mistura com uma colher de prata — e se aquece um pouco.

David assentiu e continuou observando.

— Daí, eu pego este canudinho — disse ela, apanhando o que parecia ser um canudo curto de beber, feito de vidro. Não disse a David que era uma peça sólida de diamante. — Mergulho na mistura de açúcar e sopro, como se fosse vidro normal. — Parecia fácil, e a maioria dos Misturadores da idade dela vinha fazendo seus próprios frascos havia anos. Mas Laurel ainda não tinha conseguido pegar o jeito.

Ela inalou, sugando apenas um pouquinho da mescla de açúcar com o tubo e, então, soprou muito lentamente, enquanto se concentrava e visualizava como queria que saísse. Girando o tubo à medida que soprava, a pequena bolha na extremidade se alongou, esticando-se, contrariamente a todas as leis da física, não numa forma redonda, mas num longo cilindro. A mistura opaca e turva começou a branquear, até ficar translúcida.

Laurel soprou um pouco mais de ar no tubo e girou mais uma vez antes de afastar a boca, hesitante. Geralmente ia bem até esse ponto.

— Isto é...

— Psiu — ordenou Laurel, pegando uma faquinha de prata que se parecia com um bisturi. Riscou o vidro de açúcar ao redor da ponta do tubo de diamante, então puxou o cilindro, separando-o lentamente do canudo.

O primeiro lado saiu facilmente e Laurel rolou cuidadosamente o cilindro num círculo, destacando as outras bordas. Prendeu a respiração ao puxar o tubo do último ponto de contato. O açúcar ainda flexível se curvou, esticou-se num longo fio e, finalmente, separou-se.

Nesse momento, o cilindro se estilhaçou.

— Droga! — gritou Laurel, golpeando o tubo em sua escrivaninha.

— Cuidado com essa coisa aí — disse David.

Laurel dispensou sua preocupação com um gesto irritado da mão.

— Este aqui não quebra — resmungou.

Seguiu-se um longo silêncio enquanto Laurel contemplava a pilha de cacos de vidro, tentando concluir o que fizera de errado. Talvez, se sugasse um pouquinho mais da calda de açúcar, o frasco ficasse mais grosso.

— Posso... posso tentar? — perguntou David, hesitante.

— Se quiser — disse Laurel, embora soubesse que não iria funcionar.

Mas David sorriu e se atirou na cadeira que ela havia acabado de vagar. Ela ficou olhando enquanto ele tentava imitar o que ela havia feito, sugando uma pequena quantidade da calda grudenta com o canudo e, depois, soprando com cuidado. Por um segundo, pareceu que iria funcionar. Uma bolha diminuta começou a se formar, embora fosse redonda, em vez de alongada. Mas, quase no mesmo instante em que se formou, a bolha estourou fazendo um leve *plop*, e o líquido escorreu inutilmente para fora do tubo de diamante.

— O que fiz de errado? — perguntou David.

— Nada — disse Laurel. —Você simplesmente não pode fazer.

— Não vejo por que não — disse David, olhando para a massa esverdeada pendurada na ponta do tubo. — Não tem sentido que nós dois façamos exatamente a mesma coisa com resultados tão drasticamente diferentes. No mínimo, deveriam ser parecidos.

— Isso não é física, David; não é ciência. Funciona para mim porque sou uma fada de outono, e essa é toda a explicação. Bem — disse ela, tirando o tubo da mão de David —, *quase* funciona.

— Mas, por quê?

— Não sei! — disse Laurel, exasperada.

— Bem, você sopra de uma maneira específica? Existe uma técnica que eu não estou conseguindo ver? — perguntou David, não captando seu tom.

— Não. O que faço é isso que você está vendo. Não tem método secreto nem nada.

— Então, o que estou fazendo de errado?

— O que *você* está fazendo de errado? — Laurel riu cinicamente. — David, não sei nem mesmo o que *eu* estou fazendo de errado! — Ela se jogou em sua cama. — Em Avalon, passei uma hora por dia durante as três últimas semanas praticando soprar frascos de vidro. E não consegui fazer nenhum sem quebrar. Nem unzinho!

David se juntou a ela na cama. — Uma hora por dia?

Laurel sabia que ele estava cogitando se a prática o ajudaria a soprar seus frascos também, mas, pelo menos, ele não disse nada.

— Meus instrutores ficavam me dizendo que se eu estudasse os componentes e os procedimentos, minha intuição iria fazer o resto, mas isso ainda não aconteceu.

— Então, supõe-se que você simplesmente *saiba* o que fazer?

— É o que eles dizem.

— Tipo... por instinto?

Com isso, Laurel se virou, apoiando-se de costas e soltando ruidosamente um suspiro frustrado. — Bem, "instinto"... isso é quase um palavrão em Avalon. Yeardley ficava me dizendo: "Você está tentando usar o instinto; em vez disso, precisa confiar na sua intuição." Mas procurei ambas as palavras no dicionário e elas significam exatamente a mesma coisa.

David se deitou ao lado dela e ela rolou, aconchegando-se na curva do braço dele, com a mão pousada em seu peito. Como tinha sobrevivido sem aquilo por oito semanas?

— O problema é que é tão frustrante. Todo mundo da minha idade em Avalon está muito mais à frente do que eu. E estão se adiantando cada vez mais. Neste exato minuto! — Ela suspirou. — Nunca vou alcançá-los.

— Claro que vai — disse David baixinho, seus lábios fazendo cócegas no pescoço dela. — Você vai dar um jeito.

— Não vou, não — disse Laurel com tristeza.

109   APRILYNNE PIKE

—Vai, sim — repetiu David, com o nariz tocando o dela. Os braços dele se apertaram ao redor de sua cintura e Laurel não pôde evitar sorrir.

— Obrigada — disse ela.

Ela fechou os olhos, esperando pelo beijo dele, mas uma batida leve no batente da porta fez com que levantasse a cabeça de um tranco.

— Vocês poderiam, pelo menos, não ficar se agarrando na cama enquanto estou em casa? — disse a mãe de Laurel secamente. — Sabe, *fingir* que estão seguindo as regras?

David já havia se levantando de um pulo e se afastado um metro da cama.

Laurel se levantou devagar. — Mas eu deixei a porta aberta — disse.

— Ah, que bom — respondeu sua mãe. — Mal posso esperar para ver o que estará acontecendo na próxima vez que passar por aqui. Estou indo para a loja — continuou ela, antes que Laurel pudesse responder. — Quero vocês dois lá embaixo, por favor.

Laurel observou a mãe se afastar, usando uma linda saia e blusa, com uma bolsa executiva a tiracolo. Apenas uma das muitas mudanças com que Laurel deparou em seu retorno de Avalon.

A primeira tinha sido sensacional. David fora buscar Laurel na propriedade, no dia anterior, e estacionara na entrada de sua casa ao lado de um Nissan Sentra preto, complementado por um laço vermelho.

— Pensei que, como você é responsável pela nossa atual situação financeira, deveria colher algum benefício dela — dissera seu pai com uma risada, enquanto Laurel gritava de alegria e o abraçava. O diamante que Jamison dera a Laurel no ano anterior, para impedir que seus pais vendessem a propriedade, havia coberto mais do que as despesas médicas de seu pai. Mas Laurel não previra um bônus pessoal tão bom.

Quanto à segunda grande mudança, ela já tomara conhecimento. Seus pais tinham decidido reformar a casa, pequena demais, acrescentando uma sala de jogos — cheia de janelas enormes para Laurel — e ampliando a cozinha. O fato de Laurel ter passado o verão fora de casa caíra como a oportunidade perfeita. O trabalho deveria estar pronto quando ela voltasse, mas a primeira coisa que fez, ao entrar em casa no dia anterior, foi tropeçar num monte de ferramentas. Os pedreiros haviam prometido dar o fora de lá até o fim da semana, mas Laurel tinha suas dúvidas.

No entanto, a mudança mais drástica foi uma surpresa ainda maior que seu carro. Na primavera, o pai de Laurel tinha comprado uma loja ao lado de sua livraria, pretendendo expandi-la. Mas logo depois de Laurel partir para Avalon, seus pais decidiram, em vez disso, abrir um novo negócio: uma loja de naturopatia para sua mãe. A Cura da Natureza — que tinha aberto pouco antes de Laurel voltar para casa — vendia medicamentos artesanais e uma grande variedade de vitaminas, ervas e alimentos naturais, assim como uma bela seleção de livros sobre saúde e bem-estar, fornecidos pela charmosa livraria vizinha. Com todo o tempo que ambos passavam em suas lojas, os pais de Laurel se viam mais agora do que em qualquer outro momento de seu casamento.

Isso é ótimo!, disse Laurel para si mesma. Afinal, era bom que sua mãe tivesse algo assim, que fosse somente dela. No entanto, durante a ausência de Laurel, sua mãe ficara um tanto... distante. Seu pai parecia não se cansar nunca de ouvir histórias sobre Avalon, mas, durante aquelas conversas, sua mãe, de repente, se lembrava de alguma coisa que precisava fazer em outro cômodo. Laurel sentia que a loja nova proporcionava uma via de escape adicional; nas vinte e quatro horas que Laurel tinha passado em casa, só vira a mãe durante um curto jantar e uma ou duas vezes quando ela estava indo a algum compromisso ou vindo correndo de outro.

Ela suspirou e se levantou da cama.

—Venha, vamos lá para baixo.

— Está bem, mas... — David indicou os materiais de fazer vidro sobre a escrivaninha de Laurel.

— Já terminei por hoje — disse Laurel. — Vamos fazer alguma coisa divertida. Temos somente alguns dias antes de as aulas recomeçarem. — Laurel puxou-o na direção da porta. — Minha mãe fez rolinhos de canela hoje de manhã — acrescentou, tentando incentivá-lo.

Dessa vez, ele deixou que Laurel o arrastasse, mas não antes de lançar um olhar demorado à escrivaninha.

Na cozinha, David pegou um dos rolinhos e besuntou com cream cheese. Enquanto dava uma mordida, virou-se para a ampla janela da cozinha nova, da qual Laurel gostava muito.

— Ainda não vi a Chelsea. Vamos ligar para ela e convidá-la para assistir a um filme ou algo do gênero hoje à noite? — Laurel olhou os rolinhos na tigela. O cheiro sempre a deixava um pouco enjoada.

— Claro, se ela não for sair com Ryan.

— Ryan? — perguntou Laurel, guardando o cream cheese na geladeira. — Ryan, o altão?

— É.

— Eles estão... juntos?

— Chelsea tem se mantido um pouco calada sobre o assunto... se é que isso é possível... mas, se eles ainda não estão juntos, ficarão em breve. Talvez você consiga arrancar alguma coisa dela.

— Talvez. Isso é estranho.

Não que Chelsea tivesse um namorado, Laurel estava animada com isso, mas que escolhesse Ryan. O alto e desengonçado Ryan, que não falava muito e era particularmente distraído. Laurel era totalmente a favor da ideia de que os opostos se atraíam, mas talvez eles fossem opostos *demais*.

E, além disso, claro, havia a questão de que Chelsea passara os últimos anos apaixonada por David. Contudo, se ela agora havia superado a paixonite, puxa, melhor ainda.

Encantos 112

Ficaram calados por alguns minutos, David terminando de comer seu rolinho e Laurel olhando fixamente pela janela, pensando em Chelsea. Finalmente, David engoliu o último bocado e respirou fundo.

— Achei ter visto Barnes outro dia, pouco antes de ir buscar você.

Um calafrio de medo apertou o peito de Laurel.

—Você *achou*?

— É, não era ele. Era apenas aquele cara que administra o boliche.

— Oh, também tive que olhar duas vezes para ele, alguns meses atrás. — Sua risada foi tensa e murchou completamente quando viu a expressão de David.

— Por que ele não voltou, Laurel? — perguntou ele em voz baixa.

Laurel balançou a cabeça enquanto olhava, através da janela panorâmica, para os bosques atrás de sua casa. Pensou em quantas fadas e elfos estariam vivendo ali, observando-a naquele exato minuto. Talvez aquele fosse o momento de contar a David sobre sua conversa com Jamison.

— Não sei — disse ela, adiando um pouco mais.

— Arruinamos os planos dele. Planos grandes, muito grandes. E ele sabe onde você mora.

— Obrigada por me lembrar disso — disse Laurel ironicamente.

— Desculpe, não estou tentando assustar você. Mas me sinto como... não sei, como uma corda se esticando um pouco mais a cada dia. Fico esperando que *algo* aconteça. E está apenas piorando — continuou ele. —Vejo trolls por toda parte. Toda vez que vejo um rosto desconhecido de óculos escuros, fico em dúvida. Com todo o movimento turístico que tivemos neste verão, você pode imaginar que foram uns meses bastante paranoicos. E com você longe... — Ele segurou o pulso dela e a puxou para si, beijando o topo da cabeça loura. — Estou feliz que você esteja de volta.

— Ótimo. — Ela passou os braços em volta da cintura de David e ficou na ponta dos pés para um beijo. Ele estava quase trinta centímetros mais alto que ela. Havia crescido quase oito centímetros nos últimos seis meses e também começara a levantar peso. Ele não dissera com todas as palavras, mas Laurel desconfiava que sua autoconfiança houvesse sido bastante afetada, depois do encontro com Barnes. Qualquer que fosse sua motivação, ela não podia evitar apreciar os resultados. Adorava sua estatura; fazia com que se sentisse segura e protegida.

Se apenas conseguisse dominar as coisas que havia aprendido em Avalon, talvez se sentisse ainda mais segura.

Chelsea soltou um gritinho e atirou os braços em volta de Laurel, que riu, percebendo quanta falta tinha sentido da amiga.

— Eu ia à sua casa ontem — disse Chelsea —, mas prometi a mim mesma que lhe daria um dia com David primeiro. Ele tem estado tão triste sem você.

Laurel sorriu. Realmente ficara agradecida pela informação.

— Ele me fez companhia quase todos os dias e falou de você sem parar durante o primeiro mês, mas, como comecei a sair com Ryan e David ficou todo estranho, não o vi muito nestas últimas semanas. Vamos lá para cima — disse Chelsea quando um rolo de braços e pernas invadiu a entrada da casa, onde elas estavam paradas. — A semana antes do início das aulas é sempre a pior — disse ela, apontando para seus irmãos se engalfinhando no chão.

Laurel não podia dizer ao certo se era uma briga de verdade ou apenas de brincadeira. Em todo caso, era melhor sair da frente. Seguiu a ainda falante Chelsea escada acima até seu quarto todo decorado com fadas. Laurel sempre se sentia um pouco incomodada em estar ali, com as tradicionais fadas de asinhas de borboleta olhando para ela das paredes, do teto e das lombadas da impressionante coleção de livros sobre fadas da amiga.

— Então, você não parece muito bronzeada — disse Chelsea, esperando por uma resposta.

— Hã — disse Laurel, totalmente desprevenida. — O quê?

Encantos 114

— Bronzeada — repetiu Chelsea. —Você não parece muito bronzeada. Depois de dois meses num refúgio na floresta, pensei que ficaria bem bronzeada.

Laurel quase se esquecera da história de fachada que David inventara — que ela tinha ido para um refúgio em meio à natureza. Um refúgio que, convenientemente, não tinha telefone nem acesso à Internet. Laurel se sentia péssima mentindo para Chelsea, mas Chelsea era franca demais para guardar segredos. Ironicamente, essa era uma de suas melhores qualidades.

— Hã, filtro solar — disse Laurel de forma evasiva. — Montes e montes de filtro solar.

— E chapéus, certamente — disse Chelsea.

— Sim. Então, me conte sobre você e Ryan — disse Laurel, ansiosa por mudar de assunto.

Chelsea, de repente, encontrou algo muito interessante para observar no tapete.

Laurel riu. — Chelsea, você está ficando vermelha?

Chelsea riu com nervosismo e deu de ombros.

—Você gosta dele? — insistiu Laurel.

— Gosto. Nunca pensei que isso fosse acontecer, mas *gosto*.

— Isso é fantástico — disse Laurel com sinceridade. — Então... vocês estão namorando oficialmente?

— Como se "namora oficialmente"? — perguntou Chelsea. — É preciso ter alguma conversa especial na qual dizemos: "Olha só, eu gosto de você e você gosta de mim, e nós gostamos de nos agarrar, então vamos namorar oficialmente?" Como funciona isso?

Os olhos de Laurel se arregalaram. —Vocês ficam se agarrando?

—Acho que sim.

— Ou vocês se agarram ou não — disse Laurel com uma sobrancelha levantada.

— Bem, a gente se beija muito. Isso conta?

— Não apenas conta como acho que faz com que estejam oficialmente namorando.

— Oh, que bom — disse Chelsea com um suspiro de alívio. — Eu estava toda estressada porque não tivemos nenhuma conversa especial a respeito.

— Beijar é melhor do que falar — disse Laurel com um sorriso.

— E como isso aconteceu?

Chelsea deu de ombros. — Simplesmente aconteceu. Bem, mais ou menos. Quer dizer, você sabe que eu sempre gostei muito do David.

Laurel assentiu, mas achou melhor não dizer nada.

— Chegou ao ponto em que ele era tudo o que eu conseguia ver. Sempre. E eu detestava que você estivesse com ele, mas adorava que vocês dois estivessem felizes, e era horrível ficar tão dividida.

Laurel se aproximou um pouco mais e pousou a mão no braço de Chelsea. Tal assunto nunca tinha sido abordado antes, apesar de Laurel saber que devia ter sido difícil para a amiga. Chelsea sorriu e deu de ombros.

— Então, decidi que precisava simplesmente parar. Parar com tudo relacionado a David. Parar de pensar nele, parar de olhar para ele, parar até mesmo de gostar dele.

— Como você fez isso? — perguntou Laurel, pensando instantaneamente em suas questões com Tamani.

— Na verdade, não sei. Apenas fiz. Foi estranho. Passei anos me esforçando tanto para conseguir a atenção de David, para fazê-lo gostar de mim. E era como se eu não conseguisse enxergar mais nada. E, então, não é que eu tenha me obrigado a parar de focar em David, mas sim que me *permiti* focar em outras pessoas. E foi muito legal.

— Seus olhos se arregalaram dramaticamente. — Há caras legais por toda parte, sabia?

Laurel riu. — Suponho que eu ainda esteja bastante focada em David.

— E tem que estar mesmo — disse Chelsea seriamente. — Enfim, Ryan e eu começamos a passar mais tempo juntos e então ele me convidou para ir ao cinema e depois para almoçar, e logo estávamos juntos o tempo todo.

— E se beijando.

— E nos beijando — concordou Chelsea com entusiasmo. — Ryan beija maravilhosamente bem.

Laurel revirou os olhos. — Tá aí uma coisa que eu realmente queria saber — disse sarcasticamente.

— Ah, vamos lá... todo mundo quer saber.

— Não quer, não!

— Sei. Eu sempre quis saber como David beija.

— Hum, essa é uma daquelas perguntas que você não deveria fazer. Chelsea riu. — Não fiz. Só disse que sempre quis saber.

— Isso é perguntar.

— Não é. — Ela se recostou na cabeceira da cama. — Claro, você podia me contar mesmo assim.

— Chelsea!

— O quê? Eu contei para *você*.

— Eu não perguntei.

— Tecnicamente.

— Não vou contar.

— Isso significa que ele é *péssimo*.

— Ele não é péssimo.

— A-há!

Laurel suspirou. — Você é tão esquisita.

— Sim — disse Chelsea com um sorriso, jogando seus cachos enrolados. — Mas você me ama.

Laurel riu. — Amo, sim. — Ela se inclinou e encostou a cabeça no ombro de Chelsea. — E fico contente que você esteja feliz.

— Ficaria mais feliz ainda se você me contasse como David é na cama.

Laurel olhou incredulamente para Chelsea, então a golpeou com um travesseiro.

Dez

LAUREL ESTAVA SENTADA DE PERNAS CRUZADAS EM SEU QUARTO, organizando materiais escolares e arrumando sua mochila. David, que já estava preparado para voltar à escola havia uma semana — ou, mais provavelmente, um mês, Laurel só não tinha como provar —, a observava, esparramado em sua cama. Ela tirou da sacola de compras um pacote com quatro marcadores de texto multicoloridos e se deu um minuto para abraçá-lo junto ao peito.

— Ah, marcadores de texto — cantarolou de forma melodramática —, senti tanta falta de vocês!

David riu. — Você vai poder levar alguns no ano que vem.

— Nossa. Ano que vem. No momento, não consigo sequer imaginar trabalhar tanto, de novo. — Ela ergueu os olhos para ele. — Mesmo porque não seriam *férias* de verão.

David abaixou os braços e os passou em volta dela, erguendo-a até a cama, a seu lado, enquanto ela ria.

— Também não pareceram ser férias para mim, com você longe o tempo todo — disse ele, recostando-se nos travesseiros dela.

Laurel se encolheu junto ao peito dele.

— E agora, terminou — lamentou-se ela.

— O dia ainda não acabou — sussurrou David, fazendo cócegas com a respiração em sua orelha.

Encantos 118

— Bem — disse Laurel, com fisionomia séria —, meus pais sempre dizem para eu aproveitar todos os dias ao máximo.

— Concordo totalmente com isso — disse David, em tom de brincadeira, mas com um leve grunhido na voz. Ele pressionou a ponta dos dedos nas costas dela enquanto beijava de leve seu ombro, nu sob a alça da camiseta. Os braços de Laurel se entrelaçaram em volta do pescoço dele e ela correu os dedos por seus cabelos. Era uma das coisas que ela adorava fazer. Cachos sedosos que enroscaram somente um pouco em seus dedos e depois deslizaram, quando ela puxou um pouco mais forte.

A respiração de David soou no fundo de sua garganta quando seus lábios encontraram os dela, e Laurel se deixou resvalar para a agradável satisfação que sempre sentia nos braços de David. Sorriu quando ele se afastou e encostou a testa na dela.

— Como pude ter tanta sorte na vida? — perguntou baixinho, pousando a mão em suas costas.

— Sorte não teve nada a ver com o assunto — respondeu Laurel, inclinando-se mais perto e beijando-o com gentileza. Uma, duas e, na terceira vez, ela o puxou com força, deliciando-se com a sensação da boca contra a sua. Ela deslizara a mão sob a camisa dele, sentindo a respiração rápida expandir sua caixa torácica. Hesitou por um segundo, especulando qual seria a probabilidade de que seu pai ou sua mãe chegasse mais cedo em casa; então, ergueu a camisa dele com as duas mãos, levantando-a por seus braços e sobre a cabeça. Era uma das coisas que mais lhe dava prazer: colocar-se em contato com o peito nu de David. Ele era sempre tão quente — mesmo no verão, quando a temperatura corporal dela ficava quase tão alta quanto a dele. Adorava sentir o calor se espalhar por ela, vindo de todos os pontos em contato com ele, infiltrando-se nela lentamente até seu corpo inteiro ficar agradavelmente morno, enroscando o pé preguiçosamente sobre a perna dele.

Os olhos de Laurel estavam fechados, esperando pelo próximo beijo dele, mas, após alguns segundos, ela os abriu. David a olhava fixamente, com um meio sorriso no rosto, mas seu olhar era sério. — Eu te amo — disse ele.

Ela sorriu, adorando ouvir aquelas palavras. Sempre que ele as dizia, parecia ser a primeira vez.

— Ei, Dona Fada.

Laurel sorriu ao descer a escada. Seu pai havia começado a chamá-la assim depois que voltara para casa do hospital. Sempre haviam sido próximos, mas, depois de quase perdê-lo no ano anterior, parecia que cada minuto contava em dobro. E, apesar de sua curiosidade insaciável sobre fadas levá-la à loucura, às vezes, adorava a facilidade com que ele havia aceitado quem ela realmente era.

— Como foi o primeiro dia de aula?

Laurel se dirigiu para o sofá passando pela geladeira, onde pegou um Sprite.

— Foi bem. Melhor do que no ano passado. E acho que estou mais preparada para química do que estava para biologia.

— Parece que, em geral, houve progresso — disse ele, erguendo os olhos de seu livro.

— O que você está lendo? — perguntou ela, olhando para o livro cheio de orelhas.

Ele pareceu um pouco constrangido. — *Stardust* — *O mistério da estrela*.

— De novo?

Ele deu de ombros. Livros de fantasia, principalmente os que envolviam fadas, tinham alcançado os primeiros lugares na lista de leitura de seu pai, com o conto de fadas de Neil Gaiman entre os favoritos.

— Onde está a mamãe? — perguntou Laurel, embora pudesse adivinhar a resposta.

— Fazendo o inventário — veio a resposta esperada. — Ela precisa enviar o pedido amanhã.

Encantos 120

— Já desconfiava — disse Laurel.

Seu pai contemplou o rostinho sombrio e abaixou o livro. —Você está bem?

Ela deu de ombros. Seu pai se endireitou um pouco no sofá e indicou o lugar a seu lado com um tapinha. Laurel suspirou e se sentou ao lado dele, pousando a cabeça em seu ombro.

— O que foi?

— Não sei. É só que... é meio estranho, de repente, ter você em casa mais do que a mamãe. Ela passa o tempo todo na loja.

O braço dele a apertou. — Ela só está ocupada, no momento. Começar uma loja dá muito trabalho. Você se lembra no verão passado quando eu estava abrindo a livraria? Eu *nunca* estava em casa. — Ele deu uma risadinha. — Na verdade, quero crer que, se tivesse passado mais tempo em casa, teria percebido a situação. — Ele fez uma pausa e apertou novamente os ombros de Laurel. —Você precisa entender, quando eu... fiquei doente, sua mãe se sentiu totalmente indefesa. Nós quase não tínhamos seguro, as contas do hospital estavam se acumulando e, se tivesse acontecido alguma coisa, ela não teria como sustentar você. Ela nunca conseguiu pegar o jeito de administrar minha loja. Poderia ter conseguido ganhar o mínimo para sobreviver, mas seria por pouco. Ela tem medo de se ver novamente nessa situação e, convenhamos, não somos jovens. — Ele se virou para olhar para ela. — Ela está fazendo isso por você. Para que possa sustentá-la, caso alguma coisa venha a acontecer novamente.

Laurel esfregou o pé na almofada do sofá. — Mas, às vezes, eu acho... — Ela fez uma pausa, então soltou num fôlego só, antes que pudesse mudar de ideia: — Ela detesta o fato de eu ser uma fada.

Seu pai se sobressaltou um pouco. — O que você está querendo dizer?

Depois da primeira frase, o resto saiu rolando.

—Tudo começou a mudar quando ela descobriu. Ela age como se não me conhecesse mais... como se eu fosse uma estranha vivendo na casa dela. Não conversamos mais. Costumávamos conversar o tempo todo, sobre tudo. E agora sinto que ela evita meu olhar e sai da sala quando eu entro.

— Meu docinho, você precisa dar um tempo a ela para abrir a loja. Acho, de verdade...

— Foi antes da loja — interrompeu Laurel, balançando a cabeça. — Ela não gosta de ouvir nada sobre o fato de eu não ser normal. Quando recebi o convite para ir a Avalon, fiquei tão animada... era a oportunidade de uma vida. E ela quase não me deixou ir!

— Vamos ser justos, isso foi mais pela ideia de você passar dois meses com completos estranhos do que por serem fadas e elfos.

— Mesmo assim — insistiu Laurel. — Esperei que as coisas fossem mudar enquanto eu estivesse fora. Que, talvez, ficasse mais fácil ela se acostumar à ideia se eu não estivesse por perto, esfregando na cara dela. Mas nada mudou — disse ela baixinho. — Na verdade, ficou pior.

Seu pai pensou por um momento. — Não sei por que ela está tendo tanta dificuldade para lidar com isso, Laurel — disse, com hesitação. — Ela apenas não entende. Isso fez com que sua visão de mundo virasse de cabeça para baixo. Pode ser que demore algum tempo. Só estou pedindo que você tenha paciência.

Laurel respirou fundo, estremecendo. — Ela mal me abraçou quando voltei. Estou tentando ser paciente, mas parece que ela nem sequer gosta mais de mim.

— Não, Laurel — disse o pai, abraçando-a contra o peito enquanto ela piscava para afastar as lágrimas. — Não é nada disso, juro. Não é com você; é com o fato de ela estar tentando digerir a ideia de que fadas existem. — Ele encarou Laurel abertamente. — Mas ela ama você — disse, com firmeza. — Ama tanto quanto sempre amou. Juro. — Ele encostou o rosto no alto da cabeça dela. — Você gostaria que eu conversasse com ela?

Laurel negou instantaneamente com a cabeça. — Não, por favor, não faça isso. Ela não precisa de mais coisas com que se preocupar.

— Forçou-se a sorrir. —Vou dar a ela mais tempo... ser paciente, como você disse. As coisas logo voltarão ao normal, certo?

— Com certeza — disse ele, com um sorriso e um entusiasmo que Laurel não conseguia sentir.

Quando Laurel se levantou e voltou para a cozinha, seu pai pegou novamente o livro. Ela se ajoelhou ao lado da geladeira e começou a armazenar mais latas de Sprite na porta.

— "Normal" — zombou baixinho. — Sei.

Olhou para cima, para as sobras organizadas em potes na geladeira.

— Ei, pai, você já jantou? — perguntou.

— Hã... não — disse ele, envergonhado. — Pretendia ler somente o primeiro capítulo, mas me empolguei.

— Que surpresa — disse Laurel, devagar. — Posso preparar alguma coisa para você?

— Não precisa — disse o pai, levantando-se do sofá e se espreguiçando. — Posso esquentar minhas sobras no micro-ondas.

— Não, eu faço questão — disse Laurel. — De verdade.

Seu pai a olhou com estranheza.

— Fique aí sentado. Vou correr um minutinho até meu quarto. Volto num segundo.

Enquanto ela ia para a escada, seu pai deu de ombros, acomodou-se em sua cadeira na mesa da cozinha e abriu novamente o livro.

Laurel apanhou seu kit, obrigando-se a não olhar para a última leva de frascos de vidro de açúcar estilhaçados sobre a escrivaninha, e desceu rapidamente. Sobre a bancada da pia estava um pacote congelado de macarrão chinês com legumes, um dos pratos favoritos do seu pai. Aquilo iria funcionar. Abriu o kit ao lado do fogão, despejou a comida numa panela pequena e acendeu o fogo.

O pai de Laurel levantou os olhos quando a panela bateu no fogão.

— Não precisa fazer isso — disse ele. — O micro-ondas funciona bem.

— Sim, mas eu queria fazer algo especial para você.

Ele levantou uma sobrancelha. — Especial como?

— Você vai ver — disse Laurel, agitando os dedos sobre o vapor que se elevou da panela quando o molho começou a borbulhar.

Não queria alterar o sabor; aquilo não era uma simples adição de temperos. Queria realçar o sabor que já estava ali. Seus professores em Avalon lhe haviam dito repetidamente que, se conhecesse a planta e confiasse em sua intuição, poderia fazer quase qualquer coisa. Aquilo deveria ser fácil. Certo?

Relaxou e fechou os olhos, contente pelo fato de o fogão não ficar de frente para a mesa da cozinha, e logo os componentes da comida pareceram adquirir vida sob seus dedos, banhados no vapor. Inclinou a cabeça para o lado, sentindo o alho e a soja, o gengibre e a pimenta.

Açafrão, disse a si mesma. *Óleo de açafrão e um toque de sálvia. Isso realçará o alho e o gengibre.* Concentrou-se, sentindo que havia mais uma coisa que teria de acrescentar para ficar perfeito. *Alga verde*, decidiu, enfim. Provavelmente porque tinha altos níveis de amido, que iriam enfatizar a soja. E, bem, pimenta era pimenta. Seria por si só forte o bastante.

Procurou em seu kit um pilão pequeno. Colocou nele algumas gotas de óleo de açafrão e uma pitada de sálvia. A alga verde, no entanto, vinha num frasco muito pequeno, com um minúsculo spray que liberava menos que uma gota. Laurel vaporizou uma névoa de alga verde numa tigela de pedra, repensou, então vaporizou mais uma vez. Usando o pilão, socou as sementinhas de sálvia, misturando as três essências até o aroma mudar somente um pouco. Virou a tigela e deixou que algumas gotas pintalgadas de verde caíssem sobre o macarrão borbulhante. Um vapor espumoso se elevou, desaparecendo à medida que Laurel ia mexendo a comida, mesclando as gotas extras no molho marrom.

— *Bon appétit* — disse Laurel, colocando a refeição na frente do pai com um floreio.

Ele levantou os olhos do livro, um pouco espantado. — Oh. Obrigado.

Laurel sorriu, então voltou pelo outro lado do fogão para começar a limpar a cozinha. Ficava lançando olhares para ele, perguntando-se se ele iria perceber alguma coisa sem ela dizer nada.

Não precisou esperar muito.

— Uau, Laurel, isto está ótimo! — disse seu pai. — Acho que o fogão é realmente melhor que o micro-ondas.

Ele comeu com entusiasmo, e Laurel sorriu, irracionalmente orgulhosa de que alguma coisa tivesse dado certo, depois de ter cometido tantos erros durante as últimas semanas.

—Você acrescentou alguma coisa à comida? — perguntou seu pai depois de devorar quase metade do prato. — Porque teriyaki nunca teve um sabor tão bom. — Fazendo uma pausa, ele levou outra garfada à boca. — E olha que eu comi dois dias atrás, quando estava fresco — disse ele, com a boca cheia de macarrão.

Laurel se virou com um olhar conspiratório no rosto. — Pode ser que eu tenha acrescentado alguma *coisinha* — disse ela.

— Bem, você precisa dizer o quê à sua mãe, porque este é o melhor macarrão chinês que já comi na vida.

Laurel sorriu ao depositar a panela na pia e deixar a água quente correr. Colocou suas luvas de borracha e começou a lavar a louça.

— Está vendo, é isso que eu queria que a mamãe entendesse — disse Laurel, numa voz que mal se ouvia acima da água corrente. — As coisas que posso fazer não são apenas para as fadas, também posso fazer coisas para vocês. Fazer sua comida ter um sabor melhor, por exemplo, de uma forma que ninguém mais conseguiria. E posso preparar excelentes vitaminas. Minha versão de vitamina C é incrível. — Ela fechou a água depois de enxaguar as poucas peças. — Ou será, quando eu conseguir acertar. Só gostaria que a mamãe conseguisse ver que não sou diferente do que era antes. Não me tornei uma fada, sempre fui. Ainda sou a mesma pessoa. Quer dizer, *você* percebe isso — disse ela, virando-se. — É... — Seu queixo caiu.

Seu pai estava dormindo — roncando baixinho — com o rosto caído sobre os últimos bocados de comida.

— Pai? — Laurel foi até ele e tocou seu ombro. Como não respondeu, ela o sacudiu, a princípio de leve, depois com mais força. *O que foi que eu fiz!* Estava no meio da escada, subindo para pegar um frasquinho azul de tônico restaurador, quando se lembrou de *todos* os usos da alga verde. Deixou-se desmoronar nos degraus e relembrou o trecho de seu livro didático. *Em caso de necessidade, uma pitada de alga verde adormecerá profundamente qualquer animal. Não é instantânea, mas é perfeita para fugas quando se tem tempo suficiente.* Até aquele momento, Laurel não havia aplicado em seus pais nenhuma das coisas que aprendera sobre os usos das plantas com relação aos animais. Mas, tecnicamente, era isso que eles eram.

Devagar, Laurel se levantou e voltou para a cozinha. Seu pai agora roncava mais alto. Apanhando um pano de prato, levantou cuidadosamente a cabeça dele e limpou o molho grudento de seu rosto. Então, deslizou o livro sob suas mãos e pousou sua cabeça novamente sobre os braços. Certamente não seria a primeira vez que ele caía no sono enquanto lia. Na mesa da cozinha era uma novidade, mas ela desconfiava que ninguém faria perguntas. Ele vinha trabalhando muito ultimamente.

Levou o prato para a cozinha e jogou os restos de comida no lixo. Teria de lavar o prato também. Não podia se arriscar que a mãe descobrisse o tamanho do erro que havia cometido, tentando se mostrar. Depois de guardar o prato no armário, Laurel deu mais uma olhada no pai, roncando na mesa. Esperava que ele acordasse de manhã. Não tinha a menor ideia do que iria fazer, caso ele acordasse.

— Sou a fada mais incompetente *do planeta.*

Onze

UMA SEMANA APÓS A VOLTA ÀS AULAS, LAUREL CAMINHAVA EM DIREÇÃO À livraria Mark's Bookshelf de mãos dadas com David, os braços balançando nos últimos suspiros cálidos do verão. Com um beijo, ele se despediu para ir trabalhar na farmácia e Laurel abriu a porta da loja, fazendo a campainha soar alegremente.

Maddie ergueu os olhos para ela, com um sorriso amplo no rosto.

— Laurel — disse ela toda animada, como fazia sempre que a via. Aquela era uma constante em sua vida que Laurel amava. Não importava o que estivesse acontecendo com seus pais, os trolls, Avalon, ou o que quer que fosse, Maddie estava sempre atrás do balcão da livraria, pronta para lhe dar um sorriso e um abraço.

Laurel riu enquanto Maddie a apertava com força.

— Onde está o meu pai? — perguntou, olhando em volta.

— Nos fundos — disse Maddie. — Inventário.

— Para variar — disse Laurel, dirigindo-se à porta de vaivém no fundo da loja. — Oi, pai — disse com um sorriso quando ele ergueu os olhos. Embora não achasse realmente necessário, vinha observando-o com atenção. Ele só saíra de seu sono induzido pela alga verde às oito horas da manhã do dia seguinte. Não fosse pelo torcicolo, parecia não ter sido afetado. Sua mãe havia ralhado com ele tanto por trabalhar demais quanto por ficar acordado até tarde, mas, por sorte, não tinha desconfiado de nada. Ainda assim, Laurel se mantivera longe da comida dos pais desde então. Era melhor prevenir do que remediar.

Sentou-se numa cadeira diante do computador e manuseou uma pequena pilha de marcadores de livros.

— Como foi a escola? — perguntou ele.

— Bem — disse Laurel com um sorriso. — Fácil. — Depois de Avalon, tudo parecia fácil. Sete horas de escola por dia? Sem problema. Uma ou duas horas de estudos em casa toda noite? Moleza. A viagem para Avalon tinha melhorado completamente a atitude de Laurel a respeito do sistema de ensino humano. Se apenas houvesse mais claraboias nas escolas... — Você precisa de ajuda hoje? — perguntou Laurel, examinando a sala dos fundos.

— Acho que não — disse seu pai, ficando em pé e alongando as costas. — Na verdade, está tão tranquilo que estou aproveitando para pôr a papelada em dia. — Ele olhou pela janelinha, atrás de sua mesa. — Está um dia maravilhoso. Parece que as pessoas preferem ficar ao ar livre curtindo o clima a procurar algo para ler numa livraria velha e abafada.

— Sua livraria não é abafada — disse Laurel com uma risada. Então, ficou quieta por um momento. — Você acha que mamãe está precisando de ajuda? — perguntou sem olhá-lo nos olhos.

Ele olhou para ela por um segundo, então perguntou, casualmente:

— Você está precisando de dinheiro?

Laurel balançou a cabeça. — Não, só achei que... achei que, talvez... pudesse melhorar as coisas entre nós... deixá-las menos tensas. Talvez nós duas estejamos esperando que a outra dê o primeiro passo — disse ela, em voz baixa.

Seu pai parou, com os dedos acima do teclado do computador. Então, tirou os óculos, deu a volta na mesa e a abraçou.

— Parabéns por ser proativa — disse em seu ouvido. — Estou orgulhoso de você.

— Obrigada.

Laurel pendurou sua mochila no ombro e se virou para acenar para ele antes de ir para a frente da loja. Respirou fundo, obrigou-se a não hesitar nem um minuto mais e caminhou até a loja vizinha, a Cura da Natureza. Nas semanas posteriores à sua volta de Avalon, só estivera na loja de sua mãe algumas vezes e a atenção aos detalhes sempre a impressionava. Abriu a porta da frente e, em vez de uma campainha mecânica, o canto superior da porta acionou um sininho de prata, que tocou baixinho. Vasos de plantas enchiam o peitoril das janelas e uma fonte zen emitia ruídos serenos de água num jardinzinho no canto. Havia até mesmo prismas brilhantes de cristal pendurados na janela. Laurel se demorou um momento tocando um deles, contente que a mãe houvesse aproveitado uma ideia de decoração do seu quarto para usar na loja. Apesar da atual tensão com a mãe, Laurel achava que fosse gostar mais de trabalhar ali do que na livraria, o que já queria dizer muito.

Laurel se virou quando sua mãe surgiu de trás de uma cortina de miçangas, vindo da sala dos fundos e carregando uma caixa grande. Seu rosto estava corado e ela parecia sem fôlego.

— Ah, Laurel, é você. Ótimo. Posso soltar isso aqui por um segundo. — Largou a caixa enorme no meio da loja e enxugou a testa.

— Eles deveriam mandar essas coisas em caixas menores. Então, do que você está precisando? — perguntou a mãe, curvando-se e empurrando a caixa pelo chão em vez de levantá-la.

— Só vim ver se você quer ajuda. As coisas estão tranquilas no vizinho — acrescentou, mas logo se arrependeu. Não queria que a mãe achasse que era sua segunda opção.

— Oh — disse sua mãe, sorrindo de uma forma que, ao menos, *parecia* genuína. — Seria perfeito. Estou estocando as mercadorias hoje e sempre se pode aproveitar uma mão extra. — Ela riu. — Seu pai tem empregados; eu ainda não cheguei a esse ponto.

— Ótimo — disse Laurel, tirando a mochila do ombro e indo até o novo lote. Sua mãe lhe explicou o conteúdo da caixa — a maior parte do qual Laurel já conhecia, depois de anos de convivência com uma naturopata — e, então, mostrou-lhe o sistema de etiquetas nas prateleiras, que ela podia relacionar com os frascos e as caixas.

—Vou preencher a fatura e começar a preparar meu pedido para a semana que vem, mas você só precisa gritar se precisar de ajuda, combinado?

— Pode deixar — disse Laurel, sorrindo. Sua mãe retribuiu o sorriso. Por enquanto, tudo bem.

Laurel ficou surpresa ao ver de quantos elementos dos remédios fitoterápicos ela podia se lembrar, depois de seu verão de estudos intensivos. As fichas de estudo *tinham* valido a pena. Enquanto ia retirando os produtos das caixas e os colocava nas prateleiras indicadas, recitava os usos de cada um em sua cabeça. *Confrei, usado em forma de óleo para diminuir a inflamação, reduzir a expectativa de vida das ervas daninhas e para os olhos, quando a vista estiver falhando. Segurelha, para a clareza da mente e falta de sono. Também boa para as carpas, se for acrescentada à sua água. Promove a oxigenação. Chá de folha de framboesa, para mudas que se recusam a comer. Acrescente uma grande quantidade de açúcar para aumentar o valor nutritivo. Energizante para quando for necessário ficar acordado até tarde da noite.*

Gostava particularmente de separar os homeopáticos, que eram totalmente seguros para o consumo por fadas e elfos, já que, normalmente, eram preservados em açúcar, mas que quase sempre produzia nos humanos o efeito contrário. A fava-de-santo-inácio, por exemplo, podia ser usada como um remédio contra a tristeza nos humanos. Para fadas e elfos, era usada como sedativo. E a norça-branca reduziria a febre nos humanos, mas, para fadas e elfos, era extremamente eficaz para impedir o congelamento. Tamani lhe dissera que as sentinelas que guardavam o portal do Japão tomavam um chá frio feito de norça-branca todos os dias durante os meses de inverno, quando podia fazer muito frio nas montanhas.

Pensar em Tamani distraiu Laurel por algum tempo e sua mão ficou imóvel, apertando um tubo de *Natrum muriaticum*, por quase um minuto antes que sua mãe viesse até ela e a tirasse de seus pensamentos.

— Tudo bem, Laurel?

— O quê? Ah, sim — resmungou, olhando para a mãe antes de se abaixar novamente para apanhar mais tubos de uma caixinha. — Só estou perdida em pensamentos.

— Tudo bem — disse sua mãe, olhando para ela de uma forma estranha. Ela, então, se virou, parando por um segundo. — Obrigada por vir me ajudar — disse. — Estou muito grata. — Passando o braço em volta de Laurel, apertou-a de lado. Era um abraço desajeitado, do tipo que se dá em alguém quando realmente se prefere dar um aperto de mão. Um abraço do tipo obrigatório.

O telefone tocou e, com uma sensação de vazio no peito, Laurel observou a mãe voltar até o caixa. Era estranho sentir falta de alguém que estava bem ali na sua frente, mas era assim que Laurel se sentia. Estava com saudades de sua mãe.

— Com licença — disse uma voz atrás dela.

Laurel se voltou e viu uma mulher mais velha a quem reconheceu vagamente.

— Sim?

— Você pode me ajudar?

Laurel olhou para a mãe, que ainda estava ao telefone. Virou-se novamente para a mulher.

— Com certeza posso tentar — disse, com um sorriso.

— Preciso de alguma coisa para minhas dores de cabeça. Venho tomando Advil, mas já não está ajudando muito. Acho que meu corpo está se acostumando.

— Isso acontece — disse Laurel, assentindo empaticamente.

— Quero alguma coisa um pouco mais natural. Mas que também seja eficaz — acrescentou.

Laurel estava tentando se lembrar do que tinha colocado nas prateleiras havia apenas alguns minutos. Segurara o frasquinho por vários segundos, perguntando-se se deveria levar um pouco para si mesma — com o estresse dos últimos meses, Laurel tivera mais do que algumas dores de cabeça. Procurou em outra prateleira e encontrou o frasco.

—Tome — disse ela, entregando-o à mulher. — É um pouquinho caro — apontou para a etiqueta com o preço —, mas valerá a pena. Estou pensando em levar para mim também. Será muito melhor do que Advil.

A mulher sorriu.

— Obrigada. Certamente vale a pena tentar.

Ela levou o frasco até o caixa enquanto Laurel voltava a separar os remédios homeopáticos. Após um minuto, a mãe de Laurel trouxe a mulher de volta ao mostruário em que Laurel estava e, depois de lançar a esta um olhar incisivo, pegou um dos tubos verdes.

— Este funcionará muito melhor — disse ela. — É cíclame e venho dando para o meu marido há anos para tratar a enxaqueca dele. Funciona que só vendo! — Enquanto voltavam para o caixa, a mãe de Laurel explicou como usar as pílulas homeopáticas e logo a mulher estava indo embora.

Sua mãe ficou parada à porta por alguns segundos para acenar para a mulher, e então veio até Laurel.

— Laurel — começou ela, e a filha pôde ouvir a frustração que ela tentava cuidadosamente controlar —, se você não sabe o que recomendar, venha me perguntar. Não vá pegando frascos aleatoriamente da prateleira. Gostaria que você tivesse esperado que eu terminasse minha conversa ao telefone. Essas pessoas vêm aqui procurando ajuda, e todas estas ervas funcionam de formas muito diferentes.

Laurel se sentiu como uma criancinha levando bronca de um adulto que se esforçava para não ferir seus sentimentos.

— Não peguei um frasco aleatoriamente — protestou. — Aquele negócio é realmente bom para a dor de cabeça. Eu o peguei de propósito.

— Verdade? — disse sua mãe secamente. — Por alguma razão, acho que não se trata *desse* tipo de dor de cabeça.

— O quê?

— *Pausinystalia yohimbe*? Você pelo menos sabe para que se comercializa *Pausinystalia yohimbe*? É uma erva para a impotência sexual.

— Blargh, que nojo! — disse Laurel, repugnada por ter pensado em levar um frasco para si mesma. Sabia que a maioria das ervas afetava diferentemente as fadas, mas aquilo era simplesmente péssimo!

— Exatamente. Eu só tenho em estoque porque teve um sujeito que veio aqui na semana passada e pediu para encomendar para ele. Está aí uma coisa que eu não precisava saber sobre meu banqueiro sessentão — acrescentou ela.

— Desculpe — disse Laurel sinceramente. — Eu não sabia.

— Não espero que você saiba. Mas é para isso que estou aqui. Fico muito feliz que você tenha vindo me ajudar, mas entregar pílulas sexuais para dor de cabeça não é ajudar. Você precisa pedir conselho quando for necessário, Laurel. Pode potencialmente matar alguém, dando as ervas erradas, dependendo das condições de saúde da pessoa. Por favor, pense nisso na próxima vez.

— Mas eu pensei — retrucou Laurel, subitamente irritada com a atitude da mãe. — Teria ajudado a *mim*! — acrescentou, impulsivamente.

A mãe de Laurel suspirou pesadamente e se virou.

— Eu me confundi — disse Laurel, seguindo-a. — Esqueci que as ervas não funcionam da mesma forma para humanos e fadas. Apenas cometi um pequeno erro.

— Laurel, agora não, por favor. — Ela deu a volta até o outro lado do balcão.

— Por que agora não? — disse Laurel, espalmando as mãos no balcão. — Quando, então? Em casa? Porque lá você nem mesmo quer conversar sobre o fato de eu ser uma fada.

— Laurel, fale baixo. — A voz de sua mãe era incisiva... uma advertência clara para que ela tomasse cuidado com a língua.

— Só quero conversar, mãe. Só isso. E sei que aqui não é o lugar ideal, mas não posso mais esperar por algo que seja ideal. Estou cansada do que vem acontecendo conosco. Éramos amigas. Agora você nunca quer ouvir sobre a minha vida de fada. Você nem mesmo gosta de olhar para mim! Seus olhos simplesmente passam por mim. Já faz *meses*, mãe! — As lágrimas se acumularam em sua garganta. — Quando você vai se acostumar comigo?

— Isso é ridículo, Laurel — disse a mãe, levantando os olhos para corresponder ao seu olhar, como se para provar que ela estava errada.

— É mesmo?

A mãe de Laurel sustentou seu olhar por alguns segundos e Laurel viu algo mudar em seus olhos. Por apenas um segundo, pensou que sua mãe cederia... que iria realmente conversar com ela. Mas, então, ela piscou, pigarreou e o momento passou. Sua mãe olhou para baixo e começou a examinar os recibos sobre o balcão.

— Posso acabar de guardar os remédios homeopáticos depois — disse ela baixinho. — Você pode ir.

Sentindo como se houvesse sido estapeada, Laurel ficou imóvel, estupefata. Sua mãe a havia dispensado. Depois de respirar rapidamente algumas vezes, Laurel girou nos calcanhares e abriu a porta, o sininho alegre zombando dela.

Uma lufada forte de vento atingiu seu rosto quando a porta se fechou, e Laurel percebeu que não tinha ideia de onde ir. David estava trabalhando, e Chelsea treinava corrida de cross-country. Seu instinto seguinte foi de ir falar com o pai, e chegou mesmo a colocar a mão na maçaneta da porta, antes de se deter. Não era justo jogar os pais um contra o outro, correr para um deles quando o outro magoava seus sentimentos. Ficou ali parada, fora do campo de visão, atrás de um pôster grande que anunciava o romance mais recente de Nora Roberts, e observou o pai e Maddie ajudando um cliente com uma pilha enorme de livros. O homem disse alguma coisa que Laurel não pôde ouvir, e seu pai jogou a cabeça para trás, rindo, enquanto embrulhava os livros em papel de seda e Maddie olhava tudo com um sorriso gentil.

Após um último olhar para o pai, Laurel se virou e se dirigiu à sua casa vazia.

Doze

LAUREL E DAVID ESTAVAM JUNTOS NO LABORATÓRIO DE QUÍMICA, VENDO fracassar seu primeiro experimento valendo nota. David revisava os cálculos, procurando um passo do qual houvessem se esquecido ou alguma soma que tivessem feito incorretamente. Laurel franziu o nariz diante da mistura acre que borbulhava sobre o bico de Bunsen.

— Colocamos o ácido sulfúrico? — perguntou David. — Colocamos, não colocamos?

— Sim — disse Laurel. — Cinquenta mililitros. Conferimos o equilíbrio da equação três vezes.

— Não entendo! — soltou David, em voz baixa. — Deveria ter ficado azul há mais ou menos uns dois minutos!

— Dê mais alguns minutos. Talvez fique.

— Não. Definitivamente, é tarde demais. Olha, está dizendo aqui: "A solução deve ficar azul dentro de um minuto, após atingir a temperatura de ebulição." Nós erramos tudo. E ela disse que esta era uma experiência simples. — Correu os dedos pelos cabelos. Por alguma razão inexplicável, David tinha decidido que quatro cursos avançados não seriam demais para um semestre; Laurel não estava tão convencida. Apenas duas semanas de aulas e ele já estava estressado.

— David, tudo bem — disse ela.

— *Não* está tudo bem — sussurrou ele. — Se eu não conseguir um A neste curso, o Sr. Kling não vai me deixar fazer o curso avançado de física. E eu *tenho* que entrar no curso avançado de física.

— Vai dar tudo certo — disse Laurel, colocando a mão em seu ombro para tranquilizá-lo. — Não acho que uma experiência fedorenta vai deixá-lo fora das aulas do Sr. Kling.

David hesitou por um momento, então seus olhos voltaram rapidamente para sua prova em dupla.

— Vou verificar o equilíbrio desta equação mais uma vez e ver se consigo encontrar onde cometemos nosso erro.

Era tão atípico de David surtar com qualquer coisa, mas ali estava ele, à beira de um ataque de nervos. Laurel suspirou. Respirou fundo e colocou os dedos sobre o béquer fumegante, suficientemente longe para não se queimar. — Só tem que ficar azul?

David levantou os olhos para ela, diante de seu tom de voz calmo.

— Sim, por quê?

Laurel fez um sinal para que ele ficasse quieto enquanto ela se concentrava, agitando os dedos no vapor durante mais alguns segundos. Depois de um rápido olhar para David, ainda curvado sobre os cálculos, Laurel fechou os olhos e respirou fundo várias vezes, tentando esvaziar a mente da forma que os instrutores de Avalon lhe haviam ensinado. Seus dedos formigaram levemente conforme tentava dissecar os elementos da solução, mas não havia nenhum material de planta para identificar. Ia ser complicado.

— Laurel — sussurrou David em seu ouvido —, o que você está fazendo?

— Você está me distraindo — disse Laurel tranquilamente, tentando manter sua tênue concentração.

— Está fazendo suas coisas de fada? — perguntou ele.

— Talvez.

Encantos 136

Os olhos de David correram pela sala.

— Não acho que seja uma boa ideia.

— Por que não? Porque posso arruinar nosso experimento *perfeito*? — disse ela com sarcasmo.

— Só me preocupa um pouquinho que você exploda a escola — disse ele, numa voz que ainda era um murmúrio.

Ela tirou a mão do vapor. — Não vou explodir a escola — disse um pouco alto demais. A equipe na mesa de trás ergueu os olhos e trocou olhares divertidos.

—Vamos — disse David, pondo a mão em seu braço — As coisas não têm ido exatamente bem no departamento das poções.

Ele tinha razão. Ela não sentia que tivesse feito qualquer progresso desde a sua volta de Avalon, apesar de praticar, pelo menos, uma hora todos os dias. Jamison lhe dissera para ficar alerta, e ela estava fazendo o melhor que podia. Mas não estava dando certo. Ainda.

— Então, simplesmente devo desistir?

— Não, é claro que não. Mas será que você deveria estar fazendo testes numa tarefa que *vale nota*?

Laurel não estava ouvindo. —Vigie para mim, tá?

— O quê?

— Apenas me avise se a Srta. Pehrson olhar para cá.

— O que você vai fazer? — perguntou ele, mas seus olhos permaneceram fixos na professora.

Laurel enfiou a mão dentro de sua mochila e abriu a tampa de seu kit — agora um dispositivo permanente no fundo da bolsa. Vasculhou entre o conteúdo, abriu um frasquinho de óleo de valeriana e apertou uma gota na ponta de seu dedo. Pegou outro frasco e despejou uma pitada de casca de cássia em pó na palma da mão. Depois de soprar nela, Laurel esfregou o óleo na palma da mão, misturando com o pó.

— Me dê aquela sua colherinha — sussurrou para David.

— Laurel, você não pode fazer isso.

— Posso, sim! Realmente acho que dessa vez consegui.

— Não foi isso que eu quis dizer. Isto é uma avaliação. Supostamente, deveríamos...

Laurel o interrompeu, estendendo-se até o outro lado da mesa para pegar a colher de cabo comprido, de aço inoxidável, que ele se recusara a lhe entregar. Raspou a mistura em sua mão e, antes que David pudesse detê-la, atirou-a para dentro da mistura borbulhante, mexendo cuidadosamente em uma direção, depois na outra.

— Laurel!

— Psiu — ordenou ela, concentrando-se na mistura.

Enquanto observava, a mistura lentamente começou a adquirir uma tonalidade azulada. Quanto mais ela mexia, mais azul ia ficando.

— Assim está bem? — perguntou Laurel.

David só observava.

Laurel olhou para trás, onde dois outros alunos haviam terminado a tarefa. O tom de azul era bem parecido. Ela parou de mexer.

— Veja se você consegue que ela venha à nossa mesa logo — disse Laurel. — A mistura está quente demais para manter essa cor por muito tempo.

David a encarou com uma expressão que Laurel não podia identificar, mas que não parecia muito contente.

— Muito bem, David e Laurel — disse a Srta. Pehrson, pegando os dois de surpresa ao surgir por trás deles. — E bem na hora. O sinal está prestes a tocar.

David olhou para cima enquanto a Srta. Pehrson anotava alguma coisa em sua prancheta e se virava.

— Espere, Srta. Pehrson!

A Srta. Pehrson se virou e Laurel lançou um olhar cheio de significado para David.

— Hã...

Tanto Laurel quanto a Srta. Pehrson encaravam David.

A expressão dele pareceu determinada por um segundo, então, ele relaxou.

— Eu só queria saber se é seguro derramar essa mistura na pia.

— Sim. Eu não coloquei isso nas instruções? Apenas tome cuidado para não se queimar — disse ela, indo para a mesa seguinte.

Laurel e David limparam tudo em silêncio, ambos levando um susto quando o sinal tocou. Ao saírem no corredor, Laurel pegou na mão de David.

— Por que você está bravo? — perguntou. — Acabei de lhe conseguir um A.

—Você trapaceou — disse David baixinho. — E eu deixei ela me dar um A porque não havia absolutamente nenhuma forma de explicar *por que* era trapaça.

— Não trapaceei — disse Laurel, ofendida. — Descobri como fazer a solução ficar azul. Não era esse o objetivo?

— O objetivo era seguir as instruções.

— Era? Achei que o objetivo fosse descobrir o que misturar para conseguir a coisa azul. Isso não é igualmente importante?

Ele suspirou. — Não sei. Sou um fracasso em química.

— Não é, não — disse Laurel, mas seu tom não era muito convincente.

— Sou, sim. Simplesmente não entendo, como entendo biologia. Não faz sentido para mim. Estamos há duas semanas nesse curso e já me sinto sobrecarregado. Como vai ser o restante do semestre? — Suspirou. — Estudo tanto para essa aula.

— Sei que estuda — disse Laurel. — E merece uma nota boa. E daí que eu ajudei um pouco? Acho que todo o tempo que você dedica a estudar justifica um pouco de intervenção. Além disso — acrescentou, depois de uma pausa —, você é a única razão pela qual entrei num curso avançado de química. Acho que é mais do que justo que eu a ajude a entrar no curso avançado de física. — Eles ficaram em silêncio por um momento antes que Laurel desse uma cotovelada de leve em suas costelas. — Ela disse que deveríamos considerar nosso parceiro de laboratório um colega de equipe.

—Você tem certeza de que isso não é trapacear?

— David, na minha opinião, a experiência não deu certo porque alguma coisa relacionada às minhas... — ela baixou a voz — habilidades de fada de outono estavam interferindo. Ela disse que nos deu uma experiência fácil, por ser o primeiro laboratório. O que tínhamos a fazer era seguir as instruções. Deveria ter funcionado. Realmente acho que fui eu que fiz *não* funcionar.

Ele a encarou por um longo tempo. — Pode ser que você tenha razão — disse ele. — As instruções nunca falharam antes.

— Está vendo?

Então, David começou a rir. Encostou-se em seu armário e escorregou até o chão. Laurel se juntou a ele, cautelosa.

— O que significa o fato de que não sei se devo ficar furioso ou achar que é a coisa mais legal do mundo? — perguntou David. Ele passou um braço em volta dela. — Mesmo assim, você conseguiu. Fez direitinho.

Laurel sorriu. — Fiz mesmo, né? — Ela riu. — Não sou um fracasso.

—Você não é um fracasso — concordou David, então a puxou, beijando sua testa. — Bom trabalho.

—Vão procurar um quarto!

David virou a cabeça rapidamente, mas era apenas Chelsea, que sorriu para eles do outro lado do corredor, antes de se virar novamente para Ryan.

— Ainda não estou acostumado a isto — disse David, balançando a cabeça com um sorriso.

— Eu sei — disse Laurel, sentindo-se uma intrusa ao ver outras pessoas se beijando, mas incapaz de afastar os olhos.

— Quanto tempo será que vai demorar até eles precisarem de ar, hein?

— Seja simpático — disse Laurel, com apenas um toque de seriedade em seu tom. — Ela está feliz.

— Espero que sim.

Encantos 140

— Deveríamos fazer alguma coisa com eles. Quer dizer, nós quatro.

— Tipo um programa de casais?

— É. Não fazemos nada juntos desde que eles começaram a namorar. Acho que deveríamos. Eu gosto de Ryan. Ele tem um excelente gosto para meninas.

David riu. — O meu é melhor.

Laurel ergueu as sobrancelhas. — Acho que qualquer um que já tenha me beijado teria que concordar que eu tenho o melhor gosto de todos.

— Nem todo mundo consegue ter gosto de néctar — disse David, provocando-a, com a mão atrás de seu pescoço enquanto a beijava. — Você tem uma vantagem injusta — murmurou contra sua boca, deslizando a mão por suas costas e apertando-a contra ele.

— Ai! — disse ela, afastando-se.

David olhou para ela, com a confusão estampada no rosto. — Desculpe? — disse ele, e era tanto uma declaração quanto uma pergunta.

Laurel olhou em volta do corredor. — Estou prestes a florescer — sussurrou. — Daqui a uns dois ou três dias, acho.

David abriu um sorriso, então tossiu para disfarçar. Não funcionou.

— Tudo bem — disse Laurel. — Eu sei que você gosta. E como sei o que é, desta vez não vai me incomodar. Só está sensível.

— Bem, vou tomar cuidado — prometeu ele, inclinando-se para outro beijo.

Ambos se sobressaltaram quando a porta do laboratório de química se abriu de repente, batendo com força contra a parede. O som estridente do detector de fumaça da sala ecoou pelo corredor, enquanto uma fumaça azul saía em ondas pela porta e vários alunos emergiam em meio à névoa, tossindo.

— Fora, fora! — soou a voz da Srta. Pehrson acima do barulho, conforme ela empurrava um bando de alunos do segundo ano para fora da sala. A névoa azul se espalhou pelo corredor e alguém acionou o alarme de incêndio, disparando o sistema de alerta cacofônico do prédio inteiro.

David olhou para a névoa azul e para os alunos correndo para as saídas. Levantou-se e ajudou Laurel a ficar em pé.

— Bem — disse ele ironicamente, com a boca perto do ouvido dela —, de quem você acha que foi *esse* experimento?

Eles olharam um para o outro e explodiram numa gargalhada.

Na frente do espelho de seu quarto, Laurel olhava para as pétalas azul-claras que se erguiam acima de seus ombros. Depois que seu pai voltara do hospital no ano anterior, a família tinha decidido que o lar seria um refúgio seguro para Laurel — que ela jamais teria de esconder aquilo que realmente era. Mas concordar com isso e descer a escada sem esconder sua flor eram duas coisas bem diferentes. Teria de ir para a escola dentro de meia hora; talvez fosse compreensível que já descesse com as pétalas amarradas.

Mas seu pai ficaria decepcionado.

E, é claro, sua mãe poderia ficar aliviada.

Laurel baixou os olhos para a echarpe em sua mão. Este ano estava sendo poupada do medo de ter alguma doença estranha, mas, por algum motivo, o sentimento de apreensão associado à flor não havia desaparecido de todo.

Trincando os dentes, Laurel enrolou a echarpe no pulso. — Não tenho vergonha do que sou — disse para seu reflexo no espelho. Mas seu estômago ainda se revirava quando ela girou a maçaneta e abriu a porta, com as pétalas abertas às suas costas para o mundo inteiro ver.

Desceu metade da escada na ponta dos pés, então mudou de ideia, não querendo dar a impressão de que estava sendo furtiva dentro de sua própria casa, e desceu pesadamente o restante dos degraus.

— Uau!

Encantos 142

Os olhos de Laurel rapidamente se encontraram com os de David. Ele desviou o olhar para o umbigo dela exposto e o voltou depressa a seu rosto. Deixar as pétalas soltas fazia com que sua camiseta se erguesse um pouco na frente e atrás. David pareceu apreciar o efeito, mas Laurel se esquecera de como era incômodo ficar com a camiseta amontoada em volta das costelas, apertando as folhinhas da base da flor. Várias blusas que havia trazido de Avalon tinham um decote profundo atrás, perfeitamente adequado para usar durante o florescimento, mas naquele momento ela precisava mesmo era de algo que a camuflasse.

— O que *você* está fazendo aqui? — perguntou.

—Também fico feliz em ver você — disse David, levantando uma sobrancelha.

— Desculpe — disse Laurel, apertando a mão dele. —Você me surpreendeu.

— Eu sabia que você estava perto de florescer ontem; pensei em passar por aqui e oferecer apoio. Ou sei lá.

Laurel sorriu e o abraçou. Realmente era mais agradável tê-lo por perto. Mesmo que só tivesse vindo para dar uma primeira olhada em sua nova flor.

Na cozinha, a mãe de Laurel se afobou com a cafeteira, evitando deliberadamente olhar para Laurel. Pelo canto do olho, porém, Laurel viu a mãe lançando-lhe olhares furtivos enquanto servia café num copo térmico para levar para o trabalho. Nada havia mudado depois da briga na loja. Não houvera nenhuma desculpa, mas também nenhum constrangimento adicional. Era como se Laurel nunca tivesse aparecido naquele dia, o que era, de certa forma, ainda pior. Seu relacionamento parecia se revolver cada vez mais em torno de ignorar problemas na esperança de que eles fossem embora. Mas nunca iam.

— Onde está o papai? — perguntou Laurel.

Seu pai, no sofá, sacudiu o jornal, fora do campo de visão da porta da sala de estar. — Estou aqui — disse ele, distraidamente.

— Ela floresceu — exclamou David.

Laurel levou a mão à testa ao ouvir o pai se levantar rapidamente.

— Ah, é? Vamos ver isso aí.

— Dedo-duro — sussurrou ela para David.

Sua mãe pegou uma sacola de lona e passou por ela enquanto o pai vinha passando pela porta. — Estou indo para a loja — disse, evitando encará-lo.

— Mas você não...?

— Estou atrasada — insistiu ela, embora sua voz não estivesse ríspida. Pareceu estranha para Laurel, quase como se ela quisesse ficar, mas não conseguisse. Ela e o pai ficaram olhando enquanto sua mãe saía porta afora.

Os olhos de Laurel permaneceram grudados na porta, desejando que se abrisse; que sua mãe voltasse.

— Nossa — disse seu pai, focando-se em Laurel. — Isto... isto é enorme.

— Eu lhe disse — afirmou Laurel, sabendo que, se fosse humana, seu rosto agora estaria completamente vermelho. Ser uma planta não era de todo desvantajoso.

— Claro. Mas, pensei... — Ele coçou a nuca. — Sinceramente, achei que você estivesse exagerando um pouco. — Ele circulou Laurel, enquanto seu constrangimento aumentava. — Como você escondeu isto da gente?

O momento perfeito. — Assim — disse ela, puxando a echarpe de seu pulso e atando as pétalas em volta da caixa torácica e da cintura. Ela abaixou a blusa estilo camponesa sobre a echarpe e deixou cair o cabelo até a cintura, por cima de tudo.

Ele assentiu. — Impressionante.

— Pois é — disse Laurel, agarrando a mão de David. — Vamos.

— E o café da manhã? — disse seu pai enquanto ela pegava a mochila de cima da mesa.

Laurel apenas lhe lançou um olhar.

— Desculpe, força do hábito.

— Meu carro ou o seu? — perguntou David, depois que Laurel fechou a porta de casa.

— O seu. Dirigir com uma flor esmagada não deve ser muito confortável.

— Tem razão. — David segurou a porta do passageiro aberta para ela. Mesmo depois de quase um ano, ele nunca se esquecia. — Bem — disse, ligando o motor —, temos quase meia hora antes da primeira aula. Vamos direto para a escola? — Sua mão deslizou pela coxa dela. — Ou a algum outro lugar antes?

Laurel sorriu quando David se inclinou e beijou o pescoço dela.

— Hum, senti saudades desse cheiro. — Os lábios dele subiram por seu pescoço e seguiram pela linha do queixo.

— David, meu pai está nos espiando da janela.

— Por mim, tudo bem — murmurou ele.

— É, porque não é o *seu* pai. Sai para lá! — disse ela, rindo.

David voltou a se encostar no banco e engatou a marcha a ré. — Acho que posso aguentar até um ou dois quarteirões daqui. — Ele olhou para a casa e acenou para a pequena abertura entre as cortinas da sala de estar.

— David!

A abertura se fechou.

— Você é uma peste.

Ele sorriu com afetação. — Seus pais me amam.

E amavam mesmo. Laurel sempre achara que aquilo fosse uma coisa boa. Às vezes, no entanto, não tinha tanta certeza.

Treze

No dia seguinte, Laurel e Chelsea estavam sentadas no balanço da varanda da frente da casa de Laurel, balançando preguiçosamente para a frente e para trás.

— Detesto sábados — disse Chelsea, com a cabeça pendendo sobre um braço do balanço, as pálpebras fechadas contra o sol.

— Por quê? — perguntou Laurel, igualmente relaxada.

— Porque os namorados sempre têm que trabalhar.

— Às vezes, você tem corrida.

— É verdade.

— E, além disso, você pode vir aqui e ficar de papo comigo. Isso não vale nada? — disse Laurel, cutucando-a.

Chelsea abriu os olhos e olhou para Laurel com ceticismo.

—Você não beija tão bem quanto Ryan.

— Isso você não sabe — disse Laurel com um sorriso.

— Ainda — disse Chelsea, inclinando-se na direção de Laurel.

Laurel deu um tapa em seu braço e as duas se recostaram novamente, rindo.

— Numa coisa você tem razão — disse Chelsea. — Já não ficamos juntas tanto quanto antes; além da hora do almoço, quero dizer.

Encantos 146

— E você desaparece *misteriosamente* na metade das vezes — disse Laurel com uma risada.

— Sou uma garota ocupada — disse Chelsea, fingindo defender-se. — Ah, olha, Ryan vai dar uma festa na casa dele na sexta-feira que vem. Você e David estão convidados. É a velha tradição de se despedir do verão, exceto que não vai ter água do mar gelada, areia áspera e fogueira fumarenta.

— Ele está um pouco atrasado — disse Laurel, esquecendo-se de que nem todo mundo ficava tão atento quanto ela à mudança do verão para o outono.

— Ah, ainda está em tempo. E é uma boa desculpa para se fazer uma festa. Ryan tem a melhor casa do mundo para festas. Um som de primeira, uma sala de jogos enorme. Será fantástico. Vocês têm que ir.

— Claro — disse Laurel, aceitando o convite por ambos. David não se importaria; era ela quem, normalmente, não gostava de programas tarde da noite.

— Perfeito. — Chelsea apertou os olhos para o sol. — Já são cinco horas?

Laurel riu. — Eu ficaria surpresa se já fossem três.

Chelsea espichou o lábio inferior de forma dramática.

— Estou com saudades do Ryan.

— Isso é bom. Você deveria mesmo ter saudades de seu namorado.

— Eu costumava zombar das meninas que praticamente desmaiavam quando o namorado passava. Sempre quis dizer a elas para criar uma personalidade própria e parar de deixar que outra pessoa as definisse. Algumas vezes, até cheguei a dizer.

Laurel revirou os olhos. — Por que isso não me surpreende?

— E agora sou uma delas — disse Chelsea, soltando um gemido.

— Exceto que você tem personalidade. — Chelsea tinha mais personalidade do que quase todo mundo que Laurel conhecia.

— Espero que sim. Mas, falando sério, ele se tornou uma parte tão importante da minha vida. — Ela levantou a cabeça para olhar novamente para Laurel. —Você sabia que as duas corridas que ele foi assistir este ano foram as melhores classificações pessoais para mim? Eu corro mais rápido quando ele está por perto. E, antes, eu achava que estava correndo o mais rápido que podia. Agora sou uma corredora que pontua em nossa equipe. Ele fez isso comigo! — Levando a mão à testa, fingiu desmaiar contra o encosto do balanço. — Ele é maravilhoso!

— Fico tão feliz, Chelsea. Você merece um cara excelente, e Ryan parece gostar de você de verdade.

— Pois é, parece. Esquisito, né?

Laurel apenas fungou.

— Você acha que estamos indo rápido demais? — perguntou Chelsea seriamente.

Laurel levantou uma sobrancelha. — Bem, depende. Com que velocidade você está indo?

— Ah, não é nada disso — disse Chelsea, dispensando sua preocupação com um aceno da mão. — Me refiro a estar me envolvendo muito, depressa demais.

— Como assim?

— Outro dia, eu estava me inscrevendo para o SAT de novembro...

— Novembro? — interrompeu Laurel. — Por que novembro? David e eu só vamos fazer o exame na próxima primavera, ou seja, em abril ou maio do ano que vem.

— Sou uma perfeccionista crônica — disse Chelsea, de forma autodepreciativa. — Enfim, no formulário perguntava para quais universidades eu queria que eles enviassem meus resultados. E eu disse...? — Ela olhou para Laurel.

— Harvard. Você sempre quis ir para Harvard — disse Laurel sem nem ter de pensar.

— Pois é, exatamente — disse Chelsea, endireitando-se totalmente e cruzando as pernas sob o corpo. — Mas, quando fui escrever

Encantos 148

Harvard, fiquei meio... tipo, "espera aí". Ryan vai estudar na UCLA; Boston fica longe à beça da UCLA. Será que eu quero ficar tão longe assim dele? E, no fim, acabei não escrevendo.

—Você pediu que seus resultados fossem mandados a outro lugar? — Laurel se endireitou. — Onde? Universidade de Stanford? Você detesta Stanford.

— Não, apenas deixei em branco. Ainda não terminei de preencher. — Ela fez uma pausa. —Você se sente assim? Com relação ao David?

—Sim — disse Laurel. — Com certeza, eu deixaria de ir a Harvard por causa do David.

— Cla-ro — disse Chelsea, esticando as sílabas. — Mas isso é porque você quer estudar em Berkeley, como os seus pais, certo?

A pergunta pegou Laurel totalmente de surpresa. Ela assentiu vagamente, mas seus pensamentos estavam em Avalon. Havia um lugar para ela na Academia — gratuito, com hospedagem e alimentação, sem a necessidade de nenhum exame vestibular e, mesmo que Jamison, no momento, quisesse que ela ajudasse a vigiar os trolls, supostamente ela iria frequentar a Academia em tempo integral muito em breve. Mas como contar aquilo a Chelsea?

— Digamos que David vá estudar na Costa Leste.Você jogaria seus planos pela janela para ir com ele?

"Ainda faltam dois anos para isso", Laurel disse a si mesma, tentando acalmar seu crescente mal-estar. Deu de ombros, de leve.

— Mas você pensaria nisso, certo?

—Talvez — disse Laurel automaticamente. Mas era tão mais que uma mera questão de seguir David por mil e quinhentos quilômetros. Seguir David significaria deixar para trás Avalon, a Academia, tudo. Será que ir para a Academia implicaria não escolher David? Era uma ideia nova, da qual Laurel não gostava nem um pouco.

— Então, você acha que você e David ficarão juntos para sempre? Porque algumas pessoas ficam — Chelsea se apressou a acrescentar, falando mais para si mesma do que para Laurel. — Elas se conhecem no colégio e simplesmente... há um clique! São almas gêmeas.

— Não sei — disse Laurel com honestidade. — Não consigo me imaginar não amando David algum dia. Simplesmente não nos vejo nos separando. — Mas, e sendo separados? De repente, aquela parecia ser uma possibilidade distinta.

— Você usou o verbo amar — disse Chelsea com um sorriso, tirando Laurel de seus pensamentos sombrios.

— Pois, sim... usei — riu Laurel.

— Você está apaixonada por David?

Só o fato de pensar nisso aqueceu todo o corpo de Laurel.

— Sim, estou.

— Então vocês dois... você sabe?

Lá se foi o instante de calor.

— Não... exatamente.

— E o que isso quer dizer?

— Quer dizer não exatamente — insistiu Laurel com teimosia.

Chelsea ficou em silêncio por algum tempo. Laurel esperava que ela não estivesse se concentrando muito no estado exato da relação física entre Laurel e David.

— Acho que pode ser que eu ame Ryan — disse Chelsea finalmente, aliviando a tensão de Laurel. — É por isso que essa coisa toda de Harvard está me confundindo. É o que eu quero desde os, sei lá, dez anos de idade. Ir a Harvard e me formar em jornalismo, ser repórter. Mas agora mal posso suportar a ideia de ficar longe de Ryan.

— Talvez *ele* devesse ir junto com *você* para Harvard.

— Não pense que não levei isso em consideração — retrucou Chelsea. — Ele quer ser médico, como o pai, e Harvard tem um excelente curso de medicina.

— Então, mande seus resultados para Harvard — disse Laurel, fazendo o possível para se concentrar nos problemas de Chelsea em vez de nos seus. — Você tem quase dois anos antes de ter que decidir. Muita coisa pode acontecer nesse ínterim. E, falando sério, se você tiver que abrir mão de um sonho para ficar com um cara, talvez tenha escolhido o cara errado.

Chelsea franziu a testa e retorceu os dedos. — E se chegar a hora e o sonho não parecer valer a pena?

Os rostos de David e Tamani pareciam flutuar diante dos olhos de Laurel, com a Academia pairando ao fundo. Ela deu de ombros e se obrigou a afastar as imagens da mente.

— Então, talvez fosse o sonho errado.

A casa de Ryan vibrava com a música quando Laurel e David chegaram, na sexta-feira à noite. — Uau — disse Laurel. A casa de três andares, em tom cinza-azulado, tinha telhado de ardósia e venezianas imaculadamente brancas. Um conjunto de enormes janelas panorâmicas enfeitava a frente e dava vista para um lindo jardim paisagístico, com arbustos de corniso contornando a calçada de pedra e heras subindo pela parede sul. A casa ficava à margem do litoral rochoso, e Laurel desconfiava que eles tivessem uma vista incrível do deque traseiro. — Tudo aqui é realmente lindo.

— Pois é. É bom ser o filho único do cardiologista da cidade.

— Estou vendo.

Eles andaram de mãos dadas pela calçada e entraram pela porta da frente. Como a cidade era pequena e a casa, grande, a festa não estava lotada, mas suficientemente cheia. E os cantos, que não estavam ocupados por pessoas, estavam ocupados pela música. Laurel já sentia uma leve dor nos ouvidos.

— Ali — disse ela, elevando a voz acima da música e apontando na direção de Ryan e Chelsea. Ryan estava bem casual, de camiseta vermelha e calça jeans Hollister, mas Chelsea havia se superado. Tinha prendido o cabelo num rabo de cavalo alto e usava brincos de ouro compridos. Calça jeans azul-escura com charmosas sandálias pretas e uma camiseta de alcinha preta com bordados brilhantes destacando o bronzeado que conseguira naquele verão.

Provavelmente no deque da piscina de Ryan.

— Olhe só para você! — disse Laurel, quando eles se aproximaram. Ela puxou Chelsea para um abraço. —Você está maravilhosa!

—Você também — disse Chelsea.

Mas Laurel já desejava não ter sido obrigada a vestir a blusa comprida, de corte império e amarrada atrás num laço bem grande para cobrir a protuberância de sua flor. Fazia calor e ela já estava começando a se sentir confinada.

— Esta casa não é simplesmente o máximo? — exclamou Chelsea, puxando Laurel de lado.

— É espetacular.

—Adoro vir aqui. Com três irmãos com menos de doze anos não podemos ter muitas coisas quebráveis na minha casa — disse Chelsea. — Mas, aqui? Eles colocam estátuas na mesinha de centro. No jantar, os copos são feitos sabe do quê? De cristal! Você acredita?

Ambas caíram na risada.

Chelsea virou a cabeça para olhar para David e Ryan, que conversavam e riam. Como se eles se sentissem observados, ambos se viraram para olhar para as meninas. Ryan deu uma piscadinha.

— Às vezes, quando vejo os dois juntos desse jeito, me pergunto como Ryan pôde estar aí durante tantos anos sem que eu nunca o visse. — Ela se voltou para Laurel. — O que eu tinha na cabeça?

Laurel riu e passou o braço em volta de Chelsea.

— Que David era mais bonito?

— Ah, sim, é verdade — disse Chelsea, revirando os olhos. — Vamos — disse ela, puxando Laurel em direção aos fundos da casa. —Você precisa ver a vista!

Quatorze

LÁ PELAS ONZE DA NOITE, LAUREL JÁ ESTAVA COMPLETAMENTE EXAUSTA DE tanto dançar e também em virtude da notável falta de luz do sol. Sorriu de alívio quando David abriu caminho pela multidão e lhe trouxe um copo plástico com uma espécie de ponche vermelho.

— Obrigada — disse Laurel, pegando o copo da mão dele. — Sério, estou morrendo de sede e exausta.

— Seu cavaleiro de armadura brilhante vem novamente salvá-la — disse David.

Ela levou o copo à boca, então fez uma careta.

— Blargh. Alguém batizou isto aqui.

—Verdade? Credo, parece que voltamos aos anos 50!

— Nem me fale. — Laurel não podia sequer sentar-se à mesma mesa com seus pais quando eles estavam tomando vinho sem ficar nauseada. O cheiro de qualquer tipo de bebida alcoólica a deixava enjoada.

— Bem, acho que vou ter que cumprir minha função de acompanhante e beber os dois — disse David, tirando o copo da mão de Laurel.

— David!

— O quê? — disse ele após tomar um gole demorado.

Laurel revirou os olhos. — Eu vou voltar dirigindo.

— Por mim, tudo bem — disse David, depois de outro gole. — Significa que posso repetir.

—Você vai ficar totalmente bêbado.

— Ah, faça-me o favor. Minha mãe serve vinho no jantar pelo menos uma vez por semana.

— Serve mesmo?

David sorriu.

— Me dá isso aqui — disse Laurel, tomando seu copo de volta.

— Por quê? Você não pode beber.

— Mas é lógico que posso — disse ela, pegando em sua bolsa um frasquinho que havia tirado de seu kit de fada de outono.

— O que é isto? — perguntou David, aproximando-se rapidamente dela.

— Purificador de água — disse Laurel, espremendo uma gota límpida em seu copo e girando o conteúdo com delicadeza.

— Foi você quem fez?

— Bem que eu queria — disse Laurel, sombria. — Eles me deram na Academia.

Laurel baixou os olhos para dentro de seu copo. O ponche vermelho havia ficado transparente.

— Hum — disse ela. — Suponho que o corante também seja considerado uma impureza.

David inclinou o copo na sua direção e cheirou.

— Sabe, a maioria das pessoas paga para acrescentar álcool à sua bebida, e não o contrário.

— Eu sou diferente.

— Então, o que sobrou aí? Água com açúcar?

Laurel deu de ombros e tomou um golinho. — É, basicamente.

— Por mais delicioso que pareça, acho que vou buscar meu refil na tigela de ponche, muito obrigado.

— Bebum — chamou Laurel às suas costas, provocando-o.

Encantos 154

Ela foi caminhando até chegar a um corredor vazio, segurando seu copo de água com açúcar. Era agradável se afastar um pouco da multidão sufocante. Para ser completamente sincera, estava pronta para ir para casa e dormir. Havia, pelo menos, mais uma hora — provavelmente duas ou três — de festa, e sabia que David iria querer ficar até o fim.

No entanto, podia aguentar mais uma horinha. Provavelmente.

Foi andando até uma janela alta e comprida entre dois quadros complementares de bailarinas e encostou a testa na superfície fria, enquanto olhava para o céu noturno. Um movimento rápido do lado de fora chamou a atenção de Laurel. Uma forma escura, mal-iluminada pela luz de dentro da casa, moveu-se novamente. Ela focalizou a imagem, tentando identificar o que era. Poderia ser um animal? Um cachorro, talvez? Parecia grande demais para isso. Estava parada a meio caminho, na sombra de uma árvore grande que a impedia de distinguir mais que um contorno. Então, a figura levantou a cabeça e a luz fraca iluminou, com uma claridade grotesca, um rosto pálido e deformado. Laurel se afastou com tudo da vidraça, com o peito apertado e a respiração rápida. Depois de contar lentamente até dez, espiou novamente pela borda do peitoril.

Havia desaparecido.

A ausência era quase tão terrível quanto a presença, como se tivesse ficado um buraco na própria luz onde a forma maciça havia estado.

Será que eu imaginei? Suas mãos ainda tremiam, enquanto ela visualizava o rosto desigual — um olho mais de dois centímetros abaixo do outro, uma boca deformada, um nariz impossivelmente torto. Não, tinha visto.

O medo apertou seu peito. Precisava encontrar David.

Obrigando-se a permanecer calma, Laurel foi de um cômodo a outro, procurando-o. O pânico começou a se acumular dentro dela, pois parecia que encontrava todo mundo, *menos* ele. Finalmente, viu-o no canto da cozinha com um salgadinho na mão e um copo na outra, conversando com um grupo de garotos. Foi até ele, fingindo tranquilidade.

— Posso falar com você? — perguntou com um sorriso rígido, levando-o a alguns metros de distância dos demais. Inclinou-se para perto de seu ouvido. — Tem um troll lá fora — disse, com a voz trêmula.

O sorriso de David desapareceu.

— Tem certeza? Quer dizer, nós dois temos andado bastante apreensivos. Mas não vemos um troll de verdade há meses.

Laurel balançou a cabeça de forma quase convulsiva. — Não, eu vi. Não é engano. Ele está aqui para me pegar. Ah! — Ela gemeu baixinho. — Como pude ser tão estúpida?

— Espere, espere — disse David, com as mãos nos ombros dela. — Você não sabe se ele está aqui para pegar você. Por que eles atacariam *agora*, de repente? Não faz sentido.

— Faz, sim. Jamison me disse que isso iria acontecer. E aconteceu! — Suas mãos estavam tremendo e as palavras iam saindo de sua boca conforme o medo aumentava. — Tenho sido tão cuidadosa, e a única noite em que baixo a guarda, eles estão aqui. Exatamente como Jamison disse. Eles deviam estar vigiando, esperando que eu esquecesse meu kit. Eu sou a mosca, David. Sou a imbecil da mosca!

— Que mosca? Laurel, você precisa se acalmar. Não está falando coisa com coisa. Você não trouxe seu kit?

— Não! Não trouxe! Esse é o problema. Joguei umas coisinhas básicas na minha bolsa e pensei em trazer a mochila e deixar no seu carro, mas esqueci completamente.

— Tudo bem — disse David, puxando-a para mais longe da multidão. — Vamos apenas pensar na situação por um instante. O que você tem aí com você?

— Tenho dois soros monastuolo. Eles fazem os trolls adormecerem.

— Perfeito, então ficaremos bem.

Laurel balançou a cabeça. — Só funciona num espaço fechado e não é de efeito instantâneo. É para uma situação de fuga, não desse

Encantos 156

jeito. Se um troll entrasse na casa, metade destas pessoas estaria morta antes que o soro sequer começasse a fazer efeito.

David respirou fundo. — Então, o que vamos fazer?

— Eles querem a mim, mas irão matar todo mundo num piscar de olhos se acharem que servirá de alguma coisa. Temos que atraí-lo para longe daqui, e rápido.

— Atraí-lo para onde?

— Para a minha casa — disse Laurel, odiando a ideia. — Minha casa é segura. Está protegida contra trolls, e as sentinelas estão lá. É o lugar mais seguro do mundo para nós, neste momento.

— Mas...

— David, não temos tempo para discutir.

David enrijeceu o maxilar. — Está bem, confio em você. Vamos dar o fora daqui. — Ele tirou do bolso as chaves do carro.

— Eu vou dirigir.

— Creia-me, Laurel, estou me sentindo *muito* sóbrio.

— Não quero saber. Me dê as chaves.

— Tudo bem. O que eu digo para a Chelsea?

— Que estou me sentindo mal. Alguma coisa que comi. Ela sabe que o meu estômago é esquisito.

— Combinado.

Eles avistaram Chelsea e Ryan dançando uma música lenta. A cabeça de Chelsea estava pousada no ombro de Ryan e ele a segurava apertada contra o peito.

— Simplesmente vamos embora — disse Laurel. — Não quero interromper isso.

David hesitou. — Você conhece a Chelsea. Ela ficará preocupada se você sumir. — Ele se virou para olhar para Laurel. — Ela pode até mesmo passar pela sua casa quando estiver voltando da festa para ver se está tudo bem com você.

— Tem razão. Vou dizer a ela.

Laurel sentiu-se mal por interromper, mas não havia mais nada a ser feito. Desculpou-se profusamente e garantiu a Chelsea três vezes que não precisava de nada, exceto ir para casa e descansar.

Chelsea sorriu e abraçou Laurel. — Muito obrigada por ter vindo. Vejo vocês depois.

Retribuindo o abraço de Chelsea, Laurel desejou de todo coração conseguir fazer com que os trolls a seguissem. Iria se arrepender daquela noite pelo resto da vida se alguma coisa acontecesse com Chelsea — ou com qualquer outra pessoa na festa.

David pegou a mão de Laurel e eles seguiram na direção da cozinha.

— A porta lateral é a mais próxima do meu carro — disse David, apontando —, mas, ainda assim, será uma boa corrida.

— Tudo bem, vamos.

Ficaram parados na porta da cozinha por alguns segundos, e David apertou Laurel sob seu braço. Depois de depositar um beijo rápido em sua testa, ele perguntou: — Está pronta?

— Sim.

Ambos respiraram fundo algumas vezes, então David agarrou a mão de Laurel e abriu a porta.

— Vamos! — comandou ele num sussurro sibilante.

De mãos dadas, correram até o Civic de David, a cerca de quinze metros de distância. Passaram agachados por vários carros antes de abrir as portas e pular para o banco.

— Você acha que ele nos viu? — perguntou ela enquanto enfiava a chave na ignição e dava partida no motor.

— Não sei.

— Não posso ir, se eles não nos viram.

— Bem, o que você propõe que a gente faça? — perguntou David, espiando a escuridão por sua janela.

Laurel respirou rapidamente, mal se atrevendo a pensar no que estava a ponto de fazer. Antes que pudesse mudar de ideia, desceu do banco do motorista e pulou para cima e para baixo algumas vezes, abanando os braços.

— Ei! Estão me procurando?

Uma forma escura se levantou pouco mais de cinco metros à sua frente. Laurel ofegou e se atirou novamente dentro do carro, engatando a marcha a ré. O troll correu na direção do carro, e seu macacão azul-marinho e sua expressão assustadora foram iluminados pelo farol do Civic. Ele bateu as mãos no capô do carro justamente quando ela engatou a marcha.

—Vai, vai, vai! — gritou David.

Laurel apertou um pé no acelerador e tirou o outro da embreagem tão depressa que o carro voou para trás, quase batendo no caminhão estacionado atrás deles. O troll tropeçou no ponto em que o carro estivera estacionado, mas já estava se levantando. Laurel engatou a primeira e saiu da entrada da casa. David estava virado para trás em seu banco, olhando pela janela traseira.

— David! — gritou Laurel. —Veja se vem algum carro. Não vou poder parar no sinal ali na frente.

David se voltou para a frente e perscrutou a escuridão dos dois lados. Quando se aproximaram do cruzamento, o pé de Laurel ficou pairando acima do freio.

— Está tudo bem. Pode ir!

Laurel pisou no acelerador, atravessando o cruzamento. Pisou com força no freio ao sair da estrada que levava à casa de Ryan para entrar na Pebble Beach Drive. O carro derrapou e os pneus protestaram ruidosamente, mas Laurel conseguiu manter os faróis na direção certa.

— Ele acaba de virar a esquina — disse David quando estavam a menos de dez segundos na estrada. — Ele é muito rápido.

— O limite de velocidade aqui é de sessenta quilômetros por hora. A que velocidade posso ir sem ser parada? — perguntou Laurel, o indicador do velocímetro já se aproximando do limite de velocidade.

—A polícia é a menor das nossas preocupações, no momento — disse David. —Você pode simplesmente... Laurel, cuidado!

Uma forma volumosa correu à frente deles, parando no meio da estrada. Laurel pisou com tudo no freio e o carro derrapou no asfalto enquanto ela lutava para manter o controle. Eles derraparam, por pouco não batendo no enorme animal — um troll, com certeza — e deslizaram pelo acostamento até caírem numa vala no outro lado. O carro parou com um solavanco, as rodas girando inutilmente na lama e no cascalho.

David gemeu enquanto tentava se endireitar depois de ter sido jogado contra o painel do carro. Laurel olhou para a escuridão, mas não conseguiu ver nada. Então, seus olhos se focalizaram no contorno irregular da borda da floresta, a apenas noventa metros de distância.

— As árvores, David — disse Laurel com urgência. — Precisamos correr até as árvores.

— Não sei se consigo correr — disse David. — Meus joelhos levaram uma pancada bem forte!

— Você consegue, sim, David — disse Laurel com desespero. — Tem que conseguir. Vamos! — Ela abriu a porta com tudo e arrastou David. Depois de alguns passos vacilantes, ele conseguiu se orientar, e eles correram, de mãos dadas, na direção da floresta.

— Ele vai sentir o meu cheiro — disse David. — Meu joelho esquerdo está sangrando.

—Você não está pior do que eu — disse Laurel. — Ele certamente vai sentir o cheiro da minha flor. Vamos ficar juntos. Sem discussões.

De repente, ela percebeu seu erro; os trolls deviam estar atacando porque ela havia florescido. Não havia maneira de despistá-los, não quando podiam rastrear seu inevitável aroma. Odiava o fato de ter baixado a guarda com tanta facilidade. Tinha *deixado* aquilo acontecer.

Enquanto corriam, Laurel vasculhou em sua bolsa e tirou um par de frascos que formariam o soro monastuolo quando fossem quebrados um contra o outro. Sabia que não seria muito eficaz ao ar livre, mas tinha de tentar alguma coisa; talvez os fizessem ficar mais lentos. A echarpe se desamarrou e sua flor se libertou, enquanto ela e David atravessavam pelos arbustos, mas não ia parar para arrumar; podia ouvir um troll bem atrás deles e outro se aproximando pela direita. David tropeçou, traído por seu joelho machucado, e o troll atrás deles grunhiu e se atirou de um salto. Uma dor lancinante atingiu Laurel, partindo da flor às suas costas. Mordendo os lábios para não gritar, ela girou e, com a mão aberta, rompeu os frascos de monastuolo na testa do troll. Ele cambaleou para trás, uivando de dor e levando as mãos enormes à cara. Laurel pulou para a frente; suas costas doíam tanto que um soluço se formou em sua garganta e ela se esforçou para conter uma onda de náusea.

Suas pernas doíam de forma quase insuportável quando eles chegaram à linha de árvores no alto da colina.

— Vamos, David — incitou ela.

Seguiram tropeçando pela floresta, os galhos se agarrando às suas roupas, açoitando a pele e arranhando o rosto. Quando chegaram a uma pequena abertura entre as árvores, pararam de repente, girando em círculos.

— Para onde? — perguntou David.

Um rugido baixo soou de um dos lados da clareira.

— Para lá — disse Laurel, apontando na direção contrária à do som. Mas, no instante em que apontava, outro grunhido soou do outro lado. Giraram novamente, apenas para serem confrontados pela silhueta indistinta de um terceiro troll, com seu bafo quente fazendo fumaça no ar frio de outono.

David puxou Laurel de costas contra seu peito, espremendo sua flor dolorosamente entre eles. Tentaram manter os olhos grudados nos trolls enquanto estes os rodeavam, mas as criaturas eram rápidas demais, girando em volta deles, depois mudando de direção e correndo no sentido oposto, rodeando-os feito tubarões.

O som de metal raspando contra metal encheu o ar, e o reluzir de uma faca brilhou à luz da lua. Laurel sentiu a respiração de David ficar presa em seu peito.

David apertou Laurel num abraço rápido, então se afastou dela e levantou as mãos.

— Eu desisto — exclamou alto. — Leve-me e deixe-a ir embora. Ela é inofensiva.

Laurel ofegou e agarrou a parte de trás da camisa dele, tentando puxá-lo de volta. Mas ele continuou andando para a frente.

Uma risada rouca encheu o ar.

— Inofensiva? — disse uma voz áspera, rascante. —Você acha que nós somos tão estúpidos assim, humano? Se alguém vai viver esta noite, não será ela.

Antes que David pudesse voltar para Laurel, dois trolls se meteram entre eles. Um era mais alto do que David, seus ombros largos esticando o macacão desbotado. A outra era corcunda, com cabelo comprido e fibroso, e, mesmo à luz da lua, Laurel podia ver que sua pele muito pálida estava rachada e sangrando nas juntas. Laurel se obrigou a não fechar os olhos com força quando o troll alto se aproximou dela, com a faca erguida.

Quinze

LAUREL COBRIU A CABEÇA COM OS BRAÇOS E DESEJOU QUE DAVID SAÍSSE correndo — que se salvasse — mesmo sabendo que ele não faria isso. Então, um estrondo reverberou em seus ouvidos e demorou alguns segundos para que ela percebesse que ainda estava viva.

Os trolls gritavam e grunhiam, olhando em volta à procura de seu atacante. Suas facas tinham sido derrubadas no chão por um disco de metal de aparência estranha, que agora estava incrustado no tronco da árvore bem atrás de Laurel, meros quinze centímetros acima de sua cabeça. O corpo inteiro de Laurel tremia de alívio e, pela primeira vez na vida, achou que fosse desmaiar —, mas o perigo ainda não havia passado. Aproveitando-se da distração momentânea dos trolls, Laurel se jogou de bruços no chão e rastejou até a borda da clareira. Algo grande e pesado bateu contra ela, carregando-a para longe da clareira e para trás de uma árvore grande. Uma mão cobriu sua boca quando ela tentou gritar.

— Sou eu — sibilou David em seu ouvido.

David. Ele também estava vivo. Seus braços o envolveram, seu ouvido junto ao peito dele, onde podia ouvir seu coração disparado, em batidas altas. Era um som lindo.

— Você acha que podemos fugir sorrateiramente? — perguntou Laurel o mais baixo que podia.

— Não sei. Temos que esperar por uma boa oportunidade ou eles irão nos pegar de novo.

Laurel apertou o braço de David com toda força quando os trolls começaram a se mover na direção deles, os narizes farejando. Laurel escutou um clique oco e, antes que pudesse sequer adivinhar o que era, a mão de David pressionou com força o topo de sua cabeça, forçando-a a se abaixar até o chão, onde ele se agachou ao lado dela. Mal sua barriga tocou o chão, uma saraivada de tiros encheu a floresta com seu ritmo nítido em *staccato*. Laurel cobriu os ouvidos com os braços e pressionou o rosto nas folhas úmidas, tentando bloquear o som dos tiros e, com eles, uma enxurrada de lembranças do outono passado.

Ganidos de dor soavam entre os tiros, e Laurel deu uma espiada: viu os três trolls fugindo pela floresta, com uma chuva de balas às suas costas.

— Covardes — disse calmamente uma voz baixa de mulher.

Laurel se levantou do chão, levemente boquiaberta.

— Vocês podem sair agora — disse a figura escura, ainda olhando na direção dos trolls. — Eles não vão voltar... Uma pena que eu não tenha vindo preparada para uma caçada de verdade.

Laurel e David se puseram em pé sofregamente. Laurel puxou a blusa o máximo que podia sobre a flor, contraindo-se de dor. O calor do momento fizera com que esquecesse o ferimento; ela se perguntou quanto estrago o troll teria feito, mas um exame mais profundo teria de esperar. David começou a sair de trás da árvore, mas Laurel segurou sua mão, puxando-o de volta.

— Não vou morder — disse a mulher, numa voz clara.

Não fazia sentido tentarem continuar escondidos, percebeu Laurel. Quem quer que fosse aquela pessoa, sabia que eles estavam ali. Laurel e David deram alguns passos hesitantes para longe da árvore na tentativa de ver pela primeira vez a mulher que os havia salvado. Ela era vários centímetros mais alta que Laurel e estava vestida de preto dos pés à cabeça: da camiseta de mangas longas e a calça de corrida às luvas de couro e os coturnos. Somente os óculos espelhados pousados

Encantos 164

casualmente no alto da cabeça saíam do esquema, realçando as mechas de cabelo louro-avermelhado estilizadas com gel que rodeavam a cabeça e se espetavam atrás. Ela parecia ter uns quarenta anos e estar em excelente forma física, mas não era tão corpulenta quanto um troll.

— Não culpo vocês por estarem nervosos — disse a mulher. — Não depois do que acabaram de passar, mas confiem em mim: sou do bando dos mocinhos. — Ela levantou sua arma e realizou uma série de ações, com um monte de cliques, antes de guardá-la novamente no coldre em seu quadril.

— Quem é você? — perguntou Laurel, sem rodeios.

A mulher sorriu, mostrando seus dentes brancos à luz da lua.

— Klea — disse ela. — Klea Wilson. E vocês?

— Isso foi... isso foi, uau! — gaguejou David, ignorando a pergunta. — Você foi incrível. Quer dizer, simplesmente apareceu e eles... bem, você sabe.

Klea olhou fixamente para ele por um longo tempo, com uma sobrancelha erguida.

— Obrigada — disse secamente.

— Como você... — David começou a perguntar, mas Laurel o interrompeu com um puxão rápido em seu braço.

— O que eram aquelas coisas? — perguntou Laurel, tentando parecer inocente sem ser falsa demais. — Não pareciam... humanas.

David olhou para ela, confuso, mas um rápido olhar dela apagou a pergunta de seu rosto. Apesar de tudo, Laurel estava determinada a manter a cabeça no lugar, e a coisa mais importante era não revelar quem era àquela estranha — mesmo que ela fosse, como alegava, "do bando dos mocinhos".

Klea hesitou. — Eles eram... uma espécie de animal que você nunca viu antes. Vamos apenas dizer isso. — Ela cruzou os braços sobre o peito. — Ainda não sei seus nomes.

— David. David Lawson.

— David — repetiu ela, então se virou para Laurel.

Laurel cogitou se haveria algum sentido em tentar reter aquela informação. Mas não era algo difícil de se descobrir, de qualquer forma. Finalmente, murmurou: — Laurel.

Os olhos de Klea se arregalaram. — Laurel Sewell?

Laurel olhou para ela com severidade. Como aquela mulher sabia quem ela era?

— Bem — disse Klea baixinho, quase para si mesma —, isso explica muita coisa.

David resgatou Laurel de sua estupefação, mudando de assunto. — Como você sabia que nós estávamos...? — gesticulou ele silenciosamente para o centro da clareira.

—Venho rastreando esses... sujeitos há várias horas — disse Klea. — Somente quando eles começaram a perseguir seu carro percebi o que estavam fazendo. Desculpe por deixá-los chegar tão perto, mas não consigo correr tão depressa quanto você dirige. O bom foi que eles tiraram vocês da estrada; eu nunca teria chegado a tempo.

— Como você...? — começou Laurel.

— Olha — disse Klea —, não podemos ficar parados aqui batendo papo. Não fazemos a menor ideia de a que distância estão os reforços deles. — Então, foi até a árvore onde o disco de metal estava cravado e o retirou, olhando para David, encarando seu olhar pela primeira vez. —Vocês se importariam de me dar uma carona? Vou levá-los para um lugar seguro e, então, poderemos conversar. — Ela se virou para encarar Laurel. — Realmente precisamos conversar.

A mente de Laurel gritava contra aquela ideia — para não confiar em quem quer que fosse aquela Klea. Mas ela acabara de *salvar* a vida deles. Além disso, David fora ávido demais em concordar.

— Sim. Claro. É lógico! — disse ele. — Meu carro... está ali mesmo... bem, você sabe onde está. Claro que posso lhe dar uma carona... hã, exceto que, bem, está meio encalhado, mas... — Sua voz foi diminuindo e um silêncio constrangedor preencheu a clareira.

Encantos 166

Klea guardou o disco de metal num estojo grande, preso às suas costas. — Imagino que nós três consigamos empurrar seu carro. Vamos lá. — E seguiu na direção do veículo.

David se virou para Laurel, com ambas as mãos em seus ombros. —Você está bem? — perguntou, passando os olhos nela à procura de ferimentos.

Laurel assentiu. *Bem* provavelmente não fosse a melhor palavra, mas estava viva. Ele soltou um suspiro aliviado e passou os braços em torno dela, apertando dolorosamente sua flor. Mas Laurel não se importava. Aconchegou-se a seu ombro, desejando poder explodir em lágrimas de alívio. Mas isso teria de esperar.

— Estou tão feliz que você esteja a salvo — sussurrou ele.

— Estou viva — disse ela com ceticismo. — Ainda não tenho certeza sobre estar a salvo. Como estão seus joelhos?

David balançou a cabeça. —Vão ficar doloridos amanhã, mas, pelo menos, estou andando.

— Que bom — disse Laurel, com a respiração ainda um pouco acelerada. Então, lembrando-se de seu momento de idiotice, deu um tapa no peito dele. — E que diabo foi aquele papo de se entregar? — inquiriu ela.

David sorriu, constrangido. — Foi só o que consegui pensar no momento.

— Bem, nunca mais faça uma coisa dessas.

David não disse nada por um longo tempo; então, deu de ombros e se virou na direção do carro. — É melhor irmos.

— Ei — disse Laurel, estendendo a mão para tocar o rosto de David. — Preciso prender minha flor. No entanto — disse incisivamente —, não diga nada. Não confio nela.

— Ela acabou de nos salvar dos trolls — contradisse David. — Ela foi fantástica!

— Não quero saber! É uma estranha e parece saber de alguma coisa. Você não pode contar nada a ela! — Era diferente para David;

não era ele quem tinha algo a esconder. — Agora, vá, antes que ela fique desconfiada. Diga a ela que deixei cair a minha bolsa.

— Não quero deixar você sozinha — disse ele com firmeza.

— Só levarei um segundo — disse Laurel. — Preciso amarrar a minha flor. Agora, vá, por favor. Ela está olhando para cá. — Klea tinha chegado ao pé da colina e olhava para eles lá de cima, na escuridão. — Ela vai voltar aqui se você não for logo.

Com um olhar demorado e um aperto em sua mão, David saiu relutantemente do meio das árvores e desceu a colina.

Laurel desamarrou o nó em volta da cintura e dobrou as pétalas para baixo. A área da flor em suas costas ardia como uma ferida aberta. Ela trincou os dentes e amarrou bem apertado as pétalas. Assim que abaixou a blusa sobre a flor, saiu rapidamente das árvores, obrigando-se a não correr. Encontrou o caminho de descida da colina, na fraca luz do luar, e quase gritou quando tropeçou e se viu cara a cara com um troll. Deu um pulo para trás e começou a se arrastar e tentar levantar quando percebeu que o troll não estava se movendo. Foi lentamente até ele e viu que era o troll que fora atingido no rosto pelo soro monastuolo. Aparentemente, era possível contornar as limitações do uso ao ar livre.

Tinha apenas alguns segundos para tomar uma decisão. Klea iria querer ver o troll inconsciente... talvez matá-lo. Mas havia riscas vermelhas atravessando o rosto do troll, onde o soro o havia atingido e queimado; Klea saberia que Laurel, ou David, tinha feito alguma coisa. E, se Klea soubesse um pouco que fosse sobre Laurel, as coisas poderiam ficar ainda piores. Laurel não podia alertar Klea sobre a presença do troll sem expor sua poção de fada. Tremendo, Laurel ficou em pé, continuou descendo a colina e não olhou para trás, perguntando-se quanto tempo duraria o soro. Quanto antes saíssem de lá, melhor.

O carro de David estava exatamente onde o haviam abandonado, com o pneu dianteiro atolado na lama, os faróis brilhando na noite escura e as portas totalmente abertas.

Encantos 168

— Está bem atolado — disse Klea, erguendo os olhos brevemente para confirmar o retorno de Laurel —, mas acho que eu e você podemos empurrá-lo para fora daí, David. — Ela estendeu a mão e socou de leve o braço dele. —Você parece ser um cara forte.

David pigarreou como se fosse dizer alguma coisa, mas nada saiu.

— Laurel, você gira o volante? — perguntou Klea, enquanto arregaçava as mangas da camiseta.

Depois de tomar o assento do motorista, Laurel viu David seguir Klea até o capô do carro e ambos firmarem as mãos no para-choque. Ainda não sabia bem o que pensar. Cinco minutos atrás, pensara que sua vida tivesse chegado ao fim — e, sem Klea, não tinha dúvida nenhuma de que teria mesmo. Portanto, o que eles deveriam fazer? Deixar a mulher que salvara sua vida abandonada na beira da estrada só porque, de alguma forma, ela sabia o nome de Laurel? Não havia nada a fazer a não ser levá-la aonde quisesse ir. Uma vez que o carro fosse desatolado, claro. Mas era tudo muito estranho. Laurel desejou ter mais tempo para assimilar a situação.

Girou, então, o volante enquanto David e Klea empurravam. Após algumas tentativas, o Civic se soltou lentamente e Laurel deu ré até voltar à estrada. Depois de puxar o freio de mão, ela se juntou a eles, que estavam examinando o carro à procura de danos. Ou, mais precisamente, Klea examinava o carro enquanto David examinava Klea.

— Definitivamente precisa de uma lavagem — disse Klea —, mas parece que não restou nenhuma lembrancinha dos trolls.

— Melhor assim — disse Laurel.

— Então — disse Klea, saindo da frente da luz dos faróis —, podemos ir?

David e Laurel trocaram olhares e Laurel fez um gesto de assentimento com a cabeça. Não havia nenhuma maneira de lhe indicar, silenciosamente, que havia um troll inconsciente a menos de quinze metros de distância.

Eles entraram no carro, David apressando-se a abrir as portas para elas como se fosse apenas uma noite comum, e, então, partiram. Foi necessária uma discussão breve e silenciosa com David, mas Laurel continuou no volante.

Klea foi dando as indicações do caminho conforme avançavam.

— Fica apenas a um quilômetro e meio, mais ou menos — disse ela.

— Mudamos constantemente nosso acampamento de lugar. A única razão pela qual estou deixando que vocês o vejam agora é que amanhã já estaremos em outro lugar.

— Que tipo de acampamento? — perguntou David.

—Você vai ver — disse Klea. —Vire aqui.

— Não estou vendo nenhuma estrada — disse Laurel.

— Não é para ver mesmo. Comece a fazer a curva e, então, você verá.

Com um gesto estoico de assentimento, Laurel começou a virar o Civic à direita. Logo atrás de um grande aglomerado de arbustos, ela vislumbrou o indício de uma estrada. Entrou nela e dirigiu através de uma cortina fina de galhos que raspavam nas portas e janelas do carro. Mas, assim que passaram por eles, o carro seguiu por duas trilhas paralelas, obviamente recentes.

— Legal — disse David, inclinando-se para a frente em seu banco.

Durante cerca de um minuto seguiram em silêncio pela estrada escura e estreita, Laurel cada vez mais segura de que estavam se dirigindo para uma armadilha. Se, pelo menos, não tivesse esquecido sua mochila! Então, a estrada virou nitidamente para a direita, revelando três trailers de acampamento, num círculo bem-iluminado. Diante de dois deles havia dois caminhões pretos que não fariam feio numa competição de monster trucks. Suas janelas de vidro fortemente escurecido refletiam o brilho de vários holofotes montados em postes altos, que enchiam o acampamento com uma luz branca e nítida. Lâmpadas menores pendiam na entrada dos trailers. Fora da área iluminada, viam-se dois cavalos castanhos amarrados a uma estaca e várias espadas e armas grandes estavam expostas sobre uma mesa de piquenique de alumínio. O frio no estômago de Laurel lhe informou que ela e David estavam numa encrenca maior do que havia pensado.

— Caramba — disse David.

— Não há lugar como o lar — disse Klea ironicamente. — Bem-vindos ao acampamento.

Todos saíram do carro e caminharam até o acampamento — Klea de forma resoluta e Laurel e David, mais hesitantes. Um punhado de pessoas se movia por ali, realizando tarefas variadas e mal erguendo os olhos para os dois. Assim como Klea, todos se vestiam basicamente de preto.

— Laurel, David, esta é a minha equipe — disse Klea, indicando as pessoas ao redor. — Somos um grupo pequeno, mas trabalhamos com dedicação.

David deu um passo em direção a uma barraca baixa e branca que estava iluminada por dentro como se houvesse uma dúzia de lampiões em seu interior. — O que tem ali? — perguntou, esticando o pescoço, quando um homem entrou rapidamente, liberando um feixe de luz forte que iluminou a área toda por um momento, antes que a aba da barraca voltasse a se fechar.

— Como dizem por aí, eu poderia lhe contar, mas teria que matá-lo depois — disse Klea com um pouco mais de seriedade do que Laurel gostaria. Klea parou ao lado de um dos caminhões pretos e tirou da plataforma uma bolsa a tiracolo cáqui. — Venham até aqui — disse ela, indicando com um gesto a mesa de piquenique no centro do acampamento.

Laurel agarrou a mão de David e eles seguiram Klea até a mesa. Agora que já estavam ali, podiam muito bem tentar obter o máximo de respostas possível. Não havia a menor chance de fugirem correndo dali. Laurel não sabia ao certo se corriam mais perigo agora ou quando os trolls os estavam perseguindo.

Sentaram-se, e Klea tirou um envelope de sua bolsa, baixando os óculos espelhados da testa até os olhos. O acampamento estava, realmente, bem iluminado, mas Laurel achou aquele gesto estranhamente melodramático. Klea folheou o conteúdo do envelope e retirou uma fotografia, a qual deslizou na direção de Laurel.

— O que você sabe a respeito deste homem? — perguntou.

Laurel baixou os olhos para a face raivosa de Jeremiah Barnes.

Dezesseis

CONTENDO UM CALAFRIO, LAUREL OLHOU, CHOCADA, PARA O ROSTO QUE assombrava seus pesadelos havia quase um ano. Sua mão, agarrada à de David, tremeu num aperto forte.

— Faz muitos anos que o estou procurando... — disse Klea. — Bem, ele e outros como ele. Mas, na última vez que o apanhamos, há alguns meses, ele tinha um cartão de visita no bolso com alguns nomes. — Ela olhou para Laurel. — Um deles era o seu.

As mãos de Laurel começaram a tremer ao pensar em Barnes carregando seu nome.

— E você só pegou meu nome e o deixou livre, leve e solto? — Laurel manteve a voz baixa, mas lhe saiu bem sibilante.

— Não... exatamente. — Os olhos de Klea se moveram para os lados antes que ela se inclinasse para a frente, voltando a guardar a foto dentro do envelope. — Ele... era mais forte do que imaginávamos. Escapou.

Laurel assentiu lentamente, lutando para manter seu tremor controlado. A despeito do que Jamison dissera, Laurel se aferrara a uma esperança mínima de que Barnes realmente tivesse morrido, depois de ter levado um tiro no ano anterior. Mas ali estava a prova — inegável — de que ele ainda estava à solta. E atrás dela.

—Você não parece surpresa. Então, você o conhece?

Minta, minta, minta!, sua mente gritava. Mas de que adiantaria? Havia se entregado no instante em que reconhecera Barnes. Era tarde demais para negar tudo.

— Mais ou menos. Tive uma discussão com ele no ano passado.

— Não existe muita gente que saia ilesa de discussões com esse cara. — O tom de voz de Klea foi normal, mas a pergunta implícita era dolorosamente óbvia. *Por que você ainda está viva?*

Os pensamentos de Laurel imediatamente se concentraram em Tamani, e ela quase sorriu. Forçou-se a baixar os olhos sobre a mesa.

—Apenas tive sorte — disse. — Ele abaixou a arma no momento errado.

— Entendo. — Klea assentiu com a cabeça, de forma quase sábia. —Armas são praticamente a única coisa que esse homem teme. O que ele queria com você?

Laurel olhou para os óculos espelhados de Klea, desejando ver os olhos da mulher. Teria de inventar alguma coisa — qualquer coisa — para ocultar a verdade.

—Você pode contar a ela — disse David, após uma longa pausa.

Laurel lhe dirigiu um olhar furioso.

— Quer dizer, eles já o venderam; ninguém pode tirá-lo de você. — Do que ele estava falando? Sua mão apertou a dela significativamente, mas histórias falsas eram a especialidade de David; Laurel não era boa para mentir. O melhor que conseguia fazer era seguir o fluxo. Cobriu o rosto com as mãos e se reclinou no peito de David, fingindo estar confusa demais para falar.

— Os pais dela encontraram um diamante quando estavam... reformando sua casa — explicou David.

Laurel esperava que Klea não houvesse percebido a diminuta pausa.

— Um diamante enorme. Este cara tentou sequestrá-la, para pedir resgate ou algo assim. — David acariciou seu ombro e deu tapinhas em suas costas.

Encantos 174

— Foi uma experiência muito traumatizante — garantiu a Klea.

David, você é brilhante.

Klea assentia, devagar. — Faz sentido. Trolls sempre foram caçadores de tesouros. Por sua natureza e porque precisam de dinheiro para se misturar ao nosso mundo.

— Trolls? — perguntou David, sustentando sua farsa. — Tipo, aqueles trolls que vivem embaixo das pontes e viram pedra à luz do sol? Era isso que aquelas criaturas eram?

— Eu disse trolls? — perguntou Klea, erguendo as sobrancelhas comicamente sobre as armações dos óculos. — Ooops. Bem — suspirou ela, balançando a cabeça —, imagino que, depois de tê-los visto, vocês tenham o direito de saber o que eles realmente são. — Ela olhou para Laurel, que se sentara ereta novamente e enxugava as lágrimas de mentira. — Foi bom que seus pais tenham vendido o diamante. Pelo menos, Barnes não irá atrás deles. No entanto, vocês parecem ser um ponto fixo no radar dele. Não há a menor possibilidade de que aqueles trolls estivessem na sua festa esta noite por acaso. — Ela fez uma pausa. — Não acredito em coincidências tão grandes assim.

— O que ele poderia querer comigo agora? — perguntou Laurel, trocando um olhar rápido com David. — O diamante já foi vendido.

— Vingança — respondeu Klea simplesmente. Ela virou o rosto para Laurel, mas mesmo assim ela pôde sentir a intensidade do olhar através dos óculos escuros. — É basicamente a única coisa que os trolls amam mais do que os tesouros.

Laurel se lembrou de Jamison lhe dizendo quase a mesma coisa em seu último dia em Avalon. Parecia um tanto absurdo encontrar alguma verdade naquele monte de mentiras.

Klea mergulhou a mão em sua bolsa, retirou um cartãozinho cinza e o entregou a Laurel, que o pegou com hesitação.

— Pertenço a uma organização que... rastreia... seres sobrenaturais. Principalmente trolls, porque são os únicos que trabalham para se infiltrar na sociedade humana. A maioria dos outros evita isso a todo custo. Esta é a minha equipe, mas nossa organização é internacional. — Ela se inclinou à frente. — Acredito que você esteja em grande perigo, Laurel. Gostaríamos de oferecer nossa ajuda.

— Em troca de quê? — perguntou Laurel, ainda desconfiada.

Um indício de sorriso brincou nos lábios de Klea. — Barnes já me escapou uma vez, Laurel. Ele não é o único com uma conta a acertar.

— Você quer que lhe ajudemos a apanhá-lo?

— Certamente que não — disse Klea, balançando a cabeça. — Crianças sem treinamento como vocês? Acabariam sendo assassinados. E, sem querer ofender, mas você é meio... pequena.

Laurel abriu a boca para retrucar, mas David apertou sua perna com força e ela segurou a língua.

Klea estava pegando outro papel em sua bolsa; dessa vez era um mapa de Crescent City. — Gostaria de colocar alguns guardas em volta da sua casa... e da sua também, David... somente por precaução.

— Não preciso de guardas — disse Laurel, pensando nas sentinelas postadas perto de sua casa.

Klea ficou espantada. — Como é?

— Não preciso de guardas — repetiu Laurel. — Não quero.

— Convenhamos, Laurel. É para sua própria proteção. Tenho certeza de que seus pais concordariam. Posso falar com eles, se você quiser...

— Não! — Laurel mordeu o lábio quando dois homens que trabalhavam a alguns metros pararam o que estavam fazendo e olharam para ela. Agora teria de dizer a verdade. — Eles não sabem a respeito dele — admitiu. — Nunca contei a eles nada sobre Barnes. Voltei antes que eles percebessem que eu havia desaparecido.

Klea sorriu abertamente. — Verdade? Que coisinha mais astuciosa você é, não? — Laurel conseguiu não olhar feio para Klea, mas foi por pouco. — Mas, falando sério, Laurel. Tem havido muita atividade de trolls ao redor de Crescent City ultimamente. Muito mais do que posso aceitar. Por sorte — continuou ela com um toque de divertimento na voz —, estamos lidando com um tipo de ser que é facilmente... detido. — Ela esfregou rapidamente as têmporas. — Não como algumas das outras criaturas que já tive a singular experiência de caçar.

— Outras criaturas? — perguntou David.

Klea parou de esfregar as têmporas e olhou para David com uma expressão penetrante. — Ah, David, as coisas que já vi nesta vida. Há mais lá fora do que qualquer pessoa se atreveria a imaginar.

Os olhos de David se arregalaram e ele abriu a boca para falar.

— Mas, infelizmente, não temos tempo para discutir isso hoje — disse ela, calando suas perguntas. Então, olhou para Laurel. — Eu gostaria que você reconsiderasse — disse, com seriedade. — Como você conseguiu escapar ilesa de seu último encontro, acho que está subestimando essas criaturas. No entanto, elas são rápidas, astutas e incrivelmente fortes. Já temos dificuldades de sobra para mantê-las na linha, e olha que somos profissionais treinados.

— Por que vocês fazem isso, então? — perguntou Laurel.

— Como assim, por quê? Porque são *trolls*! Eu os caço para proteger as pessoas, como protegi vocês esta noite. — Ela hesitou, depois prosseguiu: — Algum tempo atrás, eu perdi tudo... *tudo*... para monstros desumanos como esses. Fiz com que o objetivo da minha vida fosse colocar um fim no sofrimento que eles causam. — Ela parou de falar por um segundo, então voltou a se concentrar em Laurel. — Um grande sonho, eu sei, mas, se ninguém tentar, nunca poderá acontecer. Por favor, ajude-nos *deixando* que os ajudemos.

— Não preciso de guarda-costas ou o que quer que você esteja oferecendo — insistiu Laurel. Sabia que parecia petulante, mas não havia mais nada que pudesse dizer.

Sentinelas fadas e elfos era uma coisa, mas aquilo? Aquela estranha com seu acampamento militar e armas grandes... Laurel não precisava que trombassem com seus verdadeiros guardiães. Quanto antes ela e David conseguissem sair dali, melhor.

Klea apertou os lábios.

— Muito bem — disse baixinho —, se é assim que você se sente. Mas, se mudar de ideia, tem meu cartão. — Ela olhou de David para Laurel. — Não é mais do que justo informar-lhes que vou continuar de olho em vocês dois. Não quero que nada lhes aconteça. Vocês parecem ser bons garotos. — Ela fez uma pausa com o dedo perto do queixo, pensando por alguns segundos. — Antes de ir — disse ela, devagar —, tenho uma coisa para vocês. E espero que entendam minhas razões para lhes dar isso, assim como meu pedido para que guardem segredo. Principalmente dos seus pais.

Laurel não gostou nada daquilo.

Klea fez um gesto para um dos homens que estava passando e ele trouxe uma caixa grande. Ela remexeu na caixa por alguns segundos antes de tirar duas pistolas em coldres de lona preta.

— Não imagino que vocês terão de usar estas armas — disse ela, entregando uma a cada um deles. — Mas, se não aceitam os guardas, então isto é o melhor que posso fazer. Prefiro ser excessivamente cautelosa a... bem... morta.

Laurel olhou para a arma que Klea lhe havia estendido, com o cabo primeiro. Com sua visão periférica, viu David tomar a dele sem hesitação e murmurar "Legal!", mas seus olhos ficaram fixos na arma. Muito lentamente, esticou a mão e tocou no metal frio. Não se parecia muito à arma que havia apontado para Barnes no ano anterior, mas, quando fechou os dedos ao redor da empunhadura, a *sensação* foi igual. Imagens de Barnes passaram rapidamente por sua cabeça, todas manchadas de sangue — o sangue de David em seu braço, o sangue que brotara no ombro de Barnes quando atirara nele, e pior, a expressão no rosto de Tamani depois de ter sido atingido duas vezes por uma arma não muito diferente daquela.

Afastou a mão com um solavanco, como se tivesse sido queimada.

— Não quero — disse baixinho.

— Isso é admirável — disse Klea calmamente. — Mas ainda acho...

— Eu disse que não quero — repetiu Laurel.

Klea apertou os lábios. — Sério, Laurel...

— Ficarei com ela, por enquanto — disse David, estendendo a mão para a segunda arma. — Falaremos sobre isso depois.

Klea olhou para David e sua expressão era ilegível por trás daqueles idiotas óculos espelhados.

— Suponho que seja suficiente.

— Mas... — começou Laurel.

—Vamos — disse David, com uma voz baixa e gentil.— Já é quase meia-noite; seus pais ficarão preocupados. — Ele passou um braço em volta de Laurel e começou a levá-la para o carro. — Oh — disse, parando e virando-se para Klea —, obrigado. Obrigado por tudo.

— De nada — resmungou Laurel sem se voltar. — Obrigada.

Ela se dirigiu rapidamente para o carro e entrou antes que David pudesse abrir a porta. Suas costas estavam doendo, e tudo o que queria era se afastar de Klea e de seu acampamento e ir para casa. Deu partida no carro antes que David sequer tivesse a chance de entrar e, no momento em que ele prendeu o cinto de segurança, ela engatou a marcha a ré e virou o carro. Dirigiu pela estrada improvisada tão depressa quanto se atrevia e observou Klea pelo retrovisor até que a estrada fez uma curva e ela desapareceu de sua vista.

— Uau — disse David quando entraram na rodovia.

— Pois é — concordou Laurel.

— Ela não foi incrível?

— O quê? — Não era *aquilo* que Laurel tinha em mente.

Mas David já estava distraído. Ele pegou a arma que Klea lhe dera e desabotoou o coldre.

— David! Não mexa nisto — disse Laurel, tentando olhar para David, para a arma e para a estrada ao mesmo tempo.

— Não se preocupe. Eu sei o que estou fazendo. — Ele pegou a arma e a revirou nas mãos. — SIG SAUER — disse ele.

— Sig o quê?

— SAUER. É a marca. É uma arma realmente boa. Cara — acrescentou. — Embora não seja tão legal quanto a arma de Klea. Você viu aquela coisa? Uma automática. Aposto que era a Glock dezoito.

— Olá! David da Associação Nacional de Armas — disse Laurel com irritação. — De onde *você* saiu? Não sabia que você gostava de armas.

— Meu pai tem um monte — disse ele, distraído, ainda manuseando a arma de fogo em sua mão. — Costumávamos ir caçar, quando eu era mais novo, antes de meus pais se separarem. Ele ainda me leva para praticar tiro ao alvo de vez em quando, quando vou visitá-lo. Sou um atirador bastante bom, na verdade. Minha mãe não é muito fã; ela prefere o microscópio. Somente mais uma razão pela qual eles não deveriam ficar juntos, imagino. — Ele puxou o cano da arma e Laurel escutou um clique.

— Tome cuidado! — gritou ela.

— Está travada... não se preocupe. — Ele clicou alguma outra coisa e o pente deslizou para fora. — Pente extralongo — disse, recitando dados no mesmo tom de voz que o pai dela poderia usar para verificar o inventário. — Dez tiros em vez de oito. — Ejetou uma bala e a levantou até a janela. — Calibre quarenta e cinco. — Assoviou baixinho. — Estas balas podem provocar um belo estrago.

As frases ecoaram na cabeça de Laurel como um grotesco disco quebrado. *Calibre quarenta e cinco, pente extralongo, dez tiros, belo estrago.*

— Já chega — disse Laurel, com os dentes cerrados. Seu pé pisou com tudo no freio e eles pararam com um tranco na margem da estrada.

David olhou para ela com uma combinação de confusão e algo que quase parecia medo.

— O que foi?

— Como assim, o que foi?

— O que aconteceu? — Seu tom inocente e genuíno disse a ela que ele realmente não fazia ideia de por que ela estava irritada.

Encantos 180

Laurel cruzou os braços sobre o volante e pousou a cabeça neles. Respirou fundo várias vezes e se obrigou a ficar calma. David não disse nada, apenas esperou enquanto ela controlava sua fúria e colocava os pensamentos em ordem.

Finalmente, ela rompeu o silêncio:

— Não acho que você entenda o que isso tudo significa para mim. — Quando David não respondeu, ela continuou: — Eles agora estão nos observando. Talvez sempre tenham estado nos observando, não sei. E, verdade seja dita, eu realmente acho que *você* estará mais seguro. Mas como sabemos que ela também não está caçando fadas?

David bufou com descrença. — Ah, tenha dó, ela não faria isso.

— Não? — perguntou num tom mortalmente sério, virando-se para encarar David.

— É claro que não. — Mas a voz dele havia perdido um pouco da confiança.

— Ela disse, por acaso, por que queria apanhar os trolls? Ou matá-los, como acredito que se possa concluir?

— Porque eles estavam tentando *nos* matar.

— Ela nunca disse isso. Só disse que era porque eram trolls.

— Não é razão suficiente?

— Não. Você não pode caçar coisas só porque são o que são ou por causa do que outros como ele fizeram para você. Não posso concluir que não existam trolls bons, assim como não posso concluir que não existam fadas más. O fato de que ela esteja caçando a coisa certa não significa que seja pela razão certa.

— Laurel — disse David calmamente, colocando a mão em seu ombro —, você está discutindo questões de semântica. Acho que você está realmente exagerando.

— Isso é porque você é humano. Sabe aquela arma com a qual você ficou tão impressionado? Eu não consigo me impressionar tanto assim porque tenho medo de que, um dia, ela esteja apontada para *mim*, caso ela descubra o que sou.

David parou e seu rosto estava chocado.

— Eu não deixaria que isso acontecesse.

Laurel deu uma risada aguda. — Por mais que eu seja grata pelos seus sentimentos, você realmente acha que poderia detê-la? Ela e todos aqueles... sei lá... ninjas que trabalham para ela? — Laurel entrelaçou seus dedos aos de David. — Tenho uma fé imensa em você, David, mas duvido que seja bom em deter balas.

David suspirou. — Simplesmente deteto me sentir tão impotente. Uma coisa é tomar minha vida nas minhas próprias mãos — soltou uma risadinha irônica —, sou um adolescente maluco; nós fazemos esse tipo de coisa o tempo todo. — Ele ficou sério e manteve silêncio por alguns momentos. — Mas outra totalmente diferente é que você esteja em perigo, e Chelsea, Ryan e todos os outros garotos na festa. As coisas ficaram reais demais esta noite, Laurel. Fiquei com medo. — Ele riu. — Não, fiquei apavorado.

Laurel baixou os olhos para o colo e torceu a barra da camiseta com os dedos.

— Sinto muito por ter envolvido você — murmurou.

— Não é isso. Adoro o fato de você ter me envolvido. — Tomando ambas as mãos de Laurel, ele as segurou até ela erguer os olhos para ele. — Adoro ser parte do seu mundo. E, apesar de quase ter morrido no ano passado, aquilo foi a coisa mais excitante que já aconteceu comigo. — Ele riu. — Com a possível exceção de hoje à noite. — Levou as mãos dela aos lábios e beijou uma de cada vez. — Adoro o que você é e adoro *você*.

Laurel sorriu.

— Só acho que precisamos de ajuda.

— Nós temos ajuda — insistiu Laurel. — Há sentinelas vigiando a minha casa há seis meses.

— E onde elas estavam hoje? — perguntou David, elevando a voz. — Não estavam lá. *Klea* estava. Goste ou não, ela nos salvou, e acho que ela merece um pouco de confiança.

— Então, você quer me levar de volta para que eu conte tudo a ela? Conte a ela que sou uma fada, e qual é a verdadeira razão para Barnes estar me perseguindo? — perguntou Laurel com irritação.

David pegou as mãos dela e as pressionou entre as suas. Era algo que ele sempre fazia para ajudá-la a se acalmar. Ela se concentrou em suas mãos unidas e respirou fundo várias vezes.

— É claro que não — disse David baixinho. — Não há nenhum motivo para que ela saiba mais do que já sabe. Só acho que você deveria confiar nela o bastante para aceitar ajuda. Não guardas — disse, antes que ela pudesse protestar —, mas se ela quer ficar de olho em nós quando não estivermos na sua casa, será que é tão ruim assim?

— Acho que não — resmungou Laurel.

— Colocamos um monte de gente em perigo esta noite, Laurel. Agora, sei que vamos tomar mais cuidado no futuro, mas, caso aconteça algo assim novamente, você não quer ter — ele levantou a arma, que parecia bastante segura, guardada no coldre — ... outra linha de defesa?

— Mas esta é realmente a melhor forma? Ela simplesmente armou dois menores, David. Você tem ideia de como isso é ilegal?

— Mas é para o nosso próprio bem! A lei não entenderia nada disso. Precisamos tomar o assunto em nossas mãos. — Ele fez uma pausa. — Você não ficou preocupada com a lei quando Tamani matou aqueles trolls no ano passado.

Laurel ficou em silêncio por um longo tempo. Então, endireitou-se e olhou David nos olhos.

— Você já atirou em alguém, David?

— Claro que não.

— Já apontou uma arma para alguém?

Ele negou com a cabeça.

— Já viu alguém levar um tiro?

Ele balançou a cabeça com seriedade dessa vez, e muito devagar.

— Já fiz as três coisas — disse Laurel, batendo os dedos com força no próprio peito. — Depois que escapamos de Barnes, tive pesadelos quase todas as noites. Ainda tenho, às vezes.

— Eu também, Laurel. Aquilo me deixou apavorado.

— *Barnes* deixou você apavorado, David. Você sabe o que me assusta, nos meus pesadelos? Eu. *Eu* me deixei apavorada. Porque *eu* peguei aquela arma e *eu* atirei em alguém.

—Você teve de fazer isso.

—Você acha que isso importa? Não me importa por que eu fiz aquilo. O fato é que fiz. E você nunca se esquece daquele sentimento. Aquele momento em que a arma dá um tranco na sua mão e você vê sangue aparecendo na pessoa à sua frente. Você nunca se esquece disso, David. Portanto, desculpe-me se eu não compartilho sua animação por me empurrarem mais uma arma.

David ficou em silêncio por um longo tempo. — Sinto muito — sussurrou ele novamente. — Não pensei direito. — Ele fez uma pausa, então soltou um suspiro de frustração. — Mas você também não entende. Você tem sentinelas e poções. Eu não tenho nada. Você consegue ao menos entender por que me sinto mais tranquilo tendo algum tipo de defesa?

— Uma arma faz com que você se sinta grande e poderoso, é? — disparou Laurel.

— Não! Não faz com que me sinta poderoso ou mais homem, ou seja lá que outras bobagens as pessoas dizem nos filmes. Mas faz com que eu sinta que estou fazendo alguma coisa. Que estou ajudando, de alguma maneira. É tão difícil assim de entender?

Laurel começou a falar, então fechou a boca. Ele estava certo.

— Acho que não — resmungou.

— Além disso — disse David com um sorriso hesitante —, você sabe como eu sou tarado por tecnologia. Microscópios, computadores, armas... adoro todos eles.

Demorou alguns segundos, mas ela sorriu para ele, com cansaço.

— Isso é verdade. Lembro-me de você ficando todo CSI Lawson para cima de mim, quando floresci no ano passado. — Ambos riram... o tipo de risada que não faz alguém se sentir feliz, mas que, ao menos, faz com que se sinta melhor.

Dezessete

ELES ESTACIONARAM NA ENTRADA DA CASA DE LAUREL E, APÓS UM INSTANTE de hesitação, abriram as portas do carro e correram para a casa. Assim que entraram, Laurel se virou e fechou a porta — com certa força —, e a batida ecoou pela casa escura.

— Laurel?

Tanto David quanto Laurel pularam de susto, voltando-se para olhar para a balaustrada de onde a mãe de Laurel os examinava com olhos sonolentos.

— Está tudo bem? Você bateu a porta.

— Desculpe, mãe. Foi sem querer. Não queríamos acordar você.

Ela dispensou a preocupação deles com um gesto da mão. — Eu estava acordada. Há animais brigando atrás da casa, cães ou algo parecido. Cada vez que estou quase dormindo, começa de novo. Desci e fiz uma xícara de chá, e as coisas voltaram a se acalmar. Espero que desta vez continue assim.

David e Laurel trocaram olhares. Ela duvidava muito que fossem *cães* brigando atrás de sua casa.

—Vocês se divertiram?

— O quê? — disse Laurel, confusa.

—A festa. Foi boa?

Laurel quase se esquecera. — Foi — disse com uma animação forçada. — Foi incrível. A casa de Ryan é absolutamente maravilhosa. E imensa — acrescentou, esperando não parecer muito distraída. — Pode voltar para a cama — disse, rapidamente. — David e eu vamos assistir a um filme agora. Tudo bem?

— Acho que sim — disse ela com um bocejo. — Mas mantenha o volume baixo, está bem?

— Sim, claro — disse Laurel, puxando David para a sala de jogos.

— Briga de cães? — perguntou David com ceticismo, depois que ouviram a porta do quarto da mãe dela se fechar.

— Pois é — disse Laurel, com a voz preocupada. — Os trolls estiveram bem ocupados esta noite. — Ela espiou pela persiana, perscrutando a escuridão. Sabia que não iria conseguir ver nada, mas tentou mesmo assim. A culpa tomou conta dela. Não queria nem pensar na quantidade de humanos, fadas e elfos que havia colocado em perigo naquela noite.

David veio por trás dela e passou os braços pela sua cintura, puxando-a.

— Por favor, não... — sussurrou ela.

Ele olhou para suas mãos ao lado do corpo dela, então as afastou e cruzou sobre o peito, seu rosto tomado pela confusão.

— Não, não — disse ela, tranquilizando-o —, não é você, é a minha flor. — Ela gemeu. — Está doendo tanto. — Agora que o estresse da noite havia passado, só conseguia pensar na dor lancinante em suas costas. Apalpou o nó em sua echarpe, tentando desatá-lo, mas suas mãos não paravam de tremer. Lágrimas encheram seus olhos quando ela deu um puxão na echarpe, querendo apenas libertar suas pétalas feridas.

— Eu faço isso — disse David baixinho.

Ela desistiu e ficou imóvel enquanto os dedos leves de David desatavam seus nós apressados. Ele desenrolou a echarpe, levantou um pouco sua blusa atrás e ajudou a alisar as pétalas para cima. Laurel trincou os dentes e inalou rapidamente. Era quase tão ruim soltá-las quanto amarrá-las para baixo. Laurel pressionou a palma das mãos nos olhos enquanto se controlava para não chorar.

—Você está vendo algum dano? — perguntou.

David não respondeu. Ela se virou para olhar para ele. Em seu rosto havia uma expressão de tristeza e horror.

— O que foi? — perguntou Laurel num sussurro.

— Parece que ele pegou um punhado de pétalas. Arrancou-as quase inteiras. Só ficaram umas pontas rasgadas.

Laurel arregalou os olhos e olhou por cima de seu ombro esquerdo, onde as familiares pétalas azul-claras deveriam estar flutuando. Sobre o ombro direito, a flor estava intacta, mas, no esquerdo, não restava nada. As pétalas enormes haviam simplesmente... sumido. Uma sensação estranha, mas avassaladora, de perda abateu-se sobre Laurel. Lágrimas correram por seu rosto quase antes que soubesse que estava soluçando. Virou-se e enterrou o rosto na camisa de David, deixando todo o desespero, o terror e a dor daquela noite virem finalmente à tona.

Ele passou os braços com gentileza em volta dela, deixando cuidadosamente um espaço entre as mãos, de forma a não tocar sua flor. Seu peito estava quente, afastando o frio do medo e também do clima, e seu rosto roçou a testa dela, áspero depois de alguns dias sem barbear. Não havia outro lugar no mundo em que ela preferisse estar naquele momento.

—Venha aqui — sussurrou ele, puxando-a até o sofá. Ele deitou de lado e ela se aconchegou ao peito dele, repousando a cabeça em seu ombro. Somente quando Laurel passou a respirar tranquilamente ele falou. — Que noite, hein?

Ela gemeu. — Nem me fale.

— Então, o que vamos fazer?

Laurel agarrou a mão dele. — Não vá embora.

— Claro que não — disse David, puxando-a para mais perto.

—Tudo ficará bem quando o sol se levantar — disse Laurel, tentando convencer a si mesma.

— Então, vou passar a noite aqui — respondeu David. — Minha mãe vai entender. Simplesmente direi a ela que caímos no sono vendo um filme.

Laurel bocejou. — Não está muito longe da verdade. Estou exausta.

— Além disso, não tenho vergonha de admitir que não quero sair lá fora de novo esta noite.

— Florzinha — disse Laurel, rindo de sua piada boba de planta por alguns segundos antes que um enorme bocejo a dominasse. David jamais poderia entender realmente como era difícil estar acordada e ativa àquela hora da noite. Ela se sentia como uma peneira, como se suas energias fossem constantemente drenadas, sem nada que a preenchesse. Naquela altura, apenas a força de vontade a movia.

— Durma — disse David de forma tranquilizadora, com as mãos mornas nos ombros dela. — Estarei bem aqui — prometeu.

Laurel se aconchegou ao peito dele e se deixou relaxar. Apesar da dor e do medo persistente, o sono veio rápido. Mas veio com sonhos de trolls com facas, e seres humanos com armas, e Jeremiah Barnes.

Laurel acordou com o sol e tentou não incomodar David, mas ele tinha o sono muito leve. Abriu os olhos, olhou para ela e os fechou novamente. Alguns segundos depois, abriu-os de novo.

— Não estou sonhando — disse ele, a voz rouca.

— Bem que você queria — disse Laurel, tentando endireitar a blusa. — Nem imagino como deve estar minha aparência. — Sua flor ainda doía, mas, ao menos, a dor não era mais tão aguda. Desistiu de tentar puxar a blusa para baixo; só fazia com que a flor doesse mais.

David sorriu diante de sua barriga nua e suas mãos foram para os lados de sua cintura, depois subiram pelas costas, onde ele cautelosamente acariciou as pétalas ilesas no lado direito da flor. Laurel se perguntou se ele sabia quanto ela podia sentir as pétalas; como se elas fossem uma extensão de sua pele. Às vezes ele as tocava devagar, quase inconscientemente. Outras vezes, sentia sua mão se demorar onde as pétalas estavam atadas fortemente sob suas roupas. Era um pouco estranho que ele a tocasse daquela forma. Tão íntima. Mais do que ficar de mãos dadas. Até mesmo mais do que se beijar.

— Vai sumir logo, não vai? — disse ele, com mais que um toque de tristeza na voz, enquanto observava a grande flor.

Ela assentiu, virando o pescoço para olhar para a flor azul, atrás.

— Deveria desaparecer em mais uma ou duas semanas — disse. Havia uma marcante *falta* de tristeza em sua voz. — Talvez menos, depois da noite passada.

— É realmente tão incômoda assim?

— Às vezes.

As mãos de David acariciaram uma das pétalas mais longas da base até a ponta, então a trouxe brevemente ao nariz e inalou.

— É que é tão... sei lá... sexy.

— Verdade? Mas é tão... plantal.

— Plantal? — disse David com uma risada. — Isso é um termo técnico?

Laurel revirou os olhos. — Você sabe o que quero dizer.

— Não sei, não. Você tem uma coisa nas costas que é mais bonita que qualquer flor que já vi. Tem um perfume incrível e é tão macia e fresca ao toque. E — acrescentou — é mágica. Como isso poderia não ser sexy?

Ela sorriu. — Talvez, analisando dessa forma.

— Obrigado — disse David, lambendo a ponta do dedo e desenhando um ponto positivo num quadro-negro imaginário.

— Mas só porque não é sua — contra-atacou ela.

— É meio que minha — disse ele sugestivamente, apertando-a com força.

— Só porque eu compartilho com você.

Ele a beijou suavemente e fixou os olhos em seu rosto apenas o suficiente para que Laurel se remexesse um pouco.

— Sua mãe telefonou? — perguntou ela, mudando de assunto para tirar seu foco dela.

David balançou a cabeça. — Ainda não, mas é melhor eu ir. Na verdade — disse ele, olhando para a tela de seu celular —, não tenho nenhuma mensagem, então minha mãe ainda não deve ter sentido a minha falta. Se eu me apressar, pode ser que ela nem perceba que não fui para casa à noite. — Ele se espreguiçou. — E não sou muito fã do seu horário de acordar. Gostaria de dormir mais umas horinhas antes de ir trabalhar.

— Até que horas você vai ficar no trabalho?

— De meio-dia às cinco. Não se preocupe.

David fazia parte da equipe de estoque na farmácia onde sua mãe era a farmacêutica. Ser filho da chefe definitivamente tinha suas vantagens. Seu horário era bastante flexível e ele só trabalhava dois sábados por mês e um domingo, de vez em quando. Claro, Laurel tinha vantagens parecidas e só trabalhava nas lojas de seus pais quando precisava de dinheiro.

— Imagino que não exista um jeito de impedir sua mãe de sair à noite? — perguntou Laurel.

David revirou os olhos para ela. Sua mãe era famosa por ser arroz de festa.

— Só estava perguntando.

—Você ainda tem o cartão de Klea? — perguntou David.

Laurel encontrou algo interessante para olhar no chão. — Sim.

— Posso vê-lo?

Laurel hesitou, então tirou o cartão do bolso. Já o havia memorizado. *Klea Wilson*, proclamava em letras grandes em negrito. Daí, havia um número embaixo. Nenhuma descrição de emprego, nenhum endereço, nenhuma imagem nem logotipo. Somente o nome e o número.

David pegou seu celular e adicionou o número a seus contatos.

— Só para garantir — disse ele. — Caso você o perca ou algo assim.

— Não vou perder. — *Embora possa jogar fora de propósito.* Alguma coisa em Klea a deixava inquieta, mas não conseguia identificar o que era. Talvez fossem apenas aqueles óculos escuros idiotas.

Encantos 190

— A propósito — disse Laurel com hesitação —, acho que eu deveria ir à propriedade hoje. Ou amanhã, o mais tardar.

David se enrijeceu. — Por quê?

— Eles precisam saber o que aconteceu — disse Laurel, sem olhar em seus olhos.

—Você quer dizer que Tamani precisa saber o que aconteceu?

— E Shar — disse Laurel, na defensiva.

David enterrou as mãos nos bolsos e ficou em silêncio.

— Posso ir? — disse ele, finalmente.

— Eu preferiria que você não fosse.

Ele empinou a cabeça. — Por que não?

Laurel suspirou e passou os dedos pelo cabelo.

— Tamani sempre fica estranho quando você está por perto e, francamente, acho que você também fica. Preciso me sentar e ter uma conversa séria com eles sobre essa tal de Klea, e não preciso de vocês dois tentando estrangular um ao outro enquanto faço isso. Ademais — acrescentou —, você tem que trabalhar.

— Eu poderia faltar — disse ele, rigidamente.

Laurel o encarou. — Não precisa fazer isso. Posso ir sozinha. E você não tem nada com que se preocupar. Estou com você. Amo *você*. Não sei o que mais posso dizer para que se convença.

—Você está certa. Desculpe. — Ele suspirou e passou os braços em volta dela, depois se afastou e olhou-a nos olhos. — Serei honesto com você: não gosto quando você vai vê-lo. Principalmente sozinha; eu preferiria estar junto. — Ele hesitou. — Mas confio em você. Juro. — Ele deu de ombros. — Sou apenas o estereótipo do namorado ciumento, acho eu.

— Bem, sinto-me lisonjeada — disse Laurel, elevando-se na ponta dos pés para um beijo. — Mas só vou conversar. — Ela enrugou o nariz. — E limpar. Preciso, pelo menos, arejar a casa; ninguém vai lá há meses.

—Você vai dirigindo?

— Bem, pensei em ir voando — disse ela, brincalhona, apontando para suas costas —, mas parece que não funciona dessa forma.

— Estou falando sério.

— Está bem — disse Laurel, sem saber ao certo aonde ele queria chegar com aquilo. — Sim, vou dirigindo.

O rosto de David ficou tenso. — E se eles seguirem você?

Laurel balançou a cabeça. — Não imagino que façam isso. Quer dizer, será durante o dia, para começo de conversa. E o caminho é quase todo pela rodovia. E, sério, se eles me seguirem até a propriedade, terão uma surpresa violenta esperando por eles.

— Isso é verdade — disse David, com a testa franzida.

— Tomarei cuidado — prometeu Laurel. — Estou protegida aqui, e não vou parar até chegar lá.

David puxou-a para perto. — Desculpe-me por me preocupar tanto — disse ele. — Só não quero que nada aconteça com você. — Ele fez uma pausa. — Não acho que você consideraria levar a... hã... coisa que Klea nos deu?

— Não — disse Laurel com intensidade. — Já chega. Fora! — disse ela, empurrando-o na direção da porta da frente. — Fora!

— Certo, certo — disse David, rindo. — Estou indo.

Laurel sorriu e o puxou para um beijo. — Tchau — sussurrou. Ele saiu pela porta e ela a trancou às suas costas.

— Não achei que, de fato, fosse preciso *dizer* isso, mas nada de dormir aqui com David. Pensei que essa regra fosse bastante óbvia.

Laurel deu um pulo, então se virou para olhar para a mãe, inclinada sobre a balaustrada.

— Desculpe. Nós caímos no sono assistindo ao filme. Não aconteceu nada.

Sua mãe riu. — Seu cabelo ficou desse jeito só de dormir?

O cansaço e o estresse de Laurel se somaram à imagem mental de como devia estar sua aparência, e, de repente, tudo pareceu engraçado. Ela riu, então fungou, e riu mais ainda. Tentou em vão conter suas risadas.

Sua mãe desceu o restante da escada, com uma expressão entre exasperada e divertida.

Encantos 192

— Devo estar *tão* horrorosa — disse Laurel, passando os dedos pelos cabelos. Estava ainda um pouco duro do spray que decidira usar na noite anterior.

— Digamos apenas que não é seu melhor momento.

Laurel suspirou e abriu a geladeira para pegar um refrigerante.

— Nós realmente caímos no sono.

— Eu sei — disse sua mãe com um sorriso. Ela se ocupou triturando pastilhas de vitamina mastigável num minipilão. — Desci para dar uma olhada em vocês às duas da madrugada. — Ela polvilhou a vitamina em pó na terra ao redor das violetas — um truque que havia aprendido, ironicamente, com um cara que cultivava pés de maconha em casa. Laurel observou a mãe e percebeu que nenhuma das duas tinha falado nada de estranho ou de ferino. Ao menos por enquanto. Por alguns minutos, tudo pareceu normal. Laurel não sabia se curtia o momento enquanto durasse ou se lamentava o fato de que acontecesse tão raramente.

— Desculpe — disse novamente. — Na próxima vez, prometo que vou colocá-lo para fora.

— Por favor — disse sua mãe, provocando-a.

Ambas se viraram ao ouvir seu pai assoviando enquanto descia a escada. Ele cumprimentou as duas e deu um beijo no rosto da esposa, em troca de uma xícara de café.

—Vocês dois vão trabalhar hoje? — perguntou Laurel.

— É sábado? — disse sua mãe, ironicamente.

— Não há paz para os maus — disse seu pai com um sorriso. Ele olhou para a mãe dela. — E nós somos muito, muito maus. — Riram e, por um momento, Laurel sentiu como se tivessem voltado no tempo, a antes de ela ter florescido, no ano anterior. Antes que tudo ficasse estranho; de volta a quando eram normais.

Seu sorriso se desfez quando percebeu que o pai a examinava com um olhar esquisito.

— O que foi? — disse, quando ele veio até ela.

— O que aconteceu com a sua flor? — perguntou seu pai, preocupado. — Estão faltando pétalas!

A *última* coisa que Laurel queria naquela manhã era uma discussão familiar sobre sua flor. — Elas simplesmente caem, às vezes — disse. —Amarrá-las todos os dias não é exatamente bom para elas. Eu estava pensando...

—Você precisa faltar à escola quando florescer, para que isso não aconteça? — perguntou seu pai, interrompendo-a.

Laurel viu os olhos de sua mãe se arregalarem.

— Não, claro que não — protestou Laurel. — Está tudo sob controle. Está tudo bem.

—Você é quem sabe — disse ele, relutante. E voltou a tomar seu café, embora a observasse sobre a borda da caneca.

— Já que vocês vão trabalhar — disse Laurel, trazendo a conversa de volta aos trilhos —, se importariam se eu fosse até a propriedade?

Sua mãe lhe dirigiu um olhar de esguelha.

— Por quê? — perguntou ela.

— Preciso fazer uma faxina — disse Laurel, tentando manter a expressão neutra. — Quando voltei de... quando estive lá em agosto, o lugar estava bem feio. Preciso dar uma arrumada em tudo, assim nenhum mendigo vai ter a ideia de ir morar lá — disse, rindo desajeitadamente.

— Achei que *eles* impedissem que esse tipo de coisa acontecesse — disse sua mãe.

— Bem, é provável, mas não vou pedir para um bando de sentinelas fazer faxina, não é?

— Acho que é bastante razoável — disse seu pai, entrando na conversa. — E o lugar deve estar precisando mesmo de uma boa limpeza. — Ele olhou para a mãe dela. — O que você acha? Tudo bem para você?

Sua mãe conseguiu dar um sorrisinho rígido. — Sim. Claro.

— Obrigada — murmurou Laurel, desviando o olhar. Parte dela queria não ter perguntado.

Dezoito

LAUREL FICOU SENTADA EM SEU CARRO DURANTE VÁRIOS MINUTOS, APENAS olhando para a cabana. *Sua* cabana, ou quase. Tinha ido lá várias vezes no ano anterior — indo para Avalon ou voltando de lá, assim como nas vezes em que viera ver Tamani, no outono passado. Mas não entrara na casa desde que se mudara para Crescent City, havia quase um ano e meio. Onde o gramado não estava coberto por um tapete de folhas caídas durante duas estações, a grama crescia alta e desordenada e os arbustos haviam crescido o suficiente para cobrir metade das janelas da frente. Laurel suspirou. Não tinha pensado no jardim ao pegar os produtos de limpeza. A solução mais óbvia era trazer David na próxima vez, com o cortador de grama e a tesoura para cerca viva, mas isso seria extremamente constrangedor, na melhor das hipóteses.

Outro dia; certamente já tinha o bastante para fazer naquele momento. Abriu o porta-malas, pegou um balde cheio de esponjas, trapos e produtos de limpeza que havia arrumado naquela manhã, e o levou até a porta da frente.

A porta rangeu nas dobradiças quando entrou na cabana. Era estranho entrar numa casa totalmente vazia; casas deveriam estar cheias de coisas, gente, música e cheiros. A ampla sala da frente, que ocupava a maior parte do andar térreo, agora parecia escancarada. Uma sala cheia de vazio.

Laurel colocou o balde sobre o armário da cozinha e deu a volta até a pia, abrindo a torneira. Após um curto gorgolejo, surgiu um jorro de água acobreada. Laurel deixou correr por um momento e logo a água se tornou límpida. Sorriu, estranhamente animada à medida que o ruído da água corrente enchia o ambiente e ecoava nas paredes nuas.

Circulou pelo piso térreo, destrancando e abrindo todas as janelas, deixando que a brisa fresca de outono fluísse pela casa, limpando-a do ar bolorento e abafado que ficara preso lá dentro durante meses. A janela à direita da porta da frente não queria abrir, e Laurel lutou com ela por alguns segundos.

— Deixe que eu abra para você — disse uma voz baixa logo atrás dela.

Embora o estivesse esperando, Laurel deu um pulo. Moveu-se para um lado e deixou Tamani borrifar algo de um frasquinho em cada lado da janela antes de levantar a vidraça com facilidade. Ele se virou para ela com um sorriso.

— Pronto.

— Obrigada — disse ela, retribuindo o sorriso.

Em silêncio, ele se moveu um pouco para se encostar à parede.

—Vim aqui fazer uma faxina — disse Laurel, indicando o balde de produtos.

— Estou vendo. — Ele olhou em volta da sala vazia. — Já faz algum tempo que ninguém vem aqui. Faz séculos que eu não venho.

Passaram longos segundos num silêncio embaraçoso para Laurel, mas que não parecia incomodar Tamani nem um pouco.

Finalmente, Laurel deu um passo adiante para abraçá-lo. Os braços dele se juntaram em suas costas, encontrando instantaneamente o caroço de sua flor amarrada; ele deu um salto para trás como se em choque.

Encantos 196

— Desculpe — disse, cruzando os braços sobre o peito. — Eu não sabia.

—Tudo bem — disse Laurel, apressando-se a desatar o nó em sua cintura. — Eu ia desamarrar assim que as janelas estivessem abertas. — Suas pétalas apareceram assim que foram liberadas e Laurel não se deu ao trabalho de controlar seu suspiro de alívio. — Esta é uma das melhores partes de estar aqui — disse, com leveza.

Tamani começou a sorrir, mas seus olhos se fixaram nas pétalas azuis e brancas.

— Que diabo aconteceu? — perguntou, colocando-se atrás dela.

— Hã... esta é a outra razão pela qual estou aqui — admitiu Laurel. —A faxina foi o que eu disse aos meus pais para que me deixassem vir.

Mas Tamani mal ouvia. Ele olhava, horrorizado, para as costas dela, com as mãos apertadas em punhos.

— Como? — sussurrou.

—Trolls — disse Laurel baixinho.

A cabeça dele se ergueu com força. —Trolls? Onde? Na sua casa?

Laurel balançou a cabeça. — Fui uma tola — disse ela, tentando minimizar a seriedade da situação. — Fui a uma festa na noite passada. Eles nos encontraram e jogaram nosso carro fora da estrada. Mas eu estou bem.

— Onde estavam suas sentinelas? — inquiriu Tamani. — Elas não estão lá só para guardar a sua casa, sabia?

— Acho que devem ter estado... ocupadas com outras coisas — disse Laurel. — Quando chegamos em casa, minha mãe disse alguma coisa sobre cães brigando no quintal.

— Você poderia ter sido assassinada! — exclamou Tamani. Ele olhou novamente para suas costas. — Parece que quase foi.

— Uma... mulher nos encontrou bem na hora. Ela espantou os trolls.

— Uma mulher? Quem?

Laurel entregou o cartão de Klea a Tamani.

— Klea Wilson. Quem é ela?

Laurel narrou a história da noite anterior, com várias interrupções por parte de Tamani, pedindo esclarecimentos aqui, mais detalhes ali. Quando finalmente terminou, sentia-se como se tivesse revivido todo o suplício.

— E daí ela nos fez pegar as armas e nós fomos embora — terminou. — Foi tão estranho. Não faço a menor ideia de quem seja ela.

— Quem... — Tamani fez uma pausa e deu alguns passos. — Não há a menor possibilidade... — Mais passos. Finalmente, ficou quieto, com os braços cruzados no peito. — Preciso falar com Shar sobre isso. Isso é... problemático.

— O que devo fazer?

— Parar de sair à noite. — sugeriu Tamani.

Laurel revirou os olhos. — Além disso. Devo confiar nela? Se estiver em problemas e as sentinelas não estiverem por perto...

— Elas devem estar *sempre* por perto — disse Tamani ameaçadoramente.

— Mas se não estiverem, se eu vir essa mulher de novo... confio nela?

— Ela é humana, certo?

Laurel assentiu.

— Então, não, não confiamos nela.

Laurel olhou para ele boquiaberta. — Porque ela é humana? O que isso diz sobre David? Ou meus pais?

— Então, você quer confiar nela?

— Não, não quero. Talvez. Não sei. Diga-me para não confiar nela porque ela caça não humanos ou porque ela nos deu armas. Mas você não pode concluir que ela não seja de confiança só porque é humana. Não é justo.

Tamani levantou as mãos, num gesto de frustração. — É só o que tenho, Laurel. Não tenho mais nada com que julgá-la.

Encantos 198

— Ela salvou a minha vida.

— Está bem, vou dar esse ponto positivo. — Ele se aproximou e recostou-se na parede ao lado dela.

Laurel suspirou. — Por que isso está acontecendo agora? — perguntou ela, com um toque de frustração na voz. — Quer dizer, já faz quase um ano desde Barnes, e nada. E então, uma bela noite, tcharãm! Trolls, Klea, mais trolls na minha casa. Tudo de uma vez. Por quê? — perguntou Laurel, virando a cabeça para olhar para Tamani.

— Bem — disse Tamani, hesitante —, não tem acontecido exatamente "nada" há um ano. — Ele parecia desculpar-se. — Não achamos que você precisasse saber a respeito de cada troll que tivesse passado por Crescent City e olhado para o seu lado.

— Houve outros?

— Alguns. Mas você tem razão: esse é o ataque mais bem-organizado e mais cuidadosamente dirigido de que tive conhecimento.

— Não posso acreditar que houve outros — disse Laurel com descrença. — Realmente, não tenho nenhum controle sobre a minha vida.

— Ah, tenha paciência. Não é bem assim. A maioria não chegou nem a um quilômetro da sua casa. As sentinelas cuidaram deles. Não foi nada muito importante.

Laurel zombou. — Nada muito importante. É fácil para você falar.

— Estava tudo sob controle — insistiu ele.

— E a noite passada? Estava sob controle?

— Não — admitiu Tamani. — Não estava. Mas nada assim aconteceu antes.

— Então, por que agora?

Tamani sorriu com cansaço.

— Boa pergunta. Se eu soubesse, poderia responder a algumas das minhas perguntas também. Tipo, por que os trolls pararam de xeretar por aqui ultimamente, ou como Jeremiah Barnes descobriu que o portal está nesta propriedade, ou quem está dando ordens para quem nessa confusão toda. É uma das muitas coisas que ainda estamos tentando descobrir.

Laurel ficou em silêncio por um momento. — Então, o que devo fazer? — perguntou.

— Não sei — disse ele. — Ir com calma, suponho. Seja cuidadosa e tente evitar situações em que essa tal de Klea apareça novamente.

— Ah, não se preocupe, vou fazer isso.

— Por enquanto, porém, acho que isso é tudo o que você pode fazer. Vou conversar com Shar. Vamos ver se conseguimos descobrir mais alguma coisa. Está bem?

— Sim.

— Obrigado por vir me contar — disse ele. — Realmente agradeço. E não só porque posso ver você. Embora seja um excelente bônus. Ah — disse ele, vasculhando em sua bolsa. — Tenho algo para você. Jamison me deu. — Ele lhe entregou um saco grande de pano. Laurel o pegou e olhou dentro por um segundo antes de rir.

— O que é? — perguntou Tamani, confuso.

— Cana-de-açúcar em pó. Eu faço frascos de poções com isto e estou quase sem. — Ela balançou a cabeça. — Agora, posso quebrar mais uns cem frascos — disse com melancolia.

— As coisas ainda não estão dando certo? — perguntou Tamani, tentando esconder sua preocupação.

— Não — disse Laurel com leveza —, mas vão dar. Principalmente agora que tenho mais uma tonelada disto aqui — acrescentou, com um sorriso.

Tamani sorriu antes que seus olhos deslizassem para o lado, focando em algo logo acima do ombro dela.

— O que foi? — disse Laurel, torcendo o pescoço para olhar com constrangimento para suas pétalas.

— Desculpe — disse ele, de novo. — É tão bonita e mal pude vê-la no ano passado.

Encantos 200

Laurel riu e girou, exibindo a flor. Quando ela se virou novamente para ele, Tamani estava observando atentamente o balde de produtos de limpeza de Laurel. Ela pensou na conversa que tivera com David a respeito de como ele achava sexy sua flor. Se era sexy para David...

Nada de piruetas.

— Então, o que são todas estas coisas? — perguntou Tamani, disfarçando o momento embaraçoso.

— Somente produtos de limpeza. Limpa-vidros, desinfetante, detergentes multiuso. — Ela apanhou um par de luvas de borracha. — E isto aqui, para que nada seja absorvido por mim.

— Então... posso ajudar?

— Trouxe somente um par de luvas, mas... — ela apanhou um espanador — você pode tirar o pó.

— E que tal eu limpar e você tirar o pó?

— É só espanar — disse Laurel, rindo. — Não precisa usar um avental de babados nem nada.

Tamani deu de ombros. — Está bem. Só é estranho.

— O que é estranho? — disse Laurel enquanto enchia o balde de água morna com sabão e calçava as luvas.

— Isso é trabalho de Traente. É estranho ver você fazendo isso. Nada mais.

Laurel riu enquanto passava a esponja sobre as superfícies empoeiradas da cozinha.

— Pensei que você estivesse sem-graça por ser "trabalho de mulher".

— Humanos — resmungou Tamani de forma debochada, balançando a cabeça. Então, animado, disse: — Já limpei muita casa nesta vida.

Trabalharam em silêncio por um tempo, Tamani tirando teias de aranha dos cantos, Laurel esfregando os balcões e armários da cozinha.

—Você deveria me deixar trazer alguns produtos de limpeza de Avalon, se for fazer isso com frequência — disse Tamani. — Minha mãe conhece uma Mi... hã, uma fada de outono que faz os melhores. Você não iria precisar das luvas.

—Você ia dizer *Misturadora* — provocou Laurel.

— Sou um soldado — disse Tamani, a voz adquirindo uma formalidade exagerada. — Estou rodeado de sentinelas rudes o dia todo. Peço desculpas pelo meu comportamento vulgar.

Laurel levantou os olhos para ele, que a observava com um sorriso brincalhão, quase provocante. Mostrou, então, a língua para ele, o que o fez rir. — Bem, se não for nenhuma inconveniência, produtos de limpeza de fadas seriam ótimos — disse ela. — Como vai a sua mãe?

— Bem. Ela gostaria de ver você novamente.

— E Rowen? — perguntou Laurel, fugindo da pergunta que o comentário dele deixava implícita.

Tamani sorriu abertamente. —Teve sua primeira apresentação no festival de equinócio da primavera; ela estava encantadora. Segurou a cauda do vestido da fada que representou Guinevere na encenação de *Camelot*.

—Aposto que ela estava linda.

— Estava.Você deveria vir a um festival, qualquer hora dessas.

As possibilidades ameaçadoras surgiram na mente de Laurel.

—Talvez algum dia — disse com um sorriso. — Quando as coisas não estiverem tão... você sabe.

— Não há lugar no mundo mais seguro para você do que Avalon — disse Tamani.

— Eu sei — disse Laurel com uma olhada rápida pela janela.

— O que você está procurando? — perguntou Tamani.

—As outras sentinelas.

— Por quê?

—Você não se cansa de saber que sempre tem alguém escutando o que você diz?

— Que nada. Elas são educadas. Dão privacidade.

Laurel fungou, descrente.

— Admita, se fosse Shar e uma menina estranha, *você* iria espiar.

Encantos 202

O rosto de Tamani congelou por um segundo antes que seus olhos também voassem para a janela. — Certo — admitiu. —Você venceu.

— Esse é um dos motivos pelos quais não sei se poderia viver nesta cabana novamente. Nunca estaria realmente sozinha.

— Há outras vantagens — disse Tamani, de forma não tão provocante.

— Ah, tenho certeza que sim — disse Laurel, sem morder a isca. — Mas privacidade não é uma delas.

Limparam em silêncio por mais um tempo. A princípio, Laurel desejou ter pensado em trazer um rádio ou algo assim. Mas Tamani não parecia se importar com o silêncio e logo Laurel percebeu que não estava realmente silencioso. A brisa soprando pelas árvores e entrando pelas janelas tinha uma trilha sonora própria.

— É difícil? — perguntou Tamani de repente.

— O quê? — disse Laurel, erguendo os olhos da janela que estava lustrando.

—Viver uma vida humana? Agora que você sabe o que você é?

Laurel ficou imóvel por um longo tempo antes de assentir.

— Às vezes. Mas e você? Não é difícil viver na floresta tão perto de Avalon, mas no lado errado do portal?

— Era, quando comecei, mas agora já estou acostumado. E estou realmente muito perto. Volto lá com frequência. Além disso, tenho amigos... amigos elfos, que estão comigo o tempo todo. — Ele fez uma pausa, por alguns segundos. —Você está feliz? — sussurrou.

— Agora? — respondeu ela, a voz igualmente baixa, enquanto suas mãos apertavam as toalhas de papel.

Sorrindo triste, Tamani balançou a cabeça. — Eu sei que você está feliz agora. Posso ver nos seus olhos. Mas você é feliz quando nós... quando você não está aqui?

— É claro — disse Laurel rapidamente. — Sou muito feliz. — Ela se virou e esfregou a janela com força.

A expressão de Tamani não mudou.

— Tenho todas as razões do mundo para ser feliz — continuou Laurel, forçando sua voz a permanecer calma. — Tenho uma vida ótima.

— Nunca disse que não tinha.

— Você não é a única pessoa que me faz feliz.

Um gesto mínimo de assentimento e uma careta.

— Estou bastante ciente disso.

— O mundo humano não é tão triste e sombrio quanto você gosta de acreditar. É divertido e excitante e... — ela procurou outra palavra — e...

— Fico contente — disse Tamani. Ele estava junto ao seu ombro agora. — Não perguntei para provar alguma coisa — disse ele com sinceridade. — Realmente queria saber. E esperava que sim. Eu... me preocupo com você. Sem necessidade, tenho certeza, mas me preocupo assim mesmo.

O constrangimento a inundou e ela tentou relaxar sua coluna enrijecida.

— Sinto muito.

— Deveria sentir mesmo. — Tamani sorriu.

Laurel balançou a cabeça com uma risada.

Pelo canto do olho, viu-o levantar a mão na direção dela, então deixá-la cair e tentar enterrar as mãos nos bolsos sutilmente.

— O que foi? — perguntou Laurel.

— Nada — disse Tamani, virando-se e começando a ir na direção oposta.

— O "pó de elfo"? — perguntou Laurel, lembrando-se do ano anterior e também daquele verão, em Avalon.

Tamani assentiu.

— Deixe eu ver. — Tinha sido tarde demais em Avalon, mas agora Laurel tinha a oportunidade perfeita.

— Você ficou brava comigo, no ano passado.

— Ah, faça-me o favor. Não me responsabilize por todas as coisas estúpidas que fiz no ano passado. — Ela agarrou o pulso dele e puxou sua mão.

Ele não resistiu.

Sua mão estava levemente coberta por um pó fino e cintilante. Ela segurou seu braço num ângulo em que o pólen fosse atingido pelo sol e brilhasse.

— É tão bonito.

Só então a mão de Tamani relaxou. Um sorriso brincalhão cruzou por seu rosto e ele ergueu a mão, passando um dedo pelo rosto dela, e deixando um traço leve e prateado.

— Ei!

Suas mãos rápidas a alcançaram mais uma vez — dirigindo-se a seu nariz —, mas ela estava preparada, dessa vez. Seus dedos se fecharam em volta do pulso dele, bloqueando-o. Tamani baixou os olhos para a mão, a menos de três centímetros do rosto dela.

— Estou impressionado.

Ele ergueu a outra mão tão depressa que Laurel nem sequer a viu antes que tocasse seu nariz. Ela deu um tapa na mão dele enquanto ele ria e continuava tentando pintar traços e ela se esforçando para bloqueá-lo, sem muito sucesso. Finalmente, ele conseguiu agarrar as duas mãos dela, abaixá-las ao lado do corpo e puxá-la para junto de seu peito. O sorriso dela se esvaiu quando ergueu os olhos para ele, seus rostos a apenas centímetros de distância.

— Ganhei — sussurrou ele.

Seus olhares se encontraram e Tamani se moveu para a frente, devagar. Mas, antes que seu rosto pudesse tocar o dela, Laurel baixou a cabeça, rompendo o contato visual.

— Desculpe — murmurou ela.

Tamani apenas assentiu e a soltou. — Você ia tentar limpar lá em cima hoje também? — perguntou ele.

Laurel olhou em volta do térreo, limpo pela metade. — Talvez?

—Vou ficar para ajudar se você quiser — ofereceu ele.

— Gostaria que ficasse — disse Laurel, suas palavras respondendo mais que a simples pergunta. — Mas só se você quiser.

— Quero — disse ele, com o olhar determinado. — Além disso — acrescentou, com um sorriso —, você não trouxe uma escada. Como vai conseguir alcançar o teto sem a minha ajuda? Você é praticamente uma muda de flor.

Eles trabalharam pelas três horas seguintes, até ficarem cansados e empoeirados, mas a casa estava quase toda limpa. No mínimo, seria uma tarefa mais fácil na próxima vez que Laurel voltasse para limpar.

Tamani insistiu em carregar o balde quando a acompanhou até seu carro.

— Eu pediria para você ficar, mas, na verdade, ficaria mais tranquilo se você chegasse à sua casa antes do pôr do sol — disse ele. — Principalmente depois da noite passada. É melhor.

Laurel assentiu.

— E seja cuidadosa — disse ele com severidade. — Nós cuidamos de você o máximo que podemos, mas não fazemos milagres.

— Serei cuidadosa — prometeu Laurel. — Eu *tenho* sido cuidadosa. — Ela ficou ali alguns instantes, e dessa vez foi Tam quem deu o primeiro passo, contornando seu corpo com os braços e apertando-a com força, com o rosto colado ao pescoço dela.

—Volte logo — murmurou ele. — Sinto saudades de você.

— Eu sei — admitiu Laurel. — Tentarei.

Ela deslizou por trás do volante e ajustou o retrovisor para ver Tamani parado com as mãos nos bolsos, olhando-a. Um pequeno movimento atraiu sua atenção e ela analisou uma árvore grossa no final do pátio. Demorou um momento para distinguir a figura alta e delgada, parada atrás dela. Shar. Ele não disse nada para anunciar sua presença — apenas ficou olhando, com raiva nos olhos.

Laurel estremeceu. Seu olhar furioso não era dirigido a Tamani. Era dirigido a *ela*.

Dezenove

LAUREL ABRIU A PESADA PORTA DUPLA DA ESCOLA NA SEGUNDA-FEIRA DE manhã, ansiosa para ver David. Entre sua ida até a propriedade e uma visita de último minuto que David tivera de fazer aos avós, eles não tinham se visto o fim de semana todo.

Seu sorriso murchou quando chegou a seu armário e o encontrou deserto. Ela e David iam juntos de carro praticamente a metade dos dias, mas, quando não o faziam, sempre se encontravam ali antes da aula. E depois da aula.

E entre as aulas.

Mas naquele dia não havia nem sinal dele. Deveria ter deduzido que simplesmente estivesse atrasado, mas ele não telefonara para avisá-la, como costumava fazer. Laurel tentou afastar suas preocupações de forma racional. Não era exatamente comum que David perdesse o primeiro sinal; contudo, às vezes acontecia. Vagarosamente, pegou seu livro de espanhol, tentando parecer ocupada, em vez de uma garota sem nada melhor a fazer do que esperar pelo namorado na frente do armário.

Ficou ali enrolando até faltar trinta segundos para o último sinal; então, teve de correr para chegar à aula a tempo.

No término da aula, saiu correndo no instante em que a professora os liberou, mas tornou a encontrar ainda vazio o espaço diante de seu armário. O medo a golpeou e ela correu até a área de recepção da escola, desejando, pela milionésima vez, ter um celular. Seus pais certamente tinham condições financeiras de comprar um para ela, mas sua mãe defendia firmemente que ela não precisaria de um até que fosse para a faculdade.

Pais.

— Posso usar o telefone rapidinho? — pediu à secretária, que colocou um telefone sem fio sobre o balcão diante dela. Laurel ligou para o celular de David e sua tensão aumentou ao chamar uma, duas vezes. No quarto toque, sua caixa postal atendeu. Fez um bipe para que ela deixasse uma mensagem; mas o que deveria dizer? *Estou preocupada. Por favor, venha à escola?*

Desligou sem dizer nada. Pensou em matar aula e dirigir pela cidade à procura dele, mas, além da futilidade daquilo, tinha aula de química, em seguida. Se ele simplesmente chegasse superatrasado, pelo menos ela estaria na sala de aula e saberia imediatamente.

A aula de química nunca foi tão comprida. Enquanto a professora tagarelava sem parar sobre íons poliatômicos, a mente de Laurel imaginava situações que iam piorando progressivamente. David morto por trolls. David capturado e torturado por trolls. David capturado por trolls e usado como isca para que *ela* pudesse ser torturada. No fim da aula, todas as situações não só pareciam possíveis, como prováveis.

Laurel correu até o corredor das aulas de estudos sociais, onde Chelsea acabava de sair de uma aula de história.

—Você viu o David? — perguntou Laurel.

Chelsea balançou a cabeça.

— Sempre suponho que ele esteja com você.

— Não consigo encontrá-lo — disse Laurel, tentando impedir sua voz de tremer.

— Talvez ele esteja doente — sugeriu Chelsea. Laurel tinha de admitir, racionalmente.

— Sim, mas ele não está atendendo o celular. Ele sempre atende o celular.

— Pode ser que esteja dormindo.

— Talvez — disse Laurel. Voltando ao seu armário, pegou o livro de literatura americana. Olhou para a capa do livro e, de repente, a ideia de ler qualquer coisa que alguém escrevera havia cem anos pareceu a coisa mais inútil do mundo. Devolveu o livro ao armário e pegou sua bolsa. Tinha de ver se ele estava em casa. Não demoraria muito — provavelmente nem ficaria com falta se voltasse depressa. Estava fechando a porta do armário quando Chelsea tocou em seu ombro, assustando-a.

— Ali está ele — disse, apontando para o fim do corredor. David vinha caminhando em sua direção, com um sorriso no rosto e óculos escuros cobrindo os olhos. Laurel viu-se correndo antes que pudesse evitar. Deu um encontrão em David e fechou os braços ao redor dele, apertando o mais forte que podia.

— Bem, olá — disse David, baixando os olhos para ela interrogativamente.

Depois de uma hora visualizando sua morte, o tom casual de David fez com que uma raiva ardente explodisse em seu peito. Ela agarrou a frente da camisa dele com as duas mãos e o sacudiu um pouco.

— Você quase me matou de medo, David Adam Lawson! Onde você esteve?

David olhou pelo corredor, para as portas de entrada.

— Vamos sair daqui — disse, sem responder à sua pergunta.

— Como assim?

— Vamos a algum lugar nos divertir um pouco.

Ela olhou em volta antes de dizer, baixinho: — Matar aula?

— Ah, tenha dó. Você tem literatura agora. Você tirou quanto? Um dez, certo? Vamos!

Ela olhou para ele, com uma sobrancelha erguida ceticamente.

— Você quer matar aula e sair para "se divertir um pouco"? Quem é você e o que fez com o meu namorado?

David apenas sorriu. — Vamos lá — disse com seriedade. — Só desta vez.

— Está bem — respondeu. Laurel estava tão aliviada em vê-lo que não importava muito aonde ele quisesse ir. Ela toparia qualquer coisa. —Vamos lá!

— Excelente — disse David, agarrando sua mão. Ele estava mais próximo de saltitar do que Laurel jamais o vira. —Vamos!

Tinha de admitir que sua animação era contagiosa. Ela se flagrou rindo com ele enquanto apostavam corrida até o carro.

— Aonde vamos? — perguntou ao prender o cinto de segurança.

— É surpresa — disse David, com um brilho travesso no olhar. Ele apanhou uma faixa comprida de tecido. — Feche os olhos — disse baixinho.

—Você está de brincadeira, não é? — disse Laurel, sem acreditar.

— Ah, vamos lá — disse David. — Você confia em mim, não confia?

Laurel olhou para ele, com seus óculos escuros que refletiam o rosto dela.

— Por que estes óculos? — perguntou Laurel. — Não consigo ver seus olhos com estas coisas.

— Essa é a ideia, não?

— Qual? Impedir sua namorada de ver seus olhos?

— Não você, especificamente. — Ele sorriu. — De qualquer forma, eu os acho bem legais.

— Eu acho que seria bem legal se pudesse ver seus olhos, David.

Sem hesitar, ele tirou os óculos e olhou para ela, com seus carinhosos olhos azul-claros abertos e sinceros. Todas as preocupações de Laurel se dissiparam e ela se virou para que ele a vendasse.

— Confio em você — disse.

Quando a venda estava no lugar, Laurel se recostou no banco do passageiro e tentou prestar atenção à cada curva que David fazia, decidida a saber onde estava. Mas, depois de uns cinco minutos, ficou

Encantos 210

óbvio que ele estava dirigindo em círculos; portanto, ela desistiu. Logo o carro bateu num meio-fio e parou. Depois de alguns segundos, sua porta se abriu e David a ajudou gentilmente a descer, com uma das mãos em sua cintura e a outra no ombro para estabilizá-la.

— David — disse Laurel, hesitante —, detesto ser desmancha-prazeres, mas espero que estejamos em algum lugar seguro. Depois da outra noite... bem... você sabe.

— Não se preocupe — disse David, a boca próxima de seu ouvido. — Trouxe você ao lugar mais seguro do mundo. — David retirou a venda e, por um momento, a luz do sol a cegou, conforme se filtrava entre as folhas, conferindo a tudo um brilho etéreo. Estavam numa pequena clareira contornada pelas últimas flores de outono: margaridas alaranjadas, algumas equináceas púrpuras e sálvias azuladas. No centro, num canteiro de grama verde e densa, havia um cobertor com algumas almofadas e várias tigelas de frutas picadas. Morangos, nectarinas, maçãs e uma garrafa de cidra espumante com gotas de condensação que re-brilhavam na suave luz do sol. Laurel sorriu e se virou, confirmando sua suspeita: passando a borda de árvores, podia ver seu próprio quintal. Lugar mais seguro do mundo, sem dúvida.

— David! Isto é lindo! — disse Laurel sem fôlego, esticando-se na ponta dos pés para beijá-lo, feliz por estarem fora da vista de sua casa, no caso de seus pais virem almoçar em casa, o que geralmente não faziam. — Quando você arrumou isto?

— Havia um motivo pelo qual você não conseguia me encontrar esta manhã — disse ele, com timidez.

— David Lawson! — ofegou Laurel com fingida seriedade. — Onde vamos parar, quando o melhor aluno de Del Norte começa a matar aula?

Ele deu de ombros, então sorriu. — Algumas coisas são mais importantes do que minha média de notas.

Após uma breve hesitação, Laurel perguntou:

— Eu esqueci... alguma data especial?

David balançou a cabeça. — Não. Só pensei que ambos temos passado tanto estresse ultimamente que merecíamos um tempo de tranquilidade juntos.

Laurel estendeu os braços em volta do pescoço de David e o beijou. — Acho que isto, definitivamente, vai compensar tudo.

— Essa é a ideia — respondeu ele. — Sente-se. — Ela se sentou com as pernas cruzadas no cobertor e ele se abaixou atrás dela. — Mais uma coisa — disse ele, passando as mãos em volta de sua cintura, logo abaixo da camisa. Laurel sorriu enquanto ele tentava desatar o nó em sua echarpe; finalmente, ele conseguiu e afastou sua camisa para que a flor pudesse se abrir às suas costas. — Muito melhor — disse David. Ele serviu duas taças de cidra e se recostaram nas almofadas, com Laurel aconchegada contra o peito dele.

— Isso é incrível — disse Laurel preguiçosamente. David pegou uma fatia de nectarina; ela riu quando ele evitou as mãos dela e segurou a fruta diante de seu rosto. Inclinou a cabeça para trás e abriu a boca. No último segundo, ela se moveu para a frente, mordendo de leve seus dedos. Então, soltou sua mão e pressionou a boca contra os lábios dele. Ele passou os dedos sobre sua pele nua, agora exposta entre o cós do jeans e a borda de sua camiseta, acariciando-a de leve, com gentileza e hesitação. Mesmo depois de um ano, ele sempre a tocava daquela forma, como se fosse um privilégio do qual não estivesse totalmente seguro de ser merecedor.

David tinha gosto de maçã e nectarina, e o cheiro da grama havia penetrado suas roupas. Laurel normalmente notava as diferenças biológicas entre os dois, mas naquele momento pareciam iguais. Com o cheiro e o sabor da natureza ao seu redor, David podia quase ser um elfo.

— Como está a sua flor? — perguntou, acariciando-a com muita delicadeza.

— Está bem, agora — disse Laurel. — Nos primeiros dias, ainda estava dolorida, mas acho que vai ficar bem. — Ela torceu o pescoço, tentando ver o lado danificado. — No entanto, detesto como está cicatrizando. As bordas estão secas e amarronzadas. Não está nem um pouco bonita.

Encantos 212

— Mas foi um estrago bem grande — disse David. Ele beijou sua testa. — Vai crescer de novo no ano que vem e será tão linda como sempre.

— Uau, ano que vem — disse Laurel. — Nem consigo imaginar o ano que vem. Às vezes, parece que este ano não vai terminar nunca.

— E o ano passado... não parece ter sido há séculos? Tanta coisa aconteceu. — David riu. — Você teria imaginado, um ano atrás, que estaríamos deitados aqui hoje?

Laurel apenas sorriu e balançou a cabeça.

— Pensei que estivesse à beira da morte, no ano passado.

— O que você acha que estaremos fazendo no ano que vem?

— A mesma coisa, espero — disse Laurel, aconchegando-se a ele.

— Bem, além disso. — Ele se recostou, entrelaçando os dedos para apoiar a cabeça. Laurel se deitou de lado, pressionando a barriga às costelas dele. — Quer dizer, o ano que vem é o último na escola. Estaremos escolhendo faculdades e tal.

O coração de Laurel se apertou e ela desviou os olhos dele. Desde que Chelsea abordara o tema dos exames vestibulares, tinha sido um pouco difícil pensar em sua educação e seu futuro.

— Não acho que meu futuro seja ir para a faculdade.

— O quê? Por que não?

— Imagino que vão querer que eu frequente a Academia em tempo integral — disse ela, com certo desânimo.

David dobrou o cotovelo para apoiar a cabeça e poder olhar para ela. — Sempre achei que você fosse estudar na Academia, de tempos em tempos... talvez até em período integral em algum momento, mas isso não significa que não possa ir à faculdade.

— Qual seria o propósito? — Laurel deu de ombros. — Não é como se eu fosse ter uma carreira, algum dia. Sou uma fada.

— E daí?

— Eles vão querer que eu faça... coisas de fada. — Fez um gesto vago com as mãos.

David apertou os lábios. — O que importa o que *eles* querem? O que *você* quer?

— Eu... não sei ao certo, acho. O que mais eu poderia fazer?

— Você é muito mais que apenas uma fada, Laurel. Tem a oportunidade de fazer algo que a maioria das fadas nunca pode fazer. Viver como humana. Fazer essa escolha.

— Mas eles nunca considerarão isso importante. A única coisa que importa a qualquer pessoa em Avalon é que eu aprenda a ser uma fada de outono... e que herde a propriedade.

— Não importa o que *eles* achem que seja importante. Você é quem decide o que é importante. É assim com qualquer coisa na vida. O valor que você dá é o único valor que ela tem. — Ele fez uma pausa. — Não deixe que eles convençam você de que os humanos não são importantes — disse ele numa voz que mal era um sussurro. — Se você acha que nós somos importantes, então nós somos.

— Mas o que eu poderia fazer?

— O que você queria fazer, antes de descobrir que era uma fada?

Laurel deu de ombros. — Não tinha decidido uma coisa só. Pensava em ser professora de inglês ou professora de faculdade. — Ela sorriu. — Por algum tempo, pensei em ser enfermeira. Acho que nunca contei isso a ninguém.

— Por quê?

Ela revirou os olhos. — Minha mãe ia ter um treco se eu terminasse trabalhando num hospital. — Ela ergueu os olhos para David. — Sempre quis ocupar uma posição em que pudesse ajudar as pessoas, sabe?

— Que tal ser médica?

Ela balançou a cabeça. — Aí é que está... acho que não me interesso tanto pela medicina... e nem por ser professora. Mas professores e enfermeiras ajudam as pessoas, então achei que talvez fosse isso que quisesse fazer. Mas, na verdade, não sei.

— Bem, seja o que for que você decida fazer, deve ir em frente. Mas deve ser o que *você* quer.

— Às vezes... às vezes, eu acho que não tenho mais controle sobre a minha vida. Quer dizer, será que tenho a opção de não frequentar a Academia? É o papel ao qual sempre estive destinada.

— E o que eles vão fazer? Arrastar você pelos cabelos de volta a Avalon? Duvido muito.

Laurel assentiu lentamente. Ele estava certo. Talvez ela pudesse ficar. *Mas será que vou querer ficar?*

Por enquanto, tudo o que queria era curtir David. Ele parecia prestes a dizer mais alguma coisa, mas ela o interrompeu com um beijo, passando os braços em volta de seu pescoço.

— Obrigada por isto — murmurou contra sua boca. — Era exatamente o que eu estava precisando. Você sempre parece saber exatamente do que eu preciso.

— O prazer é meu — disse David, sorrindo de leve. O ar à volta deles estava carregado com os aromas de pinho e frutas, de terra molhada e o perfume da flor de Laurel. Tudo estava perfeito quando ele a beijou novamente, com seus lábios sempre tão macios, tão carinhosos. Agora suas mãos estavam nos cabelos dela, e Laurel levantou um joelho para encostar na coxa dele, os corpos se encaixando como peças de um quebra-cabeça. Ela não queria que acabasse nunca.

David afastou o rosto e a observou, olhando-a fixamente até que Laurel soltou uma risadinha constrangida. — O que foi?

A boca de David, normalmente tão rápida em sorrir, continuou séria. — Você é tão linda — sussurrou ele. — E não só por causa de sua aparência. Tudo em você é lindo. Às vezes, tenho medo de que este seja o sonho mais maravilhoso que já tive e que eu vá despertar algum dia. — Ele riu. — E, sinceramente, o fato de você ser uma fada não ajuda muito.

Ambos riram, o som enchendo a clareira.

— Bem — disse ela, timidamente —, acho que terei de provar para você como sou real. — Ela pressionou seu corpo ao peito dele e ergueu a cabeça para beijá-lo novamente.

Vinte

Laurel se esparramou na cama com um sorriso. Tinha sido um dia fantástico — e uma pausa de que realmente estava precisando. Com um suspiro de satisfação, estendeu os braços e seu cotovelo encostou em algo afiado. Olhou para o lado e viu um quadrado de pergaminho familiar, decorado com fitas. Foi atingida por uma onda de nervosismo e esperou que não fosse uma convocação adiantada para voltar à Academia durante as curtas férias de um mês, em dezembro. Por mais que tivesse apreciado seu verão em Avalon, não queria passar o resto do ensino médio sendo chamada à Academia toda vez que tivesse férias escolares. Afinal, tinha vida própria!

Hesitante, puxou as pontas da fita e abriu o quadrado dobrado. O receio foi substituído por um arrepio de excitação.

Você foi cordialmente convidada a participar do festival de Samhain, que comemora o início do Ano-Novo. Caso queira comparecer, por favor, apresente-se ao portal na manhã do dia 1º de novembro.

Exige-se traje formal.

Então, escrito numa caligrafia infantil, no canto inferior direito do convite, havia a seguinte observação:

Serei seu acompanhante. Tam.

Encantos 216

Mais nada.

Ela tocou a assinatura na base. Dizia tanto e, ao mesmo tempo, tão pouco. Não havia mensagem de encerramento; nada de "Com amor, Tam" nem "Seu Tam". Nem mesmo "Sinceramente, Tam". Mas ele havia assinado Tam, não Tamani. Talvez fosse para o caso de que outra pessoa abrisse o convite. Ou, talvez, tivesse notado que ela só o chamava de Tam quando eles estavam tendo um momento particularmente íntimo.

E talvez não significasse absolutamente nada.

Além disso, essa era a menor de suas preocupações. Como faria aquilo? Não podia contar a David. Não depois da forma como ele reagira na última vez em que fora ver Tamani. De repente, especulou quanto aquele dia teria sido inspirado pelo longo sábado que acabara de passar na propriedade. Dizer a David que gostaria de passar outro dia inteiro em Avalon — acompanhada por Tamani —, provavelmente não cairia bem no momento.

Mas, um festival em Avalon! Era uma chance que não podia desperdiçar. Queria participar, ainda que Tamani não pudesse estar lá.

Não gostava de mentir para David, mas, nesse caso, talvez fosse o melhor a fazer. Havia algumas coisas que era preferível que seu namorado não soubesse. Além disso, David estava fascinado por Avalon. Parecia quase egoísta contar a ele que iria, embora ele não pudesse acompanhá-la. As fadas e os elfos jamais deixariam um humano entrar em Avalon. Talvez fosse *realmente* melhor, em todos os aspectos, que ele não soubesse.

Quanto mais Laurel pensava no assunto, mais ansiosa ficava com relação à coisa toda. Empurrou o convite para baixo do travesseiro e, num esforço para se distrair, sentou-se na escrivaninha, pegando os ingredientes para fazer vidro de açúcar. Quando o primeiro frasco estilhaçou — como se estivesse apenas esperando o momento certo —, Laurel suspirou. Começou de novo.

217   APRILYNNE PIKE

Primeiro de novembro seria um sábado; David provavelmente estaria trabalhando. Isso ajudava, pelo menos um pouco. Mas sua vida social era bastante limitada. Se não estava em casa, ou no trabalho, estava sempre com David. Bem, e às vezes com Chelsea.

Chelsea! Ela podia dizer que ia fazer alguma coisa com Chelsea. Sua brilhante ideia murchou quase no instante em que surgiu. Chelsea não sabia mentir nem por si mesma; certamente não iria mentir por Laurel.

Contudo, Laurel não podia nem pensar em perder o festival. Não tinha a menor ideia de como seria, mas sabia exatamente o que iria vestir. Era a oportunidade perfeita para usar o vestido azul-escuro que tinha escolhido no fim de sua estadia em Avalon. Embora houvesse se sentido um pouco culpada na hora, agora parecia coisa do destino.

Sorrindo com a expectativa, Laurel soltou o tubo de diamante e analisou seu trabalho. Não tinha dedicado um só pensamento consciente à tarefa repetitiva desde que o primeiro frasco estilhaçara em sua mão.

Ali, enfileirados sobre sua escrivaninha, havia quatro frascos de açúcar perfeitamente fabricados.

Naquela sexta-feira, Laurel estava sentada no balcão da cozinha, esforçando-se para fazer o dever de espanhol. Faltavam apenas seis semanas até os exames finais, e a conjugação dos verbos no passado imperfeito continuava sendo um completo mistério. Suas pétalas pendiam, murchas, às suas costas; duas já tinham caído e o alívio de Laurel superava a decepção. Parecia perigoso estar em pleno florescimento com trolls à espreita. Não tinha passado mais nenhum susto durante as últimas semanas, mas, também, ela e David tinham sido extremamente cuidadosos. Raramente iam a qualquer lugar além da casa de Laurel e, mesmo na escola, Laurel mantinha seu kit completo no fundo da mochila, carregando-o consigo o tempo todo.

Também vinha trabalhando com dedicação extra em seus estudos de Avalon. O sucesso daquela semana com os frascos de vidro de açúcar tinha renovado sua autoconfiança; infelizmente, esta vinha diminuindo novamente diante dos contínuos fracassos em fazer poções. Não conseguira fazer sequer outro frasco desde a segunda-feira. E, agora, os ingredientes do soro monastuolo haviam terminado, o que a deixara preparando apenas fertilizantes e repelentes de insetos — não era exatamente o tipo de coisa que viria a calhar contra um troll. Mas não podia parar de praticar, não quando tantas pessoas dependiam de sua capacidade de fazer tudo certo.

Pelo fato de aquela noite ser Halloween, o nível de estresse de Laurel havia se elevado ainda mais. Não gostava nada da ideia de um bando de gente andando com máscaras. O que impediria os trolls de aterrorizarem a cidade? Para piorar ainda mais, seus pais haviam se oferecido como voluntários de um programa de Halloween no qual as crianças iam pedir doces nos comércios locais. Laurel teria se sentido muito mais tranquila se eles ficassem em casa, onde ela — e, mais importante —, suas sentinelas podiam ficar de olho neles. Mas, para isso, teria de contar a eles sobre os trolls, o que provavelmente não daria muito certo. Em particular agora, com a mãe de Laurel já suficientemente chocada com a existência de fadas. Não, era melhor que eles continuassem na santa ignorância. Além disso, os trolls não estavam atrás de seus pais; estavam atrás dela.

Como se percebendo seus pensamentos, sua mãe veio descendo a escada, apanhou a cafeteira e encheu sua caneca térmica com o líquido escuro, feito há horas.

—Tenho que voltar para a loja — disse, evitando deliberadamente olhar para a flor de Laurel... ou o que restava dela. — Só vou voltar tarde da noite. Seus amigos virão hoje à noite para ajudar a dar os doces, certo?

— Daqui a meia hora — disse Laurel. Tinha sido ideia sua. Não podia proteger todo mundo, mas, ao menos, poderia manter Ryan e Chelsea em segurança. Não que Laurel realmente acreditasse que os trolls representavam um perigo para eles, mas algo estava fazendo com que se sentisse completamente paranoica aquela noite.

— Divirta-se — respondeu sua mãe, colocando a tampa na caneca. Tomou um golinho e fez uma careta. — Argh, isto está horrível. Bem, os doces estão no armário de cima — gesticulou vagamente.

— Ótimo! Obrigada por tê-los comprado — Laurel sorriu, provavelmente se esforçando demais; mas era melhor do que nem tentar.

— Sem problema. E tem bastante, então vocês também podem comer. — Ela hesitou e seus olhos encontraram os de Laurel. — Quer dizer, não você, especificamente. É óbvio que você não come doces. Mas, você sabe, David e Chelsea e... preciso ir. — Ela passou rapidamente por Laurel, fugindo do constrangimento. Era sempre assim; as coisas ficavam bem por um tempo, então algo vinha lembrar a mãe de Laurel do fato de sua vida ter ficado bastante estranha. Laurel suspirou. Momentos assim sempre a deprimiam. O sentimento de decepção estava começando a desaparecer, quando sua mãe pigarreou atrás de seu ombro.

— Hã... — disse ela com hesitação —, parece que você está se desmanchando. — Ela olhava de forma bastante estranha para as três pétalas que haviam caído enquanto Laurel fazia o dever de casa. Sua mãe ficou parada por um segundo e parecia prestes a dar meia-volta e sair porta afora, mas então mudou de ideia e se abaixou para pegar uma pétala. Laurel ficou sentada, imóvel, prendendo a respiração e tentando concluir se aquilo era algo bom ou ruim. Sua mãe segurou a pétala comprida — maior do que qualquer outra que já vira numa planta normal, disso Laurel tinha certeza — e, então, levantou-a contra a janela, observando o sol brilhar através dela. Outra pausa e, então, a mãe olhou para ela.

— Você se importaria... posso levar isto comigo para a loja? — perguntou, com a voz baixa, quase tímida.

— Claro! — disse Laurel, encolhendo-se quando sua voz encheu o ambiente, alegre demais, animada demais.

Encantos 220

Mas sua mãe pareceu não notar. Apenas assentiu com a cabeça e guardou a pétala com cuidado em sua sacola. Deu uma olhada em seu relógio de pulso e inalou com força. — Agora estou atrasada de verdade — disse, virando-se para a porta. Deu dois passos, então parou e deu meia-volta. Como se rompendo uma barreira invisível, voltou correndo e abraçou Laurel. Abraçou de verdade.

Foi rápido demais — somente uns breves segundos —, mas foi *real*. Sem uma palavra, sua mãe saiu, estalando os saltos dos sapatos no piso de madeira ao abrir a porta e fechá-la com força.

Laurel se sentou na banqueta, sorrindo. Era um pequeno passo e, no dia seguinte, poderia não significar nada, mas estava disposta a aceitá-lo pelo que era. Ainda podia sentir a mão da mãe em suas costas, o calor de sua face, e aroma leve e persistente de seu perfume. Familiar, como um amigo há muito tempo desaparecido que estivesse voltando para casa.

A porta da frente se abriu de repente, assustando-a e tirando-a de sua fantasia, e Laurel amarrotou uma página de seu livro, mal conseguindo conter um grito. Abaixou-se atrás da bancada da cozinha e ouviu passos leves vindo em sua direção. Será que um troll tinha conseguido passar pela proteção ao redor da casa? Jamison dissera que ela bloquearia todos os trolls, com exceção dos mais fortes, mas não era totalmente infalível.

Laurel pensou nas sentinelas, lá fora. Onde estavam? Os passos pararam no pé da escadaria. Ele estava entre ela e a porta dos fundos. Laurel levou um instante para estender a mão para cima e apanhar uma faca qualquer do cepo sobre a bancada.

A faca de carne. Ótimo.

Talvez pudesse surpreendê-lo, atingi-lo com a faca de alguma maneira, e chegar à porta dos fundos antes que ele conseguisse pegá-la. Era um risco enorme, mas não tinha alternativa. Se pudesse sair pela porta dos fundos, onde as sentinelas a veriam, estaria a salvo. Dirigiu-se furtivamente para a porta da cozinha e segurou a faca diante do peito. Os passos estavam se aproximando.

A figura familiar de David surgiu de trás da parede.

— Aaahhh! — gritou ele, pulando para trás com as mãos diante do corpo.

Laurel congelou, ainda agarrando a faca de carne com as duas mãos, enquanto o choque, o medo, o alívio e a vergonha recaíam, todos ao mesmo tempo, sobre ela. Com um grunhido de indignação, pousou a faca com força sobre a bancada.

— Qual é o *problema* comigo?

David deu um passo à frente e a puxou, esfregando seus braços.

— A culpa é minha — disse ele. — Cheguei adiantado. Vi sua mãe dando ré da garagem e ela me disse para entrar. Eu devia ter pensado melhor e batido na porta, ou...

— Não é culpa sua, David. É minha.

— Não é *culpa* sua, é... é tudo. Os trolls, Halloween, Klea... — Ele passou as mãos pelos cabelos. — Estamos totalmente estressados.

— Eu sei — disse Laurel, inclinando-se para a frente e passando os braços pela cintura dele. Obrigando-se a mudar de assunto, disse: — Tive um momento de carinho com a minha mãe, pouco antes de você chegar.

— Ah, é?

Laurel assentiu. — Venho esperando que as coisas melhorem há quase um ano. Talvez... talvez estejam começando a melhorar.

— Vai dar tudo certo.

— Espero que sim.

— Sei que sim — disse David, seus lábios descendo pelo rosto dela e por trás da orelha. — Você é linda demais para que qualquer pessoa fique brava muito tempo com você.

— Estou falando sério! — disse ela, sua respiração se acelerando enquanto os lábios dele acariciavam a lateral de seu pescoço.

— Oh, eu também — disse ele, as mãos subindo pela pele de suas costas. — Muito, muito sério.

Encantos 222

Ela riu. —Você *nunca* é sério.

— Sério no que diz respeito a você — disse ele, as mãos pousadas em seus quadris.

Ela se derreteu de encontro a ele, que passou os braços em volta de suas costas por alguns segundos antes de se afastar.

— O que foi? — disse ela.

Ele apontou para o chão. Havia duas pétalas no tapete. — Acho que deveríamos apanhar estas pétalas antes que Chelsea e Ryan cheguem aqui — disse, provocador.

— É mesmo. A coisa toda desaparecerá até amanhã. Graças aos céus.

— Poderíamos tentar fazê-las sair agora mesmo — disse David, inclinando a cabeça na direção do sofá.

— Por melhor que isso pareça — disse Laurel, dando um tapinha leve no peito dele —, Chelsea e Ryan chegarão a qualquer momento.

— Eles não vão ficar chocados... vivem se agarrando na escola — disse ele com um sorriso.

Laurel apenas olhou para ele, com uma sobrancelha erguida.

— Está bem. — Ele a beijou mais uma vez, então foi até a cozinha e abriu a geladeira. —Você não tem nada em estoque aqui além de Sprite? Umas latas de Mountain Dew, talvez?

— Claro, porque verde-limão seria uma cor *linda* para meus olhos e cabelos — disse Laurel sarcasticamente. — Além disso, a cafeína me deixaria doente.

— Eu não disse que *você* teria de beber — respondeu David, abrindo uma lata de Sprite e entregando para ela. — Somente tenha algumas na geladeira, caso alguém queira. — Ele abriu sua própria lata e sentou-se numa banqueta do bar. — Chelsea não vai querer que a gente se fantasie para entregar os doces nem nada do estilo, vai? — perguntou ele, enrugando o nariz.

— Não, eu chequei isso para ter certeza — respondeu Laurel. — Ninguém vai se fantasiar, a não ser eu.

—Você vai se fantasiar? — perguntou David com ceticismo.

— Sim. Vou fingir que sou humana.

David apenas revirou os olhos. — Caí feito um patinho, não é? — Ele baixou o olhar para seu livro de espanhol amarrotado. — Estudando? — perguntou. — Parece que seu livro está levando a pior.

— Estava estudando até me distrair tentando matar você com a faca de carne.

— Ah, é, foi divertido. Temos que fazer isso de novo, algum dia.

Laurel gemeu e apoiou a cabeça nas mãos. — Eu podia ter matado você — disse.

— Imagina — disse David com um sorriso. — Eu estava totalmente preparado. — Ele levou a mão às costas e tirou a pistola preta.

Laurel pulou de sua banqueta. — David! Você trouxe sua arma para a minha casa?

— Claro — disse ele, completamente impassível.

— Tire-a daqui, David!

— Ei, ei, por favor! — disse ele, guardando a pistola rapidamente num coldre oculto na parte baixa de suas costas. — Não é como se eu nunca tivesse feito isso antes. Sua casa está segura... bem, tão segura quanto é possível, atualmente. Mas — ele olhou em volta como se esperasse que alguém estivesse ali, escutando —, Chelsea e Ryan virão aqui esta noite. E você, toda neurótica com o Halloween, fez com que eu ficasse um pouco neurótico também. Quis estar preparado, caso... só por precaução. Sinceramente, pensei que fosse fazer você se sentir um pouco mais segura. Obviamente, eu estava errado.

Ele olhou para Laurel, cujo olhar resistia à expressão apologética, mas determinada, dele. Ela cedeu primeiro.

— Me desculpe. Simplesmente odeio estas coisas.

Ele hesitou. — Se você realmente quiser, eu a guardarei no carro.

O que ele disse sobre estar preparado fazia sentido. Mas sua aversão pela arma acabou ganhando a batalha.

— Eu agradeceria — disse ela baixinho.

O toque agudo da campainha fez Laurel dar um pulo. — Eles chegaram — disse ela, frustrada. — Apenas mantenha esta coisa escondida, por enquanto — ordenou. — Não quero vê-la novamente.

Conseguiu ir até a porta da cozinha antes que David agarrasse seu braço.

— Sua flor — sussurrou ele. — Eu pego as que caíram no chão.

— Droga. Já vou! — gritou Laurel na direção da porta da frente. Desenrolando a echarpe do pulso, colocou-a em volta da cintura. Precisava esconder somente as pétalas murchas; depois, poderia ir ao banheiro e fazer um trabalho mais caprichado.

David se livrou das pétalas que haviam caído no chão, enquanto Laurel abria a porta para Chelsea e Ryan com um sorriso que, esperava, não parecesse falso demais.

— Oi, gente.

Eles ostentavam sorrisos bobos e tiaras de neon, com olhos brilhantes que balançavam na ponta de duas molas compridas.

Laurel ergueu uma sobrancelha. — Impressionante — disse secamente.

— Não tanto quanto aquilo — disse Chelsea, apontando por cima do ombro de Laurel.

— O quê? — disse Laurel, virando rapidamente a cabeça, horrorizada com a ideia de que suas pétalas estivessem aparecendo. Ao se virar, ouviu-se um ruído ao lado de sua cabeça e ela ergueu os olhos, vendo sua própria tiara com olhões balançando no seu campo de visão. — Obrigada — disse com sarcasmo.

— Ah, vamos lá — disse Chelsea. — São divertidos!

Laurel se voltou para Ryan, com a sobrancelha erguida.

— Não olhe para mim — disse ele. — Foi tudo ideia de Chelsea.

— Está bem, vou usar — disse Laurel com um sorriso conspiratório. — Desde que vocês tenham trazido uma para David também.

Chelsea levantou a quarta tiara.

— Perfeito. — Puxou Chelsea para dentro e deu uma espiada no crepúsculo lá fora, enquanto fechava a porta atrás de Ryan.

Vinte e Um

O AR DA MANHÃ ESTAVA FRIO E LÍMPIDO, O SOL ERA UMA LEVE SOMBRA cor-de-rosa, esforçando-se para subir no horizonte nublado. Laurel, na varanda de sua casa, encolheu os ombros para vestir a jaqueta e tirou as chaves do bolso, tentando fazer o mínimo barulho possível.

— Aonde você vai?

Laurel soltou um gritinho e deixou cair as chaves. Lá se ia a clandestinidade.

— Desculpe — disse seu pai, com a cabeça apontando pela porta da frente. O cabelo estava espetado e ele parecia grogue; nunca fora muito de acordar cedo. — Não quis assustar você.

— Tudo bem — disse Laurel, abaixando-se para pegar as chaves. — Estou indo à casa da Chelsea. — Poderia ter dito ao pai aonde realmente iria, mas era mais fácil assim. A chance de David descobrir acidentalmente era menor.

— Ah, é mesmo, você nos disse ontem à noite. Por que tão cedo?

— Chelsea tem um encontro com Ryan à noite — disse Laurel, mentindo sem nem piscar. Será que estava ficando boa naquilo? — Precisamos aproveitar o tempo ao máximo.

— Bem, melhor você ir, então. Divirta-se — disse seu pai com um bocejo. — Vou voltar para a cama.

Encantos 226

Laurel correu até seu carro e deu ré o mais rápido que pôde sem atrair atenção. Quanto antes saísse da cidade, melhor.

No fim, havia decidido não contar a David. Detestava mentir, mas não sabia que outra coisa poderia fazer. Depois da noite anterior, ele ficaria preocupado demais; insistiria para que ela não fosse.

Ou a acompanharia, com aquela arma idiota dele.

Odiava saber que agora ele a levava consigo a toda parte. Logicamente, não podia culpá-lo — ele não tinha sequer as defesas rudimentares com que ela contava —, mas, várias vezes, na noite anterior, vira-o levar a mão ao coldre escondido sob a roupa cada vez que alguém batia à porta. O que, sendo Halloween, acontecia a intervalos de minutos. Era melhor que simplesmente não contasse a ele aonde iria. Ambos estavam estressados demais.

Não tinha inventado uma desculpa boa para dar a Chelsea; portanto, não lhe diria absolutamente nada. Com sorte, David não daria pela falta dela e não perguntaria nada à amiga. Sairia do festival mais cedo, se fosse preciso. E não só para voltar antes que David saísse do trabalho: não queria estar em outro lugar a não ser sua casa, em segurança, quando escurecesse.

Não havia tráfego no caminho para Orick; mesmo assim, Laurel ficou de olho nas laterais da estrada e no retrovisor, atenta a qualquer sinal de que estivesse sendo seguida. Entrou no único posto de gasolina de Orick e, depois de examinar o estacionamento, correu para dentro e entrou no banheiro. Abriu sua mochila e tirou dali o vestido. Não o tinha colocado a não ser para experimentar; agora, conforme deslizava o tecido farfalhante sobre a cabeça e o ajustava no corpo esguio, um arrepio de excitação a percorreu. Suas últimas pétalas haviam caído durante a noite e suas costas estavam lisas e da cor do marfim, com uma diminuta linha de cicatriz no meio, igual no ano anterior. Depois de dar uma espiada para fora do banheiro para garantir que a loja de conveniência ainda estivesse praticamente vazia, Laurel correu de volta ao carro, com a saia do vestido farfalhando em volta dos tornozelos e dos pés calçados em chinelinhos. Do posto até o fim da comprida estrada de acesso à cabana foram somente dez minutos. Estacionou o carro atrás de um grande abeto, ocultando-o da estrada principal.

Tamani estava esperando por ela, não na linha de árvores, mas bem no meio do pátio em frente à cabana. Estava encostado no portão de entrada, com uma capa preta comprida nos ombros e o calção até os joelhos enfiados em botas pretas de cano alto. Ao vê-lo, sua respiração se acelerou.

Não pela primeira vez, Laurel se perguntou se fora um erro ter ido. *Não é tarde demais para mudar de ideia.*

Enquanto Laurel se aproximava, Tamani permaneceu imóvel, apenas seguindo-a com os olhos. Ele não disse nada até ela parar à sua frente, perto o bastante para que pudesse estender as mãos e puxá-la para ele, se quisesse.

— Não tinha certeza se você viria — disse ele, a voz um pouco falha, como se fizesse muito tempo que ele não falava. Como se tivesse ficado no frio a noite toda, esperando por ela.

Talvez tivesse mesmo.

Ela podia ir embora. Tamani a perdoaria. Um dia. Ela ergueu os olhos para ele. Havia algo cauteloso em seu comportamento, como se pudesse sentir que ela estava inclinada a dar meia-volta.

Uma lufada de vento soprou entre as árvores e empurrou os cabelos de Tamani sobre seus olhos. Ele levantou a mão e afastou as mechas longas para trás da orelha. Por apenas um segundo, quando seu braço cruzou diante do rosto, os olhos dele baixaram, olhando-a de cima a baixo — coisa que ele quase nunca fazia. E, naquela fração de segundo, alguma coisa pareceu ficar diferente. Laurel não sabia bem o quê.

— Vamos para Avalon? — chamou Tamani, indicando as árvores ao mesmo tempo que sua mão pressionava com gentileza a parte baixa das costas de Laurel. Ela estava chegando ao ponto do qual não haveria volta; uma parte dela podia sentir.

Encantos 228

Olhou para Tamani; olhou para as árvores.

Então, deu um passo adiante e cruzou a linha.

As ruas de Avalon estavam fervilhando com fadas e elfos. Mesmo com Tamani guiando-a cuidadosamente, era um pouco difícil caminhar entre a multidão.

— O que se faz, exatamente, num festival? — perguntou Laurel, desviando de um círculo fechado de fadas que conversavam no meio da rua.

— Depende. Hoje vamos ao Grande Teatro, no Verão, assistir a um balé. Depois, todos nos juntaremos no campo central, onde haverá música, comida e dança. — Ele hesitou. — Depois, as pessoas poderão ficar por lá ou se dispersar, como quiserem, e as diversões continuarão até que todos estejam satisfeitos e voltem a suas ocupações normais. Por aqui — disse ele, apontando para uma colina baixa.

À medida que caminhavam, o coliseu foi surgindo lentamente em seu campo de visão. Ao contrário da Academia, que era feita na maior parte de pedra, ou das casas das fadas e dos elfos de verão, que eram de vidro, as paredes do coliseu eram feitas de árvores vivas, como aquela onde morava a mãe de Tamani. Mas, em vez de serem redondas e ocas, aquelas árvores, de casca preta, eram estiradas e planas, sobrepondo-se umas às outras para formar uma parede sólida de madeira com, pelo menos, quinze metros de altura, cobertas por densas folhagens. Faixas de seda em cores vivas, murais intensamente pintados e estátuas de mármore e granito adornavam as paredes de forma quase aleatória, conferindo uma atmosfera festiva à enorme estrutura.

A admiração de Laurel diminuiu um pouco quando se viram próximos ao fim de uma longa fila de fadas e elfos que esperavam para entrar no coliseu. Todos estavam bem-vestidos, embora Laurel não visse mais ninguém em roupas tão finas quanto a dela. Errara ao se vestir, mais uma vez. Suspirou e se voltou para Tamani.

— Isto vai demorar um século.

Tamani balançou a cabeça. — Esta não é a sua entrada. — Ele apontou à direita da fila e continuou guiando-a pela multidão. Chegaram a uma entrada pequena em arco nas paredes do coliseu, a cerca de quinze metros da entrada principal. Dois guardas altos em uniformes azul-marinho estavam postados a cada lado da porta.

— Laurel Sewell — disse Tamani baixinho para os guardas.

Um deles olhou rapidamente para Laurel antes que seus olhos voltassem a Tamani. Por alguma razão, ele olhou de um extremo a outro dos braços de Tamani antes de perguntar: — *Am fear-faire* de uma fada de outono?

— *Fear-gleidhidh* — corrigiu Tamani, olhando com constrangimento para Laurel. — Sou Tamani de Rhoslyn. Pelo olho de Hécate, homem, eu disse que esta é Laurel *Sewell.*

O guarda se empertigou um pouco e assentiu com a cabeça para o parceiro, que abriu a porta. — Pode passar.

— *Fear-glide?* — disse Laurel, sabendo no instante em que as palavras saíram de sua boca que as estava pronunciando errado. Lembrava-se da explicação de Jamison de *Am fear-faire* no verão passado, mas esse outro termo era novidade.

— Quer dizer que sou seu... acompanhante — disse Tamani, franzindo a testa. — Quando dei a ele seu sobrenome humano, deduzi que ele fosse perceber quem você era e que não fosse criar caso. Mas, claramente, ele nunca fez treinamento na mansão.

— Mansão? — Como cada conversa com Tamani acabava sempre se transformando num curso rápido sobre cultura de fadas e elfos?

— Agora, não — respondeu Tamani gentilmente. — Não é importante.

E, de fato, quando Laurel examinou o interior do vasto coliseu, todas as perguntas evaporaram de sua mente e ela ofegou, maravilhada.

As paredes do coliseu haviam crescido ao redor de uma depressão profundamente inclinada no alto da colina. Ela agora estava num amplo mezanino, resultante de galhos firmemente entrelaçados que se estendiam das paredes vivas do coliseu. À exceção de três cadeiras douradas e ornamentadas, numa plataforma no centro do mezanino, todos os demais assentos eram de madeira, forrados de seda vermelha e complementados com braços que cresciam organicamente do chão. Tinham sido claramente arranjados levando mais em conta a vista do que a capacidade de ocupação.

A uns quinze metros de distância, Laurel viu fadas e elfos se espremendo pela entrada principal e descendo para o nível térreo, que era pouco mais que um barranco gramado. Não havia assentos abaixo do mezanino, mas todos se acomodavam ali juntos, de maneira amistosa, esforçando-se para chegar o mais perto possível do maior palco que Laurel já vira. Era decorado com cortinas brancas sedosas que cintilavam com milhares de cristais que oscilavam gentilmente na brisa, lançando múltiplos arco-íris sobre o teatro inteiro. De cima, a luz do sol atravessava um toldo fino de material transparente que se inflava e ondeava com o vento. Suavizava o brilho forte do sol sem bloquear seus raios benéficos.

E, em todo lugar onde Laurel olhava, via diamantes reluzentes, cortes de seda dourada, tapeçarias elaboradas celebrando a história de Avalon. Cantos escuros estavam iluminados por globos dourados como aquele que Tamani havia usado com Laurel, mais de um ano atrás, depois que ela fora atirada no rio Chetco. Aqui e ali, grinaldas de flores ou pilhas de frutas enfeitavam pilares de madeira ou de pedra, distribuídos aleatoriamente.

Laurel respirou fundo e começou a seguir em frente, pensando onde deveria se sentar. Após alguns segundos, olhou para trás, sentindo que Tamani já não estava com ela. Ele havia ficado perto da entrada em arco, com toda a aparência de quem pretendia continuar ali.

— Ei! — disse ela, caminhando de volta até ele. — Vamos, Tam.

Ele balançou a cabeça. — É só durante o espetáculo. Vou esperar por você aqui e depois vamos às diversões.

— Não — disse Laurel. Ela foi até o lado dele e pousou a mão em seu braço. — Por favor, venha comigo — disse baixinho.

— Não posso — disse Tamani. — Não é meu lugar.

— Estou dizendo que é.

—Vá discutir com a Rainha — disse Tamani cinicamente.

—Vou mesmo.

Então, a voz dele se encheu de temor:

— Não, Laurel. Não posso. Apenas causaria problemas.

— Então vou ficar aqui com você — disse ela, pegando sua mão.

Tamani balançou novamente a cabeça. — Aqui é meu lugar. Lá... — gesticulou para o assento de seda vermelha na beira do mezanino — é o seu.

— Jamison estará aqui, Tam. Nós dois vamos insistir para que você possa se sentar comigo. Tenho certeza de que vai dar certo.

Os olhos de Tamani se deslocavam entre Laurel, as fadas e os elfos de outono circulando pelo mezanino e a multidão de fadas e elfos de primavera, que entravam aos borbotões pela entrada principal.

— Está bem — disse ele com um suspiro.

— Obrigada! — disse Laurel, erguendo-se impulsivamente na ponta dos pés para beijar seu rosto. Assim que o fez, desejou não ter feito. Ela se afastou alguns centímetros e não conseguiu ir mais longe. Tamani virou a cabeça para olhá-la nos olhos. Estava tão próximo que os narizes quase se tocavam. A respiração dele acariciou seus lábios e ela sentiu que se inclinava na direção dele.

Tamani virou o rosto para o outro lado.

—Vá na frente — disse ele, tão baixo que Laurel mal o ouviu.

Portanto, ela o guiou pelos degraus do mezanino e, dessa vez, ele a seguiu. Mas aquele Tamani que a seguia, tão nervoso, quase com medo, era um estranho para Laurel. Sua ousadia desaparecera e a autoconfiança se esvaíra; ele parecia estar tentando desaparecer dentro da capa.

Laurel parou e se voltou para ele, colocando as mãos ao lado de seus braços, sem falar nada até que ele, finalmente, levantasse os olhos para ela.

— Qual é o problema?

— Eu não deveria estar aqui — sussurrou ele. — Aqui não é meu lugar.

— Seu lugar é ao meu lado — disse Laurel com firmeza. — Preciso de você comigo.

Ele olhou para ela com um toque de medo nos olhos que ela nunca vira antes. Nem mesmo quando Barnes atirara nele. — Não é meu lugar — insistiu ele, mais uma vez. — Não quero ser esse tipo de elfo.

— Que tipo?

— O tipo que se gruda a uma garota acima de sua posição social, consumido pela ambição, como um animal qualquer. Não é isso que estou fazendo; meu juramento para você não é isso. Só queria me encontrar com você mais tarde. Não planejei isso.

— É porque você é um elfo de primavera? — perguntou ela de forma direta. O ruído da multidão conferia certa privacidade à conversa deles, mas ela baixou a voz assim mesmo.

Tamani se recusou a olhar para ela.

— É isso! Não são só *eles* que acham que você é alguém de segunda classe... ah, desculpe, de *quarta* classe... *você* também acha. Por quê?

— É simplesmente como as coisas são — murmurou Tamani, ainda sem olhar para ela.

— Bem, não é como deveriam ser! — sibilou Laurel. Ela agarrou os ombros de Tamani e o obrigou a encará-la. — Tamani, você é duas vezes melhor que qualquer elfo de outono da Academia. Não existe ninguém que eu preferisse ter ao meu lado em toda Avalon. — Ela trincou os dentes antes de continuar, sabendo que iria magoá-lo, mas poderia ser a única coisa a que ele daria ouvidos. — E se você se importa comigo metade do que alega, então deveria ser muito mais importante para você o que *eu* acho do que o que *eles* acham.

Os olhos fixos nos dela se obscureceram. Um longo momento se passou antes que ele assentisse.

— Está bem — disse numa voz ainda baixa.

Ela assentiu, mas não sorriu. Não era momento para sorrisos.

Ele seguiu atrás dela, com sua capa preta ondulando ao redor dos pés. Ele agora caminhava em silêncio, mas com ar determinado.

— Laurel! — disse uma voz conhecida. Laurel se virou para ver Katya, resplandecente num vestido de seda que acentuava sua figura. Pétalas cor-de-rosa, combinando com a cor do vestido, elevavam-se sobre os ombros de Katya. Seu cabelo louro-claro lhe emoldurava perfeitamente o rosto e ela usava um pente de prata reluzente sobre a orelha esquerda.

— Katya. — Laurel sorriu.

— Eu tinha esperanças de que você viesse a este festival! — disse Katya. — É o melhor do ano todo.

— É mesmo?

— Claro. O início do Ano-Novo! Novos objetivos, novos estudos, nova disposição das classes. Passo o ano inteiro ansiosa por ele. — Ela enganchou o braço no de Laurel e a puxou na direção do extremo mais distante do mezanino. — Acho que amanhã Mara finalmente será promovida a artesã — disse ela, com uma risadinha. Seus olhos se deslocaram até onde estava a fada de outono alta de olhos escuros, num deslumbrante vestido roxo com um decote muito mais profundo do que Laurel jamais se atreveria a usar em público. Assim como Katya, Mara estava em pleno florescimento: uma estrela modesta, de seis pontas, que lembrava um narciso e ressaltava a cor de seu vestido.

Laurel olhou para trás para garantir que Tamani a estivesse seguindo e lhe dirigiu um sorriso rápido, quando seu olhar encontrou o dela.

— Você o trouxe? — disse Katya num sussurro.

— É claro — disse Laurel em alto e bom som.

Katya deu um sorriso um pouquinho rígido. — Que boba eu sou. Você certamente precisa de um guia. Nunca veio a um festival destes. Eu deveria ter pensado nisso antes. Vejo você depois do espetáculo, combinado? — Katya deu um tchauzinho para ela, então se virou e desapareceu num pequeno grupo de fadas, a maioria das quais Laurel reconheceu da Academia. Algumas delas a encaravam sem a menor vergonha. Ela estivera tão ocupada olhando o cenário que não tinha notado as fadas e os elfos no mezanino lançando olhares furtivos para ela e Tamani. Demorou um momento para perceber por quê.

Katya e Mara não eram as únicas em florescimento. As flores que salpicavam o mezanino eram pequenas e modestas, comparadas àquelas que Laurel tinha visto no verão, e tendiam a ser de cores únicas e formas simples, como a sua. Mas todas estavam no auge do florescimento; todas as fadas de outono.

Menos ela.

Laurel pensou sobre a temperatura em Avalon; estava um pouco mais fria do que quando estivera ali no verão, mas só um pouco. Especulou como o corpo das fadas sabia quando florescer. Seria pelo ângulo do sol? As ligeiras mudanças de temperatura? Fazia sentido que o clima temperado de Avalon adiasse o florescimento de outono — ou que talvez prolongasse a florescência —, mas por quanto tempo? Laurel tomou nota mentalmente para descobrir mais sobre o florescimento quando estivesse em Avalon, no próximo verão. Até lá, só podia concluir que alguma coisa fosse diferente entre Avalon e Crescent City. Dois dias antes, dois graus mais quente, e talvez ela não se sentisse tão inapropriada.

Levantando resolutamente o queixo, Laurel foi até a borda do balcão. Tocou no braço de Tamani e baixou os olhos para as mãos dele. Como previsto, ele havia colocado um par de luvas pretas aveludadas, em algum momento. Até ele havia notado. Recusando-se a esquentar a cabeça com aquilo, Laurel olhou para o nível principal abaixo dela, voltando sua atenção das decorações para as fadas e os elfos. Seus trajes eram muito mais simples, e Laurel não viu muito brilho nem joias, mas as fadas e os elfos de primavera pareciam completamente felizes. Havia trocas de abraços, crianças apertadas contra o peito, cumprimentos efusivos e, mesmo de seu lugar, tão acima, repiques de risos chegavam até os ouvidos de Laurel.

—Todas são de primavera?

— A maioria — disse Tamani. — Há alguns de verão que são jovens demais para participar, mas a maior parte das fadas e dos elfos de verão está envolvida no espetáculo.

—A... — Ela hesitou. — A Rowen está lá embaixo?

— Sim, em algum lugar. Com a minha irmã.

Laurel assentiu, não sabendo o que mais poderia dizer. Não tinha levado em conta que o fato de acompanhá-la significaria que Tamani não poderia estar com sua família. Um sentimento familiar de culpa a tomou. Era fácil demais acreditar que Tamani vivia exclusivamente para ela, que a vida dele simplesmente não existia a não ser onde se cruzava com a dela. Esquecer que havia outras pessoas que o amavam.

O ruído da multidão mudou, de repente, e todas as fadas e todos os elfos abaixo do mezanino olharam para cima, com ar de expectativa.

Laurel sentiu a mão de Tamani em volta de seu braço e, de repente, ele estava meio que conduzindo, meio que a arrastando para um banco a várias fileiras de distância do centro do mezanino. — Devem ser a fada e o elfo de inverno — sussurrou ele. — Jamison, Yasmine, e Sua Majestade, a Rainha Marion.

A garganta de Laurel se apertou quando ela virou para a direção oposta a Tamani, dirigindo sua atenção, como todos os demais, para o alto do mezanino. Não tinha certeza se estava mais surpresa com o fato de haver apenas três, ou que houvesse tantos assim. Antes, só tinha considerado Jamison e a esquiva Rainha.

Um séquito de guardas de uniforme azul-céu entrou primeiro; Laurel os reconheceu da última vez em que vira Jamison. Foram seguidos imediatamente pelo próprio Jamison, vestido numa túnica verde-escura e exibindo seu costumeiro sorriso brilhante. Ele conduzia uma garotinha que parecia ter uns doze anos, com uma pele macia de ébano e cachos cuidadosamente arrumados que exaltavam um vestido extremamente formal de seda lilás. Então, o coliseu inteiro pareceu inalar ao mesmo tempo, quando a Rainha entrou.

Encantos 236

Ela usava um vestido branco cintilante, com uma cauda de fios coruscantes que se retorciam no chão com a brisa suave. Seu cabelo era preto-azulado e descia por suas costas em ondas suaves até pouco abaixo de sua cintura. Uma delicada coroa de cristal se equilibrava no alto de sua cabeça, com fios de diamantes que recaíam sobre seus cachos e cintilavam à luz do sol.

Mas foi em seu rosto que Laurel se concentrou.

Olhos verde-claros examinavam a multidão. Embora Laurel soubesse que aquele rosto seria considerado belo segundo os padrões de qualquer revista de moda, não conseguia ir além dos lábios apertados, as minúsculas rugas entre seus olhos, a sobrancelha levemente erguida como se relutasse em reconhecer a profunda reverência na qual todos à sua volta haviam mergulhado.

Incluindo Tamani.

O que deixou apenas Laurel em pé, ereta.

Apressou-se a fazer a mesura, como todos os demais, antes que a Rainha a visse. Aparentemente, funcionou; o olhar da Rainha sobrevoou a multidão sem pausa e, dentro de segundos, as fadas e os elfos de outono tinham retomado sua postura ereta e suas conversas sibilantes.

Marion se virou com um esvoaçar sussurrante do vestido e caminhou até a plataforma, onde havia três assentos ornamentados, proeminentes com relação aos demais. Laurel observou Jamison tomar a mão da garotinha, ajudando-a a subir os degraus e se acomodar numa cadeira felpuda à esquerda da Rainha. Laurel captou seu olhar e ele sorriu e murmurou alguma coisa à menina antes de se virar e aproximar-se deles. A multidão não parou de conversar nem de rir conforme Jamison passava, mas todos saíam subitamente de seu caminho, abrindo um corredor.

— Minha querida Laurel — disse Jamison, com os olhos, agora verdes para combinar com a túnica, cintilando. — Estou tão feliz por você ter vindo. — Ele deu um tapinha no ombro de Tamani. — E você, meu garoto. Faz tempo demais desde a última vez que vi você. Imagino que esteja se matando de trabalhar naquele seu portal, não?

Tamani sorriu, perdendo um pouco de seu ar taciturno. — Sem dúvida, senhor. Laurel nos mantém ocupados com suas travessuras.

— Imagino que sim — disse Jamison com um sorriso. O som dos instrumentos de corda sendo afinados encheu o imenso coliseu. — É melhor ir para o meu assento — disse Jamison. Mas, antes que se virasse, ele levou as mãos ao rosto de Laurel, emoldurando gentilmente suas faces com os dedos. — Estou tão feliz que você pôde vir se juntar a nós — disse, num sussurro. Então, ele se foi, o verde profundo de suas roupas farfalhando em meio à multidão.

Tamani impeliu Laurel na direção do banco no final do grande balcão, de onde Katya acenava para eles.

— Quem é aquela menininha? — perguntou Laurel, torcendo o pescoço para ver Jamison entregar algo à garota antes de se acomodar em seu assento.

— Aquela é Yasmine. Ela é uma fada de inverno.

— Oh. Ela será rainha, algum dia?

Tamani balançou a cabeça. — Duvido. Ela é muito próxima de Marion em idade. A mesma coisa aconteceu com Jamison e Cora, a rainha anterior.

— Há somente três exemplares de inverno em toda Avalon?

— Sim. Geralmente, menos. — Tamani sorriu. — Minha mãe foi a Jardineira tanto de Marion, quanto de Yasmine. Yasmine brotou apenas meses antes que minha mãe se aposentasse. Pouquíssimos Jardineiros têm a honra de cuidar de duas fadas de inverno. — Ele inclinou a cabeça na direção da jovem fada de inverno. — Conheci Yasmine pouco antes de ela ser enviada para o Palácio de Inverno. Uma doçura. Bom coração, eu acho. Jamison gosta muito dela.

Nesse instante, uma fada pequena, mas vestida de forma elaborada, saiu de trás das pesadas cortinas que se estendiam de uma ponta à outra do palco. A multidão se aquietou.

— Prepare-se — sussurrou Tamani em seu ouvido. — Você nunca viu *nada* parecido a isto.

Vinte e Dois

As CORTINAS SE ABRIRAM, REVELANDO UMA LINDA CENA DE FLORESTA com feixes de luzes multicoloridas que iluminavam o palco em círculos suaves. Laurel percebeu que não havia como diminuir a luz no coliseu — e tampouco era necessário. Tudo no palco parecia emitir uma luz interior — mais clara, mais nítida e mais real até mesmo do que aquilo que estava imediatamente em volta de Laurel. Ela ficou fascinada; certamente, aquilo era a magia de verão atuando.

Uma fada e um elfo estavam ajoelhados no meio do palco, abraçados um ao outro, e uma música suave e romântica fluía da orquestra. Eles pareciam ser bailarinos comuns, o homem com uma pele perfeita, moreno-clara, braços bem-definidos e cabelo cortado bem curto, a mulher com membros longos e esguios, e o cabelo castanho-avermelhado preso todo para trás. O casal se levantou e começou a dançar, ambos descalços.

— Não usam sapatilhas? — sussurrou Laurel para Tamani.

— O que são sapatilhas?

Está certo, obviamente, não, pensou Laurel. Mas podia ver que, sem dúvida, tratava-se de balé clássico. Os movimentos eram fluidos e graciosos, com alongamentos e elevações dignos de qualquer contorcionista humano. Embora, tratando-se dos bailarinos principais de um espetáculo tão importante, eles, de fato, parecessem um pouco desajeitados. Seus pés se arrastavam e os movimentos pareciam pesados. Ainda assim, eram bastante bons. Somente quando já assistia ao *pas de deux* havia alguns minutos, Laurel percebeu o que acontecia ali de tão estranho.

— Por que aquela barba? — perguntou a Tamani. O bailarino usava uma barba preta que se camuflava em suas roupas, mas, ao observar melhor, Laurel notou que a barba chegava quase até a sua cintura.

Tamani pigarreou baixinho e, por um segundo, Laurel achou que ele fosse evitar completamente a pergunta.

— Você precisa entender uma coisa — sussurrou ele, finalmente. — A maioria destas fadas e elfos nunca viu um ser humano de verdade. A ideia que eles têm da aparência de um humano é quase tão distorcida quanto a que os humanos têm do povo das fadas. As fadas e os elfos são... — ele procurou pela palavra certa — fascinados pela ideia de que os humanos têm pelos no rosto. É muito animalístico.

Laurel, de repente, deu-se conta de que nunca tinha visto um elfo com barba. A ideia simplesmente não lhe havia passado pela cabeça. Pensou em como o rosto de Tamani estava sempre liso e macio — sem aquele indício áspero de barba por fazer, que David geralmente tinha. De fato, nunca notara aquilo antes.

— Os bailarinos que estão representando humanos também se movem com menos graciosidade, para mostrar que são animais, e não fadas ou elfos — continuou Tamani.

Voltando sua atenção para a peça, Laurel viu os bailarinos se elevarem e caírem com aquele leve toque de lerdeza. Sabendo que era de propósito, reconheceu quanto talento era necessário — para retratar, graciosamente, a falta de graciosidade. Empurrou para o fundo de sua mente inúmeros pensamentos raivosos sobre a perpetuação de estereótipos. Tais pensamentos teriam de esperar.

Encantos 240

Mais dois bailarinos barbados entraram em cena, e a mulher tentou se esconder atrás do parceiro.

— O que está acontecendo? — perguntou Laurel.

Tamani apontou para o casal original. — Esses são Heather e Lótus. Eles são amantes secretos, mas o pai de Heather... — ele apontou para um homem mais velho, de barba castanha espessa entremeada de fios grisalhos — ordena que ela se case com Darnel. A propósito, o costume humano de casamentos arranjados pelos pais é ridículo.

— Bem, já não se faz mais isso. Pelo menos, de onde eu venho.

— Mesmo assim.

Laurel assistiu à partida dos dois homens e à união de Heather e Lótus num último dueto pesaroso. A música não se parecia a nada que Laurel já tivesse ouvido e sentiu os olhos se encherem de lágrimas por pena daqueles malfadados humanos, que dançavam tão lindamente ao triste refrão da orquestra.

As luzes que iluminavam o palco se intensificaram, e Lótus saltou sobre uma pedra, abrindo os braços numa elaborada proclamação.

— O que está acontecendo agora? — perguntou Laurel, puxando a camisa de Tamani, em sua animação.

— Lotus decidiu que irá provar seu valor ao pai de Heather indo colher uma maçã de ouro na Ilha das Hespérides. Também conhecida como Avalon — acrescentou ele com um sorriso.

O palco se esvaziou e o cenário cintilou por um instante antes de se transformar num enorme jardim de flores, com botões de todas as cores imagináveis cobrindo o perímetro do palco. Laurel ofegou.

— Como eles fizeram isso?

Tamani sorriu.

— Grande parte do cenário é ilusão. É por isso que as fadas e os elfos de verão são os encarregados do entretenimento.

Laurel se inclinou para a frente, tentando examinar o novo cenário, mas não teve muito tempo antes que a clareira falsa fosse tomada por fadas dançando em fantasias reluzentes e multicoloridas. Viu, instantaneamente, como os "bailarinos humanos" tinham sido obviamente desajeitados. A companhia de fadas girou numa coreografia elaborada, com uma graciosidade que teria deixado Pavlova no chinelo. Após alguns minutos do inacreditável corpo de baile, uma fada bastante alta, num vestido colante e fino, entrou pela direita do palco. A companhia de fadas se ajoelhou, permitindo que a fada alta ocupasse o foco central para seu solo. Laurel já tinha ido a balés profissionais em San Francisco, mas nada a preparara para o talento e a graça puros daquela primeira bailarina.

— Quem é aquela? — sussurrou para Tamani, com os olhos grudados no palco.

— Titânia — respondeu Tamani.

— A *verdadeira* Titânia? — perguntou Laurel sem fôlego. O braço dele estava apertando as costas de Laurel e as cabeças se aproximaram para que pudessem sussurrar, mas Laurel mal havia notado.

— Não, não. Quis dizer que ela está *representando* Titânia.

— Ah — disse Laurel, um pouco decepcionada por não ver uma fada lendária atuar. No meio do lindo arabesco de Titânia, um elfo — sem barba, dessa vez — entrou pela esquerda do palco. Uma agitação percorreu o corpo de baile e todos se curvaram em reverências profundas até o chão.

— Aquele é Oberon? — perguntou Laurel, pensando no rei das fadas e dos elfos que geralmente fazia par com Titânia, no folclore.

— Muito bem, você já está conseguindo acompanhar — disse Tamani com um sorriso.

O elfo representando Oberon começou seu solo com movimentos impetuosos, ousados, quase violentos, mas com a mesma graciosidade controlada da fada que fazia Titânia. Logo, ambos estavam dançando juntos, um tentando sobrepujar o outro conforme a música ficava mais intensa, mais alta, até que, com uma explosão sonora dos metais, Titânia tropeçou nos próprios pés e caiu ao chão. Com um aceno de sua mão, e passos nervosos e pesados, ela e uma parte do corpo de baile deixaram o palco, perseguidas pelas fadas de Oberon.

— Por que eles estão bravos com ela? — perguntou Laurel.

— Titânia é uma figura muito malvista na história — respondeu Tamani. — Ela foi uma fada de outono, Unseelie ainda por cima, que se tornou Rainha durante uma época em que não havia nenhuma fada nem elfo de inverno. Oberon nasceu logo depois e assumiu como Rei quando tinha apenas vinte anos, o que é quase uma criança, em termos de realeza; e a maioria das pessoas desejaria que tivesse sido ainda antes. Titânia foi responsável pela desastrosa confusão em Camelot.

— Os trolls... destruíram tudo por lá, certo?

— Isso mesmo. E a consequência foi a morte de Oberon justamente quando ele estava provando ser um dos maiores reis da história de Avalon. Portanto, Titânia geralmente é culpada por essa perda.

— Parece injusto.

— Talvez.

O palco se esvaziou novamente e voltou ao cenário da floresta. Lótus entrou correndo, perseguido por Heather, que se escondia atrás das árvores toda vez que ele dava meia-volta. Eles se movimentavam rapidamente em círculos confusos até que duas outras figuras entraram no palco: Darnel e uma fada muito bonita.

— Agora estou confusa de novo — disse Laurel, enquanto a fada tentava se agarrar a Darnel e ele tentava empurrá-la para longe.

— Aquela é Hazel. Ela está apaixonada por Darnel. Darnel está perseguindo Heather, que está perseguindo Lótus, tentando impedi-lo de fazer a viagem desastrosa à Ilha das Hespérides. Hazel está tentando convencer Darnel a simplesmente ser feliz com ela.

Alguma coisa fez um clique na cabeça de Laurel conforme a adorável Hazel ia puxando desesperadamente o casaco de Darnel e ele a empurrava de lado.

— Espere um pouco — disse. — Isto é *Sonho de uma noite de verão*.

— Bem, é o que, com o tempo, viria a ser *Sonho de uma noite de verão*. Assim como as melhores peças de Shakespeare, ela começou como uma história de fadas.

— Não acredito!

Tamani a silenciou gentilmente quando algumas fadas de outono olharam na direção deles.

— Sinceramente — continuou Tamani, a voz baixa e sussurrante —, você acha que ele inventou *Romeu e Julieta* sozinho? Mil anos atrás era Rhoeo e Jasmine, mas a versão de Shakespeare é uma adaptação bastante razoável.

Os olhos de Laurel estavam fixos nas quatro figuras que dançavam sua perseguição vertiginosa. — Como Shakespeare ficou conhecendo as histórias das fadas? — Olhou de relance para Tamani. — Ele *era* humano, não era?

— Ah, sim. — Tamani deu uma risadinha. — Ele viveu numa época em que os governantes de Avalon ainda ficavam atentos às relações humanas. Eles ficaram impressionados com as peças dele sobre os reis, Lear e Ricardo, acredito. Histórias mortalmente chatas, mas sua forma de escrever era magnífica. Então, o Rei fez com que o trouxessem para cá para lhe dar alguns enredos novos para suas lindas palavras. E esperavam que ele corrigisse alguns dos erros na mitologia das fadas. *Sonho de uma noite de verão* foi sua primeira peça depois de vir a Avalon, logo seguida por *A tempestade*. Mas, depois de um tempo, ele se indignou pelo fato de o Rei não permitir que ele viesse e partisse conforme a sua vontade. Então, ele foi embora e não voltou mais. Como vingança, não colocou mais fadas nem elfos em suas peças. Transformou todos em seres humanos e alegou que eram de sua criação.

— Isso tudo é verdade mesmo? — perguntou Laurel, com assombro.

— Foi como eu aprendi.

A cena voltou à clareira florida onde Puck — um elfo de outono de notável habilidade, segundo informou Tamani — foi instruído por Oberon a criar uma poção que fizesse Titânia se apaixonar pela primeira criatura que visse, em retribuição por seus erros em Camelot. E, como ele era um rei benevolente, também tentou ajudar os humanos.

— Afinal — explicou Tamani —, ele não podia deixar que eles realmente entrassem em Avalon e tomassem uma maçã de ouro, mas também não queria mandá-los para casa sem nada que compensasse seus sacrifícios.

Laurel assentiu e voltou a atenção ao balé. A história continuou de forma conhecida, agora que ela sabia de que peça se tratava — ambos, Lótus e Darnel, perseguindo Hazel, Heather sendo deixada sem amante, e todos dançando em padrões intricados e frenéticos que faziam a cabeça de Laurel girar.

Então, a cena voltou ao caramanchão das fadas e, depois de Puck colocar sua poção nos olhos de Titânia, um animal enorme e desajeitado veio andando pesadamente. Laurel não podia dizer se o animal era uma ilusão ou uma fantasia bem-feita.

— O que é aquilo? — perguntou. — Não se supõe que seja um homem com cabeça de asno?

— É um troll — disse Tamani. — Não há desgraça maior entre as fadas e os elfos do que se apaixonar por um troll. É algo que simplesmente não acontece sem que haja algum transtorno sério... ou alguma espécie de coerção mágica.

— E aquela parte em que todos os homens estão representando numa peça? É daí que, supostamente, vem este cara.

— Shakespeare colocou essa parte da história sozinho. Não há nenhuma peça estranha na história original.

— Sempre achei mesmo que essa fosse a parte mais fraca da história. Acho que deveria terminar quando os amantes despertam e são descobertos — disse Laurel.

— Bem, e termina — disse Tamani com um sorriso.

Laurel assistiu em silêncio por algum tempo enquanto os bailarinos continuavam com a história e tudo começou a se encaixar. Pouco antes da cena final, Titânia voltou e dançou o solo mais lindo que Laurel já vira, à triste melodia de uma elegia. Então, ela fez uma pirueta e recaiu aos pés de Oberon, oferecendo-lhe sua coroa.

— O que acabou de acontecer? — perguntou Laurel quando a dança terminou. Não podia ter perguntado durante o solo — era bonito demais para que tirasse os olhos, ainda que por um segundo.

—Titânia implora o perdão de Oberon por seus crimes e concede a ele a sua coroa. Isso significa que ela admite jamais ter sido a verdadeira Rainha.

— Por causa de Camelot?

— Porque ela era uma fada de outono.

Laurel franziu a testa ao considerar aquilo. Mas o cenário mudou rapidamente para a clareira onde os amantes despertaram de seu sono encantado e dançaram um alegre *pas de deux* duplo e, no final, foram acompanhados pelo corpo de baile inteiro. Quando vieram até a frente do palco para os agradecimentos, a audiência na parte térrea pareceu se levantar num só corpo para aplaudir a companhia. Tamani também se levantou de seu assento e Laurel rapidamente o acompanhou, pondo-se em pé e aplaudindo com tanta força que suas mãos começaram a formigar.

Tamani colocou sua mão firme de no braço de Laurel e a puxou para baixo.

— O que foi? — disse ela, afastando o braço.

Os olhos de Tamani iam de um lado a outro. — Isso não se faz, Laurel. Você não se levanta para ninguém abaixo de você. Somente para seus iguais, ou seus superiores.

Laurel olhou em volta. Ele tinha razão. Quase todo mundo no balcão aplaudia entusiasticamente, os rostos iluminados por sorrisos amplos e belos, mas ninguém estava em pé a não ser ela e Tamani. Ela levantou uma sobrancelha para Tamani, virou o rosto novamente para o palco e continuou em pé, aplaudindo.

— Laurel! — disse Tamani severamente, em voz baixa.

— Essa foi a coisa mais incrível que já vi na vida e vou expressar meu reconhecimento como bem entender — disse Laurel, continuando a aplaudir. Lançou um olhar rápido para ele. — *Você* vai me impedir?

Encantos 246

Tamani suspirou e balançou a cabeça, mas parou de tentar fazê-la se sentar.

Lentamente, os aplausos foram diminuindo e os bailarinos saíram graciosamente do palco, onde o cenário havia se desfeito numa brancura total. Cerca de vinte fadas e elfos, vestidos de verde-limão, alinharam-se no fundo do palco.

— Tem mais? — perguntou Laurel quando ela e Tamani retomaram seus assentos.

— Dançarinos de fogo — disse Tamani com um sorriso largo. — Você vai adorar.

Ouviu-se o ressoar profundo de um tambor. A princípio, era apenas uma batida lenta, constante. As fadas e os elfos de verde se moveram adiante em conjunto, dando passos lentos no ritmo dos tambores. Conforme cada fileira chegava à frente do palco, todos erguiam as mãos, enviando feixes de luz multicolorida para o céu. Um segundo depois, enormes chuvas de faíscas explodiram acima da multidão — quase ao nível do balcão — em cores lindas, vívidas, em tom de arco-íris, que fizeram Laurel piscar diante de tamanha luminosidade. Era melhor do que qualquer exibição de fogos de artifício que já vira.

Um segundo tambor começou a soar num ritmo mais rápido e complicado do que o primeiro, e as fadas e os elfos que estavam no palco mudaram para segui-lo. Sua dança se tornou acrobática, com todos dando piruetas e saltos para a frente do palco, em vez de caminhar. Um terceiro tambor começou, então um quarto, e o ritmo e os movimentos dos dançarinos foram ficando cada vez mais frenéticos com as batidas.

Laurel assistia, paralisada, enquanto os dançarinos atuavam, giravam e davam cambalhotas com espantosa habilidade. Cada vez que chegavam à frente do palco, eles exibiam mais um show de luzes. Raios de luz caíam como gotas de chuva sobre a audiência, e bolas giratórias de fogo circulavam pelo coliseu, deixando rastros de centelhas luminosas que se reduziam a joias brilhantes antes de se extinguirem. Laurel estava **divi**dida, assistindo à apresentação dos primeiros acrobatas, depois aos fogos de artifício, desejando poder assistir a ambos ao mesmo tempo. Então, quando a batida dos tambores se acelerou tanto que Laurel não conseguia entender como as fadas e os elfos podiam acompanhar, todos eles caíram ao chão, na frente do palco, liberando os fogos de artifício de suas mãos ao mesmo tempo e criando uma cortina de centelhas que era quase tão ofuscante quanto o sol.

Com a respiração presa na garganta, Laurel se levantou, aplaudindo os dançarinos de fogo com tanto entusiasmo quanto aplaudira os bailarinos. Tamani se levantou em silêncio ao lado dela e não disse uma só palavra dessa vez sobre o fato de ela estar em pé.

Os dançarinos de fogo fizeram seus agradecimentos finais e os aplausos começaram a diminuir. As fadas e os elfos de outono do balcão se levantaram e começaram a se dirigir para a saída; Laurel podia ver os de primavera abaixo dela fazendo a mesma coisa.

Laurel se voltou para Tamani com um sorriso. — Oh, Tam, isso foi incrível! Muito obrigada por garantir que eu viesse. — Ela olhou para o palco vazio, agora oculto pelas pesadas cortinas de seda. — Foi um dia maravilhoso.

Tamani pegou a mão de Laurel e a pousou em seu braço.

— A celebração mal começou!

Surpresa, Laurel ergueu os olhos para ele. Mergulhou a mão em sua bolsinha por alguns segundos, dando uma rápida olhada no relógio que trouxera consigo. Tinha mais uma ou duas horas. Um sorriso se abriu em seu rosto ao olhar novamente para as portas de saída, dessa vez com ansiedade.

— Estou pronta — disse.

Vinte e Três

— FOI ESPETACULAR — DISSE LAUREL NOVAMENTE, QUANDO ELA E Tamani já estavam recostados em almofadas, ao lado de mesas baixas repletas de frutas, legumes, sucos e pratos de mel numa variedade estonteante de cores. A música enchia o ar, vinda de uma dúzia de direções diferentes, e, no campo gramado, fadas e elfos relaxavam, dançavam e conversavam. — Nunca imaginei que uma peça de teatro pudesse ser assim. E aqueles fogos de artifício no final! Aqueles caras foram incríveis.

Tamani riu, muito mais relaxado agora, que estavam estirados num prado onde fadas de todas as classes interagiam com um pouco mais de liberdade.

— Fico feliz que você tenha gostado. Fazia anos que eu não participava de uma celebração de Samhain.

— Por que não?

Tamani deu de ombros, ficando mais sério. — Preferia ficar com você — disse ele, sem olhar em seus olhos. — Não parecia tão importante participar dos festivais quando isso significava deixar você para trás, no portal. Principalmente se levarmos em conta as diversões ao pôr do sol.

— Que diversões? — perguntou Laurel, meio distraída, enquanto mergulhava um morango num prato de mel azul-turquesa.

— Hum... bem, você provavelmente vai achar meio desagradável.

Laurel esperou, agora curiosa, então riu quando ele continuou em silêncio.

—Vá em frente — instigou.

Tamani deu de ombros e suspirou.

— Acho que já disse isto a você, no ano passado: a polinização é para a reprodução, e sexo é por diversão.

— Eu me lembro — disse Laurel, sem saber o que aquilo tinha a ver com a história.

— Portanto, nos grandes festivais como este, a maioria das pessoas... se... diverte.

Laurel arregalou os olhos e, então, riu.

— Sério?

— Ora, vamos, as pessoas nunca fazem nada parecido no mundo humano?

Laurel estava prestes a dizer que não quando se lembrou da tradição de beijar à meia-noite na véspera de Ano-Novo. Embora, é claro, não fosse realmente a mesma coisa.

— Acho que sim. — Olhou para as pessoas à sua volta. — E ninguém liga? A maioria dessas pessoas não é casada?

— Para começo de conversa, não há casamentos em Avalon. Existem uniões. E, não, a maioria aqui não está comprometida. Em Avalon, a principal razão para se comprometer é criar mudas. Normalmente, as fadas e os elfos não estão preparados para fazer isso antes dos... — ele fez uma pausa, pensando — oitenta, talvez cem anos de idade.

— Mas... — Laurel interrompeu sua própria pergunta e virou o rosto para o outro lado.

— Mas o quê? — insistiu Tamani, gentilmente.

Depois de um momento de hesitação, ela se virou para ele. — As fadas e elfos nunca se unem enquanto são jovens? Tipo... tipo na nossa idade?

— Quase nunca. — Ele parecia saber o que ela estava realmente perguntando, embora Laurel não conseguisse ser totalmente direta;

olhou-a fixamente até que ela teve de desviar o olhar. — Mas isso não significa que não possam se entrelaçar. Muitos têm amantes fixos. Não a maioria, mas não é algo incomum. Meus pais estiveram entrelaçados durante mais de setenta anos, antes de sua união. A união é um pouco diferente do casamento humano. Não é apenas um sinal de comprometimento romântico, mas da intenção de criar uma família; criar uma muda e formar uma unidade social.

Laurel deu uma risadinha, tentando dissipar a tensão que os envolvera. — É tão estranho pensar em fadas e elfos tendo filhos aos cem anos de idade.

— Isso não é nem meia-idade aqui. Depois de atingirmos a idade adulta, a maioria de nós não muda muito até completar cento e quarenta, cento e cinquenta anos. Mas, então, você envelhece de forma bastante rápida... pelo menos, para os nossos padrões. Você pode passar de uma aparência de um humano de trinta a parecer que tem sessenta ou setenta, em menos de vinte anos.

— Todo mundo vive até os duzentos anos? — perguntou Laurel. A ideia de viver dois séculos era chocante.

— Mais ou menos. Alguns vivem mais, outros menos, mas não por muita diferença.

— Não adoecem e morrem?

— Quase nunca — Tamani se inclinou para ela e tocou a ponta de seu nariz. — É para isso que você serve.

— Como assim?

— Não você, especificamente... fadas e elfos de outono. É como ter o melhor e mais perfeito... puxa vida, como vocês dizem? Hotéis? — Ele suspirou. — Me ajude; aonde as pessoas vão quando estão doentes.

— Hospitais? — sugeriu Laurel.

— Isso. — Tamani balançou a cabeça. — Nossa, fazia muito tempo que não me esquecia de uma palavra humana. Quer dizer, nós todos falamos inglês, mas o jargão exclusivamente humano às vezes até parece outro idioma.

— Você não estava falando inglês antes, com aqueles guardas — observou Laurel.

— Jura que você vai querer outra aula de história hoje? — provocou Tamani.

— Não me importo — disse Laurel, saboreando um pedaço de nectarina perfeitamente madura. A época de colheita parecia nunca ter fim em Avalon.

— Aquelas palavras eram em gaélico. Ao longo dos anos, tivemos bastante contato com o mundo humano, através dos portais. *Am fearfaire*, por exemplo, é basicamente um termo gaélico para "sentinela", mas nós o tomamos emprestado há muitos anos, quando os humanos que encontrávamos ainda falavam gaélico. Hoje em dia é principalmente uma formalidade.

— Então, por que *todos* falam inglês? Não há portais também no Egito e no Japão?

— E nos Estados Unidos, não vamos esquecer — disse Tamani, sorrindo. — Tivemos algum contato com seus americanos nativos também, assim como com os egípcios e os japoneses. — Ele riu. — No Japão, tivemos um contato extenso com os Ainu, o povo que viveu lá antes de os japoneses chegarem. — Ele sorriu. — Embora nem mesmo os Ainu tivessem conseguido compreender exatamente há quanto tempo nós já estávamos lá antes *deles*.

— Centenas de anos? — chutou Laurel.

— Milhares — disse Tamani com solenidade. — O povo das fadas e dos elfos é muito mais antigo que os humanos. Mas os humanos se reproduziram e se espalharam muito mais rapidamente. E eles são simplesmente mais fortes. Certamente mais capazes de sobreviver em temperaturas extremas. É somente com a ajuda das fadas e dos elfos de outono que nossas sentinelas conseguem sobreviver aos invernos no portal de Hokkaido. Por isso, os humanos acabaram dominando o mundo e nós tivemos de aprender a viver entre eles, pelo menos um pouco. E a linguagem é uma parte importante disso. Temos um centro

Encantos 252

de treinamento na Escócia, onde, como você sabe, eles falam inglês. Todas as sentinelas que atuam no mundo humano devem treinar ali, ao menos por algumas semanas.

— Então, você e Shar treinaram lá?

— Entre outros. — Tamani estava se animando cada vez mais, falando sem a hesitação que sempre controlava seu comportamento quando estava em Avalon. — As operações secretas geralmente são realizadas pelos Cintilantes e *muito* raramente um Misturador precisa de um ingrediente que não cresce em Avalon. A mansão está construída em volta do portal, no meio de uma grande reserva de animais selvagens; portanto, ela protege o portal e, ao mesmo tempo, proporciona uma via de conexão controlada e segura com os humanos. Foi adquirida há séculos, de uma forma bastante parecida à que estamos usando para adquirir as suas terras.

Laurel sorriu diante do entusiasmo de Tamani. Estava claro que ele sabia mais sobre o mundo humano do que os demais, não apenas porque vivia nele, mas porque passara sua vida estudando os humanos.

E ele fez isso para que pudesse me *compreender.* Ele dedicara anos, literalmente, a entender a pessoa que ela viria a ser, como humana. Ela sacrificara suas lembranças e abandonara Avalon a pedido da Rainha anterior, e Tamani a havia seguido, em vários aspectos diferentes. Era uma revelação assombrosa.

— Enfim — concluiu Tamani —, a mansão tem sido nossa principal conexão com o mundo fora de Avalon há séculos, por isso é natural que falemos a língua dos humanos que vivem ali perto. Mas até mesmo os especialistas da mansão, às vezes, cometem erros crassos; então, acredito que não deva me sentir tão mal assim por esquecer uma palavra aqui e ali.

— Eu acho que você é excelente — disse Laurel, passando um dedo pelo braço de Tamani.

Quase por instinto, Tamani cobriu a mão dela com a sua. Os olhos de Laurel se fixaram naquela mão. Parecia tão inofensiva, ali parada, mas significava alguma coisa, e Laurel sabia. Ergueu os olhos, e os olhares se cruzaram. Um longo instante de silêncio se prolongou entre eles e, após alguns segundos, Laurel tirou a mão de baixo da mão de Tamani. A expressão dele não mudou, mas Laurel se sentiu mal mesmo assim.

Ela disfarçou o mal-estar do momento servindo-se de um copo da primeira jarra de bebida que viu e tomando um grande gole. Sentiu gosto de açúcar liquefeito, conforme a bebida descia por sua garganta.

— Caramba, o que é isto? — perguntou, olhando para o líquido vermelho-rubi em seu copo.

Tamani deu uma olhada. — Amrita.

Laurel examinou o líquido com dúvida.

— É tipo um vinho das fadas? — perguntou, já sentindo a bebida subir-lhe à cabeça.

— Mais ou menos. É néctar das flores da árvore Yggdrasil. É servido somente no Samhain. É uma forma tradicional de brindar o Ano-Novo.

— É *fantástico.*

— Fico feliz que você aprove — riu Tamani.

Laurel suspirou. — Estou cheia. — Só a comida de Avalon era capaz de fazê-la comer até se sentir mal. E havia acabado de chegar àquele ponto.

— Chega de comer, então? — perguntou Tamani, com um toque de hesitação voltando a seu tom.

— Ah, sim. Chega — disse Laurel, sorrindo e se acomodando melhor sobre a pilha de almofadas.

— Você gostaria... — Ele fez uma pausa e olhou para o centro do prado. — Você gostaria de me convidar para dançar?

Laurel se sentou abruptamente. — Se eu gostaria de *convidar* você para dançar?

Tamani baixou os olhos para seu colo.

— Peço desculpas se fui direto demais.

Mas Laurel mal o escutou, de tanta raiva.

Encantos 254

— Nem mesmo num festival você pode simplesmente me convidar?

— Isso é um não?

Algo em seu tom de voz fez com que a frustração de Laurel se transformasse em tristeza. Não era culpa de Tamani. Mas detestava que ele se sentisse preso àqueles ridículos costumes sociais, mesmo ali sozinho com ela. Empinou o queixo e afastou a indignação. Não queria *puni-lo*.

— Tamani, você gostaria de dançar?

Os olhos dele se suavizaram.

— Adoraria.

Laurel olhou para os demais dançarinos e hesitou.

— Eu não sei direito...

— Posso lhe mostrar... se você quiser.

— Está bem.

Tamani ficou em pé e lhe ofereceu a mão. Ele havia dispensado a capa horas atrás, mas ainda usava o calção e as botas pretas, complementadas por uma camisa branca folgada cujos cordões pendiam abertos na frente, acentuando seu peito bronzeado. Ele parecia o herói saído de um filme; Wesley, de *A princesa prometida*, ou Edmond Dantès, de *O conde de Monte Cristo*. Laurel sorriu e pegou sua mão.

Eles se aproximaram de um grupo de músicos; a maioria tocava instrumentos de cordas cujo nome Laurel não sabia, mas ela reconheceu os de sopro, feitos de madeira: flautas comuns e flautas de Pã e outro que se parecia a um clarinete simples. Tamani a conduziu habilidosamente pelos passos da dança, dos quais Laurel quase parecia se lembrar, e seus pés se moviam com uma graça que nem sabia que tinha. Ela saltou e pulou em conjunto com os outros casais e, ainda que não fosse tão graciosa quanto eles, poderia ter se defendido bem num evento similar dos humanos. Dançou outra canção e outra mais, até perder a noção de quanto tempo já fazia que estavam dançando. O campo perfumado foi se enchendo cada vez mais, conforme as pessoas terminavam suas refeições e se juntavam à dança; logo, Laurel viu-se imersa num mar de braços e pernas esbeltos e flexíveis, corpos graciosos, que giravam, dançavam e se esbarravam ao ritmo intoxicante da música de fadas e elfos de verão, e roupas diáfanas que esvoaçavam no ar cálido da eterna primavera de Avalon.

Tamani guiou Laurel, com o braço sobre seus ombros, numa longa sequência de piruetas até que a cabeça dela começou a girar e ela desmoronou contra seu peito, ofegando e rindo. Levou um momento para perceber como estava agarrada a ele. Era diferente de estar abraçada a David; para começar, Tamani era muito mais próximo em altura de Laurel. Ao ficarem tão juntos, seus quadris se encaixavam com perfeição.

Sentiu o braço dele apertando suas costas, segurando-a. Provavelmente a soltaria, se ela tentasse se afastar, mas ela não o fez. Passando os dedos pelos cabelos dela, então segurou sua nuca, inclinando seu rosto para trás até encostar o nariz suavemente no dela. Laurel sentiu sua respiração fresca, e pousou a mão na pele nua que surgia entre os cordões da camisa dele.

— Laurel. — Tamani sussurrou tão baixo que ela não tinha certeza de ter ouvido. E, antes que pudesse pensar em protestar, ele a beijou.

Sua boca era tão macia, suave e gentil. Seu gosto doce se mesclou ao dela. A dança ao redor deles se transformou numa valsa preguiçosa, a Terra pareceu girar mais lentamente e, então, parar, só para ela e Tamani.

Somente por um instante.

A ilusão se estilhaçou quando Laurel virou a cabeça, rompendo o contato, e se obrigou a afastar-se dali. Para fora do campo gramado, longe dos dançarinos. Longe de Tamani.

Sentimentos exasperados e confusos giravam em sua cabeça enquanto ela se afastava da clareira. Tamani a seguiu, mas não disse nada.

— Eu deveria ir embora — disse ela vagamente, sem se virar para encará-lo. E não era apenas uma desculpa. Não tinha muita certeza de quanto tempo estivera dançando, mas provavelmente fora demais.

Encantos 256

Precisava voltar. Encaminhou-se na direção que achava ser a do portal, esperando começar logo a reconhecer os arredores. Esperou, com otimismo, sentir a mão de Tamani em sua cintura, guiando-a gentilmente na direção certa, como já fizera tantas vezes.

Não teve tanta sorte.

—Você poderia ao menos se desculpar — disse Laurel. Seu humor tinha ficado sombrio e não tinha bem certeza por quê. Sua cabeça era uma confusão só.

— Não estou arrependido — disse Tamani, num tom de voz que de desculpa não tinha nada.

— Mas deveria estar! — disse Laurel, virando-se para ele por apenas um segundo.

— Por quê? — perguntou Tamani, com a voz irritantemente calma.

Laurel se voltou para encará-lo.

— Por que eu deveria me desculpar? Porque beijei a garota pela qual estou apaixonado? Eu te amo, Laurel.

Ela tentou não perder o fôlego com as palavras dele, mas estava completamente despreparada para aquilo. Ele sempre fora claro quanto a suas intenções — às vezes, de forma bastante direta —, mas nunca tinha dito claramente que a amava. Aquilo fazia com que seus flertes fossem sérios demais. Consequentes demais. Próximos demais a uma infidelidade.

— Quanto tempo terei de ficar de braços cruzados, esperando você cair na real? Tenho sido paciente. Paciente há *anos*, Laurel, e estou cansado. — Ele segurou gentilmente os ombros dela, inclinando-se apenas um pouco para encará-la com intensidade. — Estou cansado de esperar, Laurel.

— Mas David...

— Não me fale de David! Se você quer que eu me afaste porque não gosta de mim, então, diga. Mas não espere que eu me preocupe com os sentimentos de David. Não ligo a mínima para David, Laurel. — Ele fez uma pausa, com a respiração ofegante, pesada. — Me importo com você. E, quando você me olha com essa suavidade nos olhos — disse ele, apertando-a com um pouco mais de firmeza — e dá todas as mostras de que quer ser beijada, então, vou beijá-la, e David que se dane — completou baixinho.

Laurel deu meia-volta, com a cabeça doendo.

—Você não pode fazer isso, Tam.

— E o que você quer que eu faça? — perguntou ele, numa voz tão dolorida e vulnerável que ela teve de se esforçar para não olhar para ele.

— Apenas... espere.

— Esperar o quê?! Que seus pais morram? Que David morra? O que estou esperando, Laurel? — perguntou ele, numa voz cheia de tristeza.

Laurel se virou e começou a caminhar de novo, tentando desesperadamente fugir daquelas palavras. Chegou ao topo de uma colina e, em vez de ver um conjunto de casas, contemplou uma praia de um branco puro, com águas azul-safira marulhando na orla. Havia algo estranho naquilo — não tinha *cheiro* de oceano —, mas não podia dar meia-volta, já que Tamani estava atrás dela. Portanto, continuou andando, movendo lentamente os pés na areia cristalina e cintilante.

Quando parou, cruzou os braços sobre o peito. Havia chegado à água. Não havia mais aonde ir. O vento soprava em seus cabelos, afastando-os do rosto.

— Não gosto que você viva tão longe — disse Tamani após uma longa pausa. Sua voz estava normal de novo, sem o tom amargurado. — Eu me preocupo. Sei que você tem guardas, mas... preferia quando você estava na propriedade. Não gosto de ter de confiar sua vida a outras sentinelas. Gostaria... gostaria de poder sair e fazer o trabalho eu mesmo.

Laurel já estava balançando a cabeça.

— Não iria funcionar — disse com firmeza.

—Você não acha que posso fazer um bom trabalho? — perguntou Tamani, olhando para ela com uma seriedade da qual Laurel não gostava.

Encantos 258

— Não iria funcionar — repetiu ela, sabendo que suas razões eram diferentes das de Tamani.

—Você simplesmente não me quer no seu mundo humano — disse Tamani baixinho, e suas palavras foram transportadas até ela pela brisa leve.

A verdade daquela acusação doeu muito, e Laurel virou as costas para ele.

—Você tem medo de que, se eu fizer parte do seu mundo humano, você precise tomar uma decisão. Neste momento, você tem o melhor dos dois mundos. Você tem o seu *David*. — Ele disse o nome com desdém, a raiva invadindo sua voz. Era melhor do que a dor que ouvira nela antes. Laurel quase desejou que ele gritasse. Era muito mais fácil lidar com a raiva do que com tristeza e mágoa. — E, então, você vem até aqui e tem a mim, sempre que quiser. À sua inteira disposição, e você sabe disso. Você já parou para pensar como eu me sinto? Toda vez que você parte... e volta para ele... você destroça minhas emoções, mais uma vez. Às vezes... — Ele suspirou. — Às vezes, gostaria que você não viesse mais aqui. — Ele soltou um murmúrio frustrado. — Não, isso não é verdade, mas é só que... é tão difícil quando você vai embora, Laurel. Queria que você conseguisse ver isso.

Uma lágrima escorreu pelo rosto de Laurel, mas ela a esfregou, forçando-se a ficar calma. — Não posso ficar aqui — disse ela, feliz por sua voz soar tão firme. — Se venho aqui... toda vez que venho aqui... tenho de ir embora, mais cedo ou mais tarde. Talvez realmente fosse melhor para você se eu não viesse mais... talvez fosse mais fácil.

—Você precisa vir aqui — disse Tamani, com a voz entremeada de preocupação. — Precisa aprender a ser uma fada de outono. É seu direito por nascimento. Seu destino.

— Sei o suficiente para me virar por algum tempo — insistiu Laurel. — O que preciso agora é praticar, e posso fazer isso em casa. — Suas mãos tremiam, mas ela cruzou os braços, tentando esconder.

— Não é esse o plano — disse Tamani, mal disfarçando a censura em sua voz. — Você precisa vir aqui regularmente.

Laurel se obrigou a falar com calma, com frieza.

— Não, Tamani. Não preciso.

Seus olhares se encontraram e nenhum dos dois parecia capaz de tirar os olhos do outro.

Laurel cedeu primeiro. — Tenho que ir. É melhor que eu já esteja em casa quando anoitecer. Preciso que você me leve até o portal.

— Laurel...

— O portal! — ordenou Laurel, sabendo que não suportaria ouvir nada do que ele pudesse dizer. De alguma forma, ela havia estragado completamente o dia e agora só queria que ele terminasse logo.

Tamani se enrijeceu, mas em seu rosto se estampava a derrota. Laurel lhe deu as costas. Não podia olhar para ele. Colocando a mão nas costas dela, ele a empurrou adiante, com os dedos em sua cintura, guiando-a à distância de um passo.

Quando chegaram aos muros de pedra que rodeavam os portões, Tamani fez um sinal com a mão para os guardas parados à entrada e um deles saiu correndo.

Após alguns segundos, Tamani disse:

— Eu... só quero que você fique em segurança — disse, em tom de desculpa.

— Eu sei — murmurou Laurel.

— E quanto a essa tal de Klea? — perguntou Tamani. — Você a viu novamente?

Laurel balançou a cabeça.

— Eu disse que não sabia se podia confiar nela.

— Ela sabe sobre você? — disse Tamani, virando-se rapidamente para encará-la. — Ela tem ideia de que você é uma fada?

— Sim, Tamani. Eu contei tudo para ela no instante em que a conheci — disse Laurel com sarcasmo. — Não, é claro que ela não sabe! Fui supercuidadosa...

— Porque no segundo em que ela descobrir... — continuou ele, discutindo com ela de novo —, no *instante* em que ela souber, sua vida estará em perigo.

— Ela não sabe — gritou Laurel, atraindo a atenção dos guardas. Mas nem ligava. — E mesmo que soubesse, e daí? Ela vai mudar de ideia e passar a tentar me matar? Acho que não, não é? — Era estranho usar o argumento oposto ao que tinha usado com David apenas algumas semanas atrás, mas a lógica parecia tê-la abandonado. — Eu estou bem! — disse, exasperada.

Ambos viraram a cabeça ao ouvir passos que se aproximavam — um grupo de guardas. Tamani abaixou a cabeça e deu um passo atrás, ocupando seu lugar ao lado de Laurel. Mas ela podia ouvir sua respiração pesada, cheia de frustração.

O grupo de soldados se dividiu, revelando Yasmine, a jovem fada de inverno.

— Oh — disse Laurel, surpresa. — Pensei que fossem mandar... outra pessoa — terminou, sem jeito, quando os olhos verde-claros da garota se fixaram nela.

Yasmine não disse nada, apenas se virou para o muro.

— Ela pode abri-lo sozinha? — sussurrou Laurel para Tamani.

— Claro — disse Tamani, curto. — Não é uma habilidade. Você só precisa ser uma fada ou um elfo de inverno.

Sentinelas os guiaram pela trilha até os quatro portões. Tamani seguiu em silêncio atrás de Laurel, sem tocá-la. Laurel odiava ficar assim com ele, mas não sabia o que mais poderia fazer. Seus dois mundos, as duas vidas que se esforçava tanto em manter separadas, estavam se chocando. E ela se sentia impotente para impedir que aquilo acontecesse.

Vinte e Quatro

CALADOS E TACITURNOS, LAUREL E TAMANI PASSARAM PELO PORTAL. A familiar brigada de sentinelas os cumprimentou. Shar deu um passo à frente e olhou feio para Laurel enquanto se dirigia a Tamani.

— Temos um visitante.

— Trolls? — Tamani se enrijeceu e empurrou Laurel para trás, na direção do portal resplandecente. — Laurel, volte para Avalon.

Shar revirou os olhos. — Não são trolls, Tam. Você acha que teríamos deixado vocês passarem se houvesse trolls esperando?

Tamani suspirou e baixou as mãos.

— Claro que não. Não pensei direito.

— É o garoto humano. Aquele que esteve aqui no outono passado.

— David? — disse Laurel, a voz fraca. *Como ele descobriu?*

Shar assentiu e Tamani enrijeceu o maxilar. — Vou levá-la até ele — disse Tamani, dando um passo à frente. — Onde ele está?

— Está respeitando a distância — disse Shar, gesticulando vagamente com a cabeça. — Lá perto da casa.

— Volto já — disse Tamani, agarrando a parte superior do braço de Laurel e puxando-a na direção da cabana. Assim que saíram do campo de visão do portal, ele soltou o braço dela.

Encantos 262

— Quero falar com ele — disse Tamani, em voz baixa.

— Não! — manteve Laurel. — Não pode.

— Quero saber o que ele está fazendo para ajudar a manter você em segurança — disse Tamani, sem olhar nos olhos dela. — Só isso.

— Absolutamente não — disse Laurel, entre os dentes.

— O que você está disposta a jogar fora por causa de David? — perguntou Tamani, exasperado. — A mim, obviamente. Mas, o que mais? Sua vida? A vida de seus pais? Até a vida de David, somente para não deixar eu me intrometer e criar obstáculos ao seu romancezinho? Só quero falar com ele.

—Você quer intimidá-lo. Ameaçar a posição dele. Eu *conheço* você, Tamani.

— Posso muito bem fazer isso, já que ele está aqui mesmo — resmungou Tamani, olhando para a trilha.

— Eu não pedi que ele viesse — disse Laurel, sem saber ao certo por que se sentia compelida a se justificar.

Tamani ficou calado.

— Ele ainda não deveria ter saído do trabalho. Não deveria nem saber que estou aqui.

Tamani parou abruptamente e se virou. —Você mentiu para ele? — Seu rosto era ilegível.

— Eu...

—Você *mentiu* para ele para vir aqui me ver? — Tamani riu. — Você mentiu por mim. Sinto-me especial. — Sua voz era incisiva e ríspida, mas havia algo mais por trás. Reconhecimento. Satisfação.

Laurel deu uma fungada de escárnio e começou a se afastar.

— Nem se atreva a pensar isso; não foi por você.

Tamani agarrou seu braço e a girou tão rápido que ela tropeçou e tombou sobre o peito dele. Ele não tentou abraçá-la, apenas segurou seus braços enquanto ela estava ali, esparramada sobre ele. — Não foi? Diga que você não me ama.

A boca de Laurel se mexeu, mas ela não disse nada.

— Diga — disse ele, com a voz nítida e exigente. — Diga que David é tudo o que você precisa ou deseja na vida. — Seu rosto estava próximo do dela, a respiração suave acariciava seu rosto. — Que você nunca pensa em mim quando está beijando ele. Que você não sonha comigo da forma como eu sonho com você. Diga que não me ama.

Ela ergueu os olhos para ele, consumida pelo desespero. Sua boca estava completamente seca e as palavras que tentava forçar não saíam.

— Você nem sequer consegue dizer — disse ele, puxando-a com os braços agora, em vez de segurá-la. — Então me ame, Laurel. Apenas me *ame*!

Seu rosto estava repleto de um desejo tamanho que ela mal podia suportar. Não podia abandoná-lo de novo. Não assim — não agora que ele sabia. Por que ela não podia esconder melhor? Por que continuava voltando, se não podia ficar? Estava magoando-o mais do que a si mesma. Como aquilo podia ser amor? O amor não deveria ser egoísta.

Os lábios dele agora estavam em seu rosto, em seus cabelos. Era como se cada emoção que ele houvesse refreado, cada tentação a que houvesse resistido, irrompesse como um rio caudaloso. E a corrente ameaçava levá-la junto.

Ela se obrigou a abrir os olhos. Não importava o que sentisse — não podia ficar com ele. Não agora. Enquanto vivesse no mundo humano, qualquer coisa que pudesse ter com Tamani seria incompleta. Ela odiaria isso e, mesmo sabendo que ele iria discordar, um dia ele também iria se ressentir. Não estava preparada para abandonar sua vida humana. Queria se formar no ensino médio e decidir por si mesma o que faria depois. Tinha família e amigos e uma vida a viver — uma vida que não podia viver com Tamani. Fechou os olhos novamente, afastando o sonho de ficar com ele. Não seria um sonho; não teria final feliz. Ela precisava mandá-lo embora.

Era agora ou nunca.

Encantos 264

— Eu não te amo — sussurrou, quase perdendo a coragem, com a boca dele em seu pescoço.

— Sim, Laurel, ama — sussurrou ele, acariciando sua orelha com os lábios.

— Não — disse ela, e sua voz agora estava mais forte, finalmente aceitando o que tinha de ser feito. Colocou ambas as mãos no peito dele e empurrou com firmeza. — Eu não te amo. Tenho de voltar. E você *não* virá comigo.

Ela se virou antes que pudesse mudar de ideia.

— Laurel...

— Não! Eu disse que não te amo. Eu... eu mal conheço você, Tamani. Um par de tardes, um passeio até o festival... isso não significa amor! — insistiu. Não sabia mais o que fazer. Ele estava certo; deixá-lo criando esperanças de um futuro em comum toda vez que o via era crueldade. Uma crueldade indizível. Tinha de fazê-lo acreditar que não iria acontecer. Magoaria menos, no final. — Vou ver David — disse ela, atirando-lhe o resto de sua munição e dando-lhe as costas antes que pudesse ver sua reação. Não tinha certeza se poderia suportar.

Caminhou em direção à cabana, esperando que Tamani a detivesse a qualquer momento. Mas, ao chegar à borda da floresta, ele ainda estava atrás dela.

— Pare de me seguir — sibilou.

— Não acho que você esteja em posição de me dar ordens — disse ele laconicamente.

Saíram juntos do meio das árvores, Tamani logo atrás do ombro esquerdo de Laurel. Os olhos de Laurel se encontraram imediatamente com os de David... um segundo antes que ele visse Tamani. Seu olhar voltou para ela, cheio de mágoa e de acusação. Ele se levantou rapidamente do capô do Sentra de Laurel e começou a ir em direção a seu próprio carro.

— David! — gritou Laurel, erguendo o pé para correr.

A mão de Tamani voou e agarrou seu pulso. Ele a fez girar e, antes que ela pudesse protestar, seus lábios desceram com força sobre os dela, num beijo urgente, exigente e cheio de um calor que engoliu Laurel por dois segundos, antes que ela o empurrasse com violência.

Ela olhou para David, esperando que ele não tivesse visto.

Ele olhava diretamente para eles.

Os olhares de David e de Tamani se cruzaram, fixos um no outro.

Tamani ainda segurava o pulso de Laurel. Ela o arrancou com força.

— Vá embora — disse. — Eu só quero que você vá! — Sua voz estava começando a tremer. — Estou falando sério! — gritou. —Vá!

O rosto dele estava tenso, seu maxilar contraído, enquanto olhava para ela. Laurel mal podia olhar em seus olhos. Eram um oceano de traição. Eles a sondavam, procurando o menor sinal que fosse de que ela não estivesse falando a verdade. Aquela centelha de esperança que parecia nunca morrer.

Ela se recusou a baixar o olhar. Era melhor assim. Um dia, talvez... não podia nem pensar naquilo. Ele tinha de ir. Tinha que partir. Não era justo mantê-lo daquela forma.

Por favor, vá embora, pensou ela, desesperadamente. *Por favor, vá antes que eu mude de ideia. Vá.*

Como se ouvisse seus pensamentos silenciosos, Tamani se virou, sem uma palavra, e caminhou até as árvores, desaparecendo bem diante de seus olhos.

Laurel não conseguia afastar os olhos do ponto em que Tamani estivera apenas um segundo antes. Sabia que precisava fazê-lo. Quanto mais ficasse ali olhando, mais difícil as coisas ficariam com David.

Forçou-se a desviar o olhar. David já estava na porta de seu carro.

— David! — chamou. — David, espere! — Ele parou, mas não se virou para ela. — David, não vá.

— Por que não? — perguntou ele, os olhos fixos no banco do motorista, recusando-se a olhar no rosto dela. — Eu vi o que aconteceu. Só me resta imaginar o que *não* vi.

— Não foi nada disso — disse ela, atingida pela culpa e pela vergonha.

— Não? — Ele se virou e a encarou, com uma expressão impassível. Se estivesse triste, ou mesmo furioso, ela poderia ter aceitado. Mas sua expressão parecia neutra, como se ele não ligasse a mínima.

— Não — disse ela, mas sua voz saiu baixinha.

— Então o que foi, Laurel? Porque vou dizer como as coisas pareceram, do meu ponto de vista. Você mentiu para mim para vir aqui vê-lo, para estar com *ele*!

— Eu não menti — protestou Laurel fracamente.

— Você não disse as palavras, mas mentiu mesmo assim. — Ele fez uma pausa, com o maxilar travado, as mãos tensas na porta do carro. — Confiei em você, Laurel. Sempre confiei em você. E só porque você não me disse uma mentira, não significa que não tenha traído a minha confiança. — Ele ergueu os olhos para ela. — Saí do trabalho mais cedo porque estava preocupado com você. Estava com medo por você. E, quando sua mãe me disse que você estava na casa da Chelsea, liguei para lá e ela disse que não tinha a menor ideia do que eu estava falando. E você sabe qual foi o meu pensamento seguinte? Que você estava morta, Laurel! Pensei que estivesse morta!

Laurel se lembrou de ter tido os mesmos pensamentos com relação a David na segunda-feira e baixou os olhos para os pés, envergonhada.

— E, então, percebi que havia um lugar... uma *pessoa* — disse ele com desdém — que você poderia ter vindo visitar, às escondidas. Vim até aqui para garantir que você estivesse em segurança, e vejo você, beijando-o!

— Eu não o estava beijando! — gritou Laurel. — Ele é quem estava me beijando.

David ficou em silêncio, os músculos de seu maxilar se apertando furiosamente. — Talvez dessa vez — disse ele, com uma voz dura. — Mas vi como ele beijou você e, vou falar uma coisa, não foi a primeira vez. Vá em frente, negue. Sou todo ouvidos.

Ela olhou para o chão, para o carro, para as árvores, qualquer lugar, exceto para aqueles olhos acusadores.

— Eu sabia. *Sabia!*

Ele se sentou no banco do motorista e bateu a porta, fazendo o motor rugir imediatamente. Deu ré depressa, passando a centímetros de Laurel, que estava enraizada no chão, incapaz de se mover. Ele abaixou o vidro de sua janela. — Eu não... — Ele fez uma pausa, o único sinal de fraqueza que demonstrara durante toda aquela conversa. — Não quero ver você por algum tempo. Não me telefone. Quando... se eu decidir que estou pronto, encontrarei você.

Laurel o viu ir embora e finalmente deixou as lágrimas afluírem. Por um segundo, olhou para trás, para as árvores, mas tampouco havia nada ali. Entrou em seu carro e pousou a testa no volante, soluçando. Como tudo dera tão errado?

Laurel estava sentada em sua cama, com o violão no colo, observando as sombras que dançavam no teto. Fazia duas horas que estava ali, enquanto o sol se punha e o quarto escurecia, tocando notas melancólicas que, por mais que tentasse evitar, lembravam-na estranhamente da música que escutara em Avalon naquele mesmo dia.

Naquela manhã, sua vida tinha sido boa — não, ótima! Agora? Tudo fora destruído.

E era tudo culpa sua. Ficara tempo demais em cima do muro. Deixara sua atração por Tamani fugir ao controle. Não bastava ser fiel a David fisicamente; ele também merecia sua fidelidade emocional.

Pensou na expressão no rosto de Tamani quando lhe disse que não o amava; também não era justo para ele. Ela vinha magoando todo mundo, e agora haveria consequências.

A ideia de passar o resto da vida — mesmo o resto da semana — sem David fazia com que tudo dentro dela doesse. Imaginou vê-lo com outra menina. Beijando outra pessoa da forma como Tamani a havia beijado. Soltou um gemido e se deitou de lado na cama, deixando o violão escorregar na colcha a seu lado. Seria o fim do mundo. Não podia deixar que isso acontecesse. Tinha de haver um jeito de consertar as coisas.

Mas duas horas de reflexão não lhe haviam proporcionado nenhuma ideia. Simplesmente teria de esperar que ele a perdoasse. Um dia.

Tentou dormir. Geralmente era fácil, depois que o sol se punha, mas só estava conseguindo ficar ali parada, observando os números mudarem no despertador, enquanto a escuridão a engolfava.

20:22

20:23

20:24

Laurel desceu a escada. Seus pais sempre faziam o inventário nas noites de sábado e só voltariam dentro de mais uma hora, pelo menos. Abriu a geladeira, mais por hábito do que por fome — de jeito nenhum iria comer numa hora daquela. Fechou a geladeira e se permitiu culpar um pouco David e Tamani. Não queria magoar nenhum dos dois, queria que ambos fossem felizes. Ambos eram importantes em sua vida. Por que ficavam insistindo para que escolhesse entre eles?

Um movimento no pátio chamou sua atenção, mas, antes que pudesse focalizar os olhos, a janela panorâmica se estilhaçou, mandando cacos de vidro pelo chão da cozinha; o grito de Laurel ressoou no ar e ela se agachou, com as mãos protegendo o rosto. Assim que se calou, notou o ambiente mortalmente silencioso; não houve gritos, nem outras pedras, nem mesmo passos.

Laurel olhou para os cacos de vidro espalhados pelo chão da cozinha. Seus olhos se fixaram na pedra grande que devia ter atravessado a janela.

Havia um pedaço de papel em volta dela.

Laurel esticou as mãos trêmulas e desembrulhou a pedra. Prendeu a respiração ao ler o garrancho em tinta vermelha.

Num instante, pôs-se de pé e correu até a porta da frente. Ao abrir a porta fez uma pausa, perscrutando o pátio diante da casa. Parecia tranquilo — até mesmo sereno — sob a luz dos postes da rua. Laurel analisou cada sombra, procurando pelos mínimos indícios de movimento.

Tudo estava quieto.

Olhou para seu carro e voltou os olhos ao papel em sua mão. Tamani estava certo — ela vivia tentando fazer tudo sozinha. Estava na hora de admitir que precisava de ajuda. Ela se virou e começou a correr, não para o carro, mas para a linha de árvores atrás da casa. Parou na borda da floresta, sem saber direito até onde alcançava a proteção. Depois de hesitar por um momento, começou a gritar:

— Socorro! Por favor! Preciso da sua ajuda!

Correu ao longo da linha de árvores até o outro lado do pátio, gritando repetidamente seus chamados. Mas não ouviu nada a não ser o eco de suas palavras.

— Por favor! — gritou mais uma vez, sabendo que não teria resposta.

As sentinelas tinham partido. Ela não sabia aonde nem quando, mas se houvesse uma só fada ou elfo naquele bosque, tinha certeza de que teriam atendido a seu chamado. Estava sozinha.

O desespero a invadiu e ela apertou os olhos com as mãos, controlando-se para não chorar. A última coisa que podia fazer naquele instante era desmoronar. Correu para o carro, sentando-se no banco do motorista e bateu a porta com força. Olhou para sua casa vazia e escura. Ela a havia protegido por meses; mesmo antes de saber das sentinelas e das proteções poderosas. Mas não podia ficar ali. Tinha de abandonar a proteção do lugar. Sabia que era isso que os trolls queriam. Mas não tinha alternativa; havia muitas coisas em risco. Suas mãos tremiam; mesmo assim, conseguiu enfiar a chave na ignição e dar partida no motor, dando ré depressa, com os pneus girando no asfalto, enquanto engatava a primeira e olhava cautelosamente pelo retrovisor.

Dirigir os oitocentos metros até a casa de David pareceu demorar horas. Laurel estacionou na frente e analisou a construção familiar que era praticamente um segundo lar para ela.

Agora, sentia-se uma estranha.

Antes que pudesse se convencer a mudar de ideia, saiu do carro e correu até a porta da frente. Ouviu a campainha ecoar pela sala de estar e tentou se lembrar de quando fora a última vez que havia tocado a campainha da casa de David. Parecia tão formal, tão desnecessário.

A mãe de David atendeu a porta. — Laurel — disse, animada. Mas o sorriso desapareceu quando viu a expressão em seu rosto. — O que aconteceu? Você está bem?

— Posso falar com David?

A mãe de David pareceu confusa. — É claro, entre.

— Vou esperar aqui mesmo, obrigada — murmurou Laurel, olhando para o chão.

— Está bem — disse a mãe de David com hesitação. —Vou chamá-lo.

Foi uma longa espera até que a porta se abrisse novamente. Laurel ergueu os olhos, temendo que fosse apenas a mãe de David. Mas era ele, com o rosto rígido como pedra e os olhos soltando faíscas. Ele parou, respirou fundo e saiu para a varanda, fechando a porta.

— Não faça isso, Laurel. Só estou aqui porque minha mãe está em casa e ela ainda não sabe o que aconteceu. Mas você precisa...

— Barnes pegou Chelsea.

A raiva se esvaiu instantaneamente dos olhos de David.

— O quê!?

Laurel lhe entregou o bilhete.

— Ela está no farol. Sei que você está furioso comigo, mas... — Sua voz sumiu, sua respiração era rápida e dilacerante, mas ela forçou seu medo a recuar. — Isso é mais forte que nós. Mais forte que *isto*. Preciso de você, David. Não posso fazer isso sozinha.

— E as sentinelas? — perguntou David, desconfiado.

— Não estão lá! Eu chamei. Sumiram.

David hesitou, então assentiu e voltou a entrar em casa. Ela o ouviu gritar alguma coisa para a mãe, então ele voltou para a varanda, carregando sua mochila e vestindo a jaqueta.

271 APRILYNNE PIKE

—Vamos.

— Você dirige? — perguntou Laurel. — Tem... uma coisa que preciso fazer.

Depois de pegar sua própria mochila em seu carro, Laurel se juntou a David no carro dele.

— Precisamos ir buscar Tamani — disse David, num tom duro.

Laurel já negava com a cabeça.

— Laurel, você e ele não me importam a mínima neste momento. Ele é a melhor chance que temos!

— Não é isso; não temos tempo. Se eu não estiver no farol às nove, ele vai matar Chelsea. Temos... — Laurel olhou rapidamente para o relógio do carro — vinte e cinco minutos.

— Então, você vai para o farol e eu vou dirigir até a sua proprie-dade para buscá-lo.

— Não há tempo, David!

— Então, o quê? — gritou ele, enchendo o carro com sua voz frustrada.

— Posso fazer isso — disse Laurel, com a esperança de que fosse verdade. — Mas, primeiro, tenho que passar na loja da minha mãe.

Laurel bateu com força na porta da frente da Cura da Natureza até que sua mãe viesse da sala dos fundos, onde sempre fazia seu fechamento.

— Laurel, que diab...?

— Mãe, preciso de raiz de sassafrás, sementes de hibisco orgânico e óleo essencial de ilangue-ilangue destilado em água em vez de álcool. Preciso disso imediatamente e preciso que você não faça perguntas.

— Laurel...

— Não tenho nem um minuto a perder, mãe. Prometo que vou lhe contar tudo, *tudo*, quando chegar em casa, mas agora eu imploro, por favor, que você apenas confie em mim.

— Mas aonde você vai...?

Encantos 272

— Mãe — disse Laurel, agarrando ambas as mãos de sua mãe. — Por favor, me escute. Escute de verdade. Há mais coisas em ser fada do que ter uma flor nas costas. As fadas têm inimigos. Inimigos poderosos, e, se eu não conseguir esses ingredientes com você e for cuidar delas agora mesmo, pessoas vão morrer. Me ajude. *Preciso* que você me ajude — implorou.

Sua mãe ficou confusa por um momento antes de assentir devagar.

— Suponho que não seja algo para a polícia humana normal?

Lágrimas encheram os olhos de Laurel; nem sabia o que dizer. Não tinha tempo para discutir.

— Está bem — disse sua mãe com determinação, percorrendo um corredor e analisando os frasquinhos que se alinhavam de ambos os lados. Rapidamente, retirou os ingredientes das prateleiras e os entregou a Laurel.

— Obrigada — disse Laurel e começou a dar meia-volta.

Sua mãe a deteve com mão firme em seu ombro. Laurel se virou enquanto a mãe a tomava nos braços, abraçando-a com força.

— Eu te amo — sussurrou. — Por favor, tome cuidado.

Laurel assentiu contra o ombro da mãe. — Também te amo. — Fez uma pausa, então acrescentou: — E, se acontecer alguma coisa, *não* venda a propriedade, promete?

Os olhos de sua mãe se encheram de medo.

— Como assim?

Mas Laurel não podia parar. Tentou não ouvir o desespero na voz da mãe, que a seguia até a porta.

— Laurel?

Laurel já estava do lado de fora e entrando no carro de David. — Vá — ordenou, tentando bloquear o último grito da mãe.

— Laurel!

Laurel olhou para trás, fixando os olhos no rosto pálido da mãe e no pai, que saía correndo da livraria, ambos olhando para o carro que se afastava.

Vinte e Cinco

— VOCÊ CONSEGUIU TUDO DE QUE PRECISAVA? — PERGUNTOU DAVID, tomando a direção do farol.

— Consegui — disse Laurel, já pegando seu pilão e o socador.

— O que está preparando?

—Você se concentra em dirigir e eu vejo se consigo não explodir seu carro, está bem?

— Claro. — disse David, não parecendo nada confiante.

Dirigiram em silêncio, com o ruído de fricção do pilão de Laurel fazendo um dueto sinistro com os pneus zunindo no asfalto. Foram até a parte sul de Crescent City, enquanto o relógio no painel avançava de forma inexorável.

20:43

20:44

20:45

Pararam no estacionamento vazio do farol e Laurel se lembrou de ter ido ali com Chelsea, mais de um ano atrás. Lembrou-se do sorriso radiante de Chelsea ao explicar-lhe sobre aquele local histórico de que tanto gostava. Quando estacionaram na vaga mais próxima da ilha, um nó se formou na garganta de Laurel ao pensar na possibilidade de nunca mais ver Chelsea.

Pelo menos com vida.

Laurel afastou o pensamento e tentou se aferrar à calma levemente desfocada que havia atingido, acidentalmente, no dia em que fizera seus primeiros frascos de vidro de açúcar, apenas uma semana atrás. Adicionou algumas sementes de hibisco à mistura e esmagou-as com determinação, forçando-se a se concentrar em lembranças felizes com Chelsea e lutando para não deixar seus temores se intrometerem.

Assustou-se com a mão de David em seu braço.

— Deveríamos chamar a polícia? — perguntou ele.

Laurel negou com a cabeça. — Se a polícia vier, Chelsea morrerá. Isso eu garanto. Os policiais também, provavelmente.

— Tem razão. — David fez uma pausa. — E Klea?

Laurel balançou a cabeça. — Não consigo confiar nela. Tem alguma coisa... alguma coisa errada nela.

— Mas Chelsea... — A voz dele foi sumindo. — Só queria que tivéssemos mais alguma coisa... mais alguém. — Seus dedos apertaram dolorosamente o braço dela. — Por favor, não deixe que eles a matem, Laurel.

Laurel polvilhou um pouco de espinhos de cacto saguaro em pó e levantou a mistura contra a luz fraca de um poste. Refletiu a luz fraca, exatamente como deveria.

— Vou fazer o melhor possível — disse ela baixinho.

Depois de despejar a mistura num frasco de vidro de açúcar, Laurel mediu várias gotas de óleo num segundo frasco, completando o soro monastuolo. Parecia certo; dava a *sensação* de estar certo. Esperou que não fosse seu desespero falando. Se funcionasse, Jeremiah Barnes e seus novos lacaios iriam dormir, e, uma vez que Chelsea estivesse livre, eles poderiam ir buscar Tamani. Ele saberia o que fazer. Laurel guardou os frascos nos bolsos de sua jaqueta e começou a abrir a porta. Já haviam perdido tempo demais ali sentados no estacionamento, enquanto ela terminava a poção.

— Espere — disse David, pondo a mão em seu braço.

Os olhos de Laurel voaram para o relógio no painel, que passava rápido demais pelos minutos, mas ficou quieta. David enfiou a mão na mochila e, quando a retirou, segurava a pequena pistola SIG SAUER que Klea dera para Laurel. Laurel olhou fixamente para a pistola durante alguns segundos, então olhou para David.

— Eu sei que você odeia armas — disse David, numa voz baixa e firme. — Mas é a única coisa que sabemos que pode deter Barnes. E, se chegar ao ponto de ficar entre a vida dele e a de Chelsea... — ele colocou a arma na mão trêmula de Laurel —, sei que você terá força suficiente para fazer a escolha certa.

As mãos de Laurel tremiam tanto que ela mal conseguiu segurar a empunhadura fria, mas assentiu com a cabeça e enfiou a arma na cintura de seu jeans, puxando a jaqueta por cima para escondê-la.

Eles saíram do carro, ambos olhando para o farol, onde um ponto de luz brilhava no andar superior. Então, ela e David caminharam até a trilha de acesso.

Que estava um metro abaixo do oceano.

— Ah, não — disse Laurel baixinho. — Me esqueci da maré. — Ela olhou para o farol, a cerca de cem metros de distância, do outro lado da água agitada. Conseguiria chegar lá — não era tão longe assim —, mas o sal se infiltraria por seus poros. Drenaria suas forças instantaneamente e ficaria nela durante, pelo menos, uma semana.

Sem dizer nada, David a levantou nos braços. Andou até a beira-d'água e, após uma leve hesitação, entrou no mar, dando passos largos com suas pernas compridas e fortes, atravessando a corrente espumosa com facilidade. Ele ofegou quando a água gelada chegou a seus joelhos, a suas coxas, seus quadris e, depois de cerca de um minuto, Laurel ouviu seus dentes baterem por um segundo, antes que ele apertasse o maxilar com força. Mas não podia evitar os tremores que percorriam seu corpo. Laurel tentou suportar o máximo de seu peso, com os braços entrelaçados em volta do pescoço de David, mas até mesmo o vento estava contra eles naquela noite, soprando contra suas roupas e contra os cabelos longos de Laurel, transformando a água do mar em ondas agitadas.

Bem no meio, onde a água era mais profunda — chegando à cintura de David —, uma grande onda bateu nele, fazendo-o cambalear e quase derrubando os dois na água. Mas, com um grunhido curto de determinação, ele firmou o pé novamente e seguiu adiante.

Pareceu demorar um século antes que David chegasse tropeçando ao outro lado, à ilha que alojava o pequeno farol. Colocou Laurel no chão com gentileza antes de abraçar o próprio corpo e respirar com dificuldade.

— Obrigada — disse Laurel, e a palavra lhe pareceu insuficiente.

— Bem, ouvi dizer que sofrer hipotermia uma vez ao ano faz bem para a alma — disse David, com a voz tremendo em conjunto com o restante do corpo.

— Eu...

— Vamos, Laurel — interrompeu David. — Eles têm que saber que já estamos aqui.

Logo chegaram à porta. Estava aberta. Alguém estava esperando.

— Devemos bater? — sussurrou David. — Estou por fora dos detalhes de etiqueta nas ocorrências com reféns.

Laurel levou a mão à cintura, para assegurar que a arma ainda estivesse em um lado e os frascos de poção, no outro.

— Abra a porta de uma vez — disse ela, querendo que sua voz não tremesse tanto.

David obedeceu.

Estava escuro.

— Não tem ninguém aqui — sussurrou David.

Os olhos de Laurel vasculharam a sala. Ela apontou para uma minúscula réstia de luz que se refletia na parede oposta. — Estão aqui — disse ela, lembrando-se da metáfora de Jamison sobre a caça-moscas — Mas não vamos vê-los até ser tarde demais para escapar.

Atravessaram a sala devagar, então abriram cuidadosamente a porta que dava para a escada. Uma luz tênue se derramava por ali, vinda de algum lugar acima. Laurel colocou o pé no primeiro degrau.

— Não — disse David. — Deixe-me ir primeiro.

Um sentimento de culpa a inundou. Mesmo depois de tudo o que ela havia feito, ainda estava disposto a arriscar a própria vida para protegê-la. Balançou a cabeça.

— Ele tem que me ver primeiro. Só para garantir.

Haviam subido menos de cinco degraus quando David ofegou ruidosamente. Laurel olhou para trás e viu que dois trolls tinham entrado no farol atrás deles. No entanto, não eram os trolls sujos e maltrapilhos que os haviam perseguido depois da festa de Ryan. Ambos usavam jeans preto limpo e camisa preta de manga comprida, e apontavam pistolas cromadas reluzentes para as costas de David — não que tivessem necessidade de armas. Laurel sabia que poderiam parti-la ao meio com a maior facilidade.

Um era estranhamente assimétrico — a metade esquerda de seu corpo era atrofiada e retorcida, mas a metade direita não teria ficado estranha num campeão de fisiculturismo. A face do outro troll parecia notavelmente humana, mas os ossos em seus ombros eram retorcidos e desiguais, puxando um ombro para trás e empurrando o outro para a frente, retorcendo também suas pernas, de forma que ele caminhava de maneira estranha, arrastando os pés.

David fitou Laurel com os olhos arregalados, mas ela balançou a cabeça, virou-se novamente para a frente e continuou subindo. Chegaram ao alto da escada e foram recebidos por dois outros trolls, também armados. Estes se pareciam mais aos idiotas que haviam jogado Laurel e David no rio Chetco no ano anterior, com bochechas caídas, nariz torto e olhos desiguais. Um deles tinha até mesmo um tufo de cabelo vermelho penteado para trás e um rosto temível. Mas, é claro, não podiam ser os velhos lacaios de Barnes; Tamani os liquidara. Laurel não lhes deu atenção e virou no alto da escadaria.

— Chelsea! — ofegou ao ver a amiga.

Encantos 278

Chelsea estava vendada e amarrada a uma cadeira, com uma arma apontada para sua cabeça.

— Até que enfim — resmungou ela.

— Eu disse que ela viria — disse uma voz rouca, conhecida até demais. — Laurel. Bem-vinda.

Laurel afastou os olhos de Chelsea e os fixou no homem que apontava a arma para sua têmpora. O rosto, os olhos que assombravam seus sonhos — mesmo depois de mais de um ano.

Jeremiah Barnes.

Ele estava igual — *exatamente* igual. Dos ombros largos de jogador de futebol americano ao nariz levemente torto, e aqueles olhos castanho-escuros que, vistos do outro lado da sala, pareciam pretos. Ele até mesmo usava uma camisa branca amarrotada e calça de terno, o que completava a sensação estranha de déjà-vu e a fazia sentir como se estivesse presa num de seus piores pesadelos.

— A Pequena Senhorita Nobre. Você trouxe até o seu velho amigo humano para morrer com você. Estou impressionado.

Os trolls que os rodeavam soltaram risadinhas. Tentando não atrair atenção para si mesma, Laurel flexionou a mão, esmagando os frascos em seu bolso e deixando que os dois elixires se misturassem. O vidro furou sua mão e ela se obrigou a respirar normalmente enquanto o soro reagia, queimando seus dedos ao se transformar num vapor quente que Laurel esperava que Barnes não notasse. Só precisava de alguns minutos... se funcionasse. *Por favor, funcione*, implorou mentalmente.

— Ninguém está aqui para morrer, Barnes. O que você quer?

Barnes riu. — O que eu quero? Vingança, Laurel. — Ele sorriu perigosamente. — Que tal isto? Eu dou um tiro no seu ombro, para você saber como é, daí nós vamos até aquela cabana velha e você me mostra onde fica o portal. Depois, se você ainda não tiver morrido, *talvez* eu lhe dê uma morte misericordiosa.

— E quanto aos meus amigos? — perguntou Laurel. Ela encarou o olhar de Barnes, olho no olho. — *Se* eu concordar — disse com firmeza —, o que acontecerá com os meus amigos?

A poção queimava os dedos de Laurel, e ela ansiava por tirar a mão do bolso e limpar o líquido. Mas era arriscado demais. Trincou os dentes e continuou encarando o volumoso troll.

Barnes lambeu os lábios e sorriu.

—Vou deixá-los ir.

Era óbvio que ele estava mentindo, mas Laurel seguiu o jogo.

— Deixe-os ir agora — disse ela, ganhando tempo — e nós iremos até a propriedade.

— Sei. Acho que não. Vocês, fadas e elfos, são traiçoeiros, principalmente quando estão lutando uma batalha perdida. Seus amigos serão libertados quando... e apenas quando... você tiver me mostrado o portal.

— Nada feito.

Barnes, então, virou a arma na direção de Laurel.

Ela nem sequer piscou.

— Não acho que você esteja em posição de negociar — disse ele. —Vamos fazer do meu jeito. Eu vou amarrar você, atirá-la no meu carro e nós vamos até Orick. É isso, ou vocês todos morrerão aqui esta noite. Ah, e podemos cuidar daquele lance do ombro agora mesmo — disse ele, baixando a arma para apontar para o ombro dela. Laurel fechou os olhos e retesou o corpo inteiro, esperando pelo impacto.

— Não — disse David, puxando-a para trás e colocando-se na frente dela. — Não vou deixar você fazer isso.

Barnes soltou sua risada áspera, quase sibilante, fazendo com que Laurel se arrepiasse inteira. Mesmo depois de tanto tempo ainda se lembrava daquela risada, com a mais absoluta clareza.

— Não vai deixar? Como se você pudesse fazer alguma coisa a respeito, garotinho — zombou Barnes. Ele gesticulou para os outros trolls. —Tirem-no daqui.

Um troll agarrou Laurel pelos ombros para mantê-la imóvel, então o troll ruivo fechou a mão em volta do braço de David, mas ele estava preparado. Girou, libertando-se do troll e lhe dirigindo o punho fechado. Atingiu-o com um ruído ressoante, fazendo-o cambalear e dar dois passos para trás.

Laurel assistia, horrorizada, enquanto David apertava a mão com dor e se preparava para tentar de novo. Ela não podia se mexer — não podia gritar para ele esperar, para ser paciente — sem se entregar. Ele a havia salvado da arma de Barnes e agora sofreria no lugar dela.

— David? — a voz de Chelsea soou tão frágil, tão indefesa, que Laurel sentiu um nó na garganta.

O troll seguinte foi mais rápido, dando um chute forte e atingindo David no peito. Laurel contraiu o rosto e tentou se libertar, ao ouvir, pelo menos, uma costela se quebrando sob o impacto daquele pé, mas o troll que a segurava manteve o aperto de aço. Ela olhou para Barnes, que observava tudo com um sorriso divertido no rosto, a arma ainda apontada para ela. Odiava aquele sorrisinho presunçoso. Só de olhar para ele já se sentia bem menos incomodada com a pistola que havia escondido.

— David! — gritou Chelsea novamente quando um gemido estrangulado escapou da boca do rapaz.

— Chelsea, está tudo bem — exclamou Laurel, mas pôde ouvir o terror em sua própria voz. — Por favor, apenas fique quieta.

Para alívio de Laurel, ela ficou imóvel, em vez de tentar se desvencilhar dos dedos grossos e cheios de calos que apertavam seu pescoço.

O troll metade fisiculturista deu um soco em David, que estava encurvado e indefeso, mas foi um soco estranhamente lento e fora de esquadro, que passou raspando na maçã do rosto de David — embora, ainda assim, o suficiente para romper a pele. O troll girou, desajeitado, tropeçou e caiu no chão.

— Levante-se, seu idiota! — gritou Barnes enquanto os outros trolls agarravam os braços de David, mas o troll caído não se mexeu. O que tinha ombros tortos pegou um laço de corda e se moveu para prendê-lo. David libertou o braço que o troll segurava e o empurrou; o troll caiu no chão, tão inconsciente quanto o outro.

— Mas que... — balbuciou Barnes, claramente confuso. O troll ruivo forçou os braços de David para trás e o prendeu, com sacrifício, ao corrimão da escada. David puxou os braços, tentando se libertar, mas não conseguiu. Olhou desesperadamente para Laurel, com sangue escorrendo pelo rosto, mas ela observava o troll ao lado dele. Lentamente, muito lentamente, o troll ruivo caiu de joelhos e desabou no chão. Então, finalmente, o troll que segurava Laurel caiu. Alguns segundos depois, David estava amarrado ao corrimão, com quatro trolls a seus pés.

Barnes, rapidamente, voltou sua atenção para Laurel.

Ela havia sacado sua arma e a apontava com precisão para a cabeça dele.

— Acabou, Barnes — disse, esforçando-se para controlar a histeria que ameaçava irromper. — Solte a arma.

— Bem, você não é a mesma garota que conheci no ano passado, é? — Barnes a examinou com frieza. — Você não pôde atirar em mim nem mesmo para salvar seu amigo vegetal daquela vez. Agora, derrubou meus quatro rapazes. — Ele sorriu. — Você ainda está esperando eu cair, não está?

Laurel não disse nada, apenas se concentrou em segurar a arma com firmeza.

— Aquela coisa não funciona comigo — disse ele com uma risada estranha. — Digamos apenas que fiz um trato com um diabo e que agora sou imune. — Ele fez uma pausa, encarando o olhar de Laurel. — E agora? — perguntou, com a expressão ainda divertida.

Laurel viu seu plano perfeito ruir à sua volta.

— Quero respostas — disse ela, controlando-se para não tremer enquanto segurava a arma apontada para o peito de Barnes. Sabia que, de fato, não podia acreditar no que ele dissesse, mas precisava ganhar tempo. Fazer algo que lhe desse tempo para pensar.

— Respostas? — disse ele. — É só isso que você quer? Respostas não custam nada. Eu as teria dado a você sem a arma. — Ele fez uma pausa, olhando para ela com interesse. — Pode fazer suas perguntas tão importantes, Laurel — disse ele, zombando.

Encantos 282

— Onde estão minhas sentinelas? Você as matou?

Ele riu. — Imagine. Estão perseguindo uma pista falsa. Uma pista tremendamente boa, se é que posso dizer. Eles acham que estão salvando você de mim. Voltarão quando perceberem que a trilha de sangue de fada não leva a lugar algum.

— Sangue de quem? — disse Laurel, agora com a voz trêmula.

Barnes sorriu.

— Ninguém... importante.

— Por que agora? — perguntou Laurel, tentando tirar as imagens de sentinelas mortas da cabeça. Não podia fazer nada a esse respeito no momento. — Por que você não fez isso há um mês? Há seis meses? Por que agora, e por que Chelsea?

Ele balançou a cabeça.

— Seu mundinho é tão simples. Você acha que sou eu e meu bando contra você e seu bando. Mas você é apenas uma garotinha mimada e míope, um peão de xadrez, um *fantoche*. Quando existem apenas alguns jogadores, é fácil arranjar tudo de forma perfeita. Mas, quando há inúmeros jogadores, infinitos fatores, leva um tempo para que tudo se encaixe. — Ele deu de ombros. — E, além disso, foi divertido. Eu queria tirar você de sua casa tão cuidadosamente protegida, mas suas sentinelas me deram um pouco de trabalho. Portanto, parei de tentar fazer do jeito mais difícil. — Ele acariciou os cabelos de Chelsea, apertando seu pescoço quando ela tentou se desvencilhar. — A Chelsea aqui estava tão menos protegida do que você. Foi fácil agarrá-la. E você tem um coração mole demais para o seu próprio bem. Eu sabia que você viria. Então... — disse ele, pressionando a arma com mais força à cabeça de Chelsea —, nós agora temos uma aposta interessante. Será que você consegue atirar no troll grandalhão e asqueroso, antes que ele atire na sua amiguinha? Porque, deixe-me dizer, Laurel, eu acho que você realmente poderia atirar em mim. Mas será que pode fazê-lo antes que eu atire nela?

— Laurel, seja lá o que ele queira, não dê a ele — gritou Chelsea.

— Cale a boca, sua fedelha — disse Barnes. Ele enrijeceu o dedo no gatilho e Laurel deu um passo à frente. — Espere, espere, espere — disse Barnes. — Ainda não vou atirar nela. Não acho que a situação esteja suficientemente interessante. — Então, com um movimento tão rápido que ela mal viu, Barnes soltou o pescoço de Chelsea, tirou outra arma de um coldre escondido e a apontou para David.

Laurel mal conseguia respirar, enquanto via todas as suas esperanças de escapar se esvaírem.

— Depois de ser acuado por você no ano passado, aprendi a carregar sempre mais de uma arma, Srta. Sewell. — Ele voltou a atenção para ela, com as armas habilidosamente apontadas para Chelsea e David. — Veja bem, desconfio que você possa arriscar a vida de uma amiga para salvar a si mesma e seu namorado aqui, mas será que arriscaria a vida de dois amigos só para se salvar?

Talvez ela pudesse negociar. Tinha que tentar; não tinha outras opções.

— Está bem — disse Laurel, soltando a arma no chão com estardalhaço. — Desisto.

— Laurel! — gritou David. — Não faça isso! — Ele continuava se debatendo contra suas amarras.

— Não tem outro jeito. — Lentamente, ela levantou as mãos acima da cabeça no exato instante em que um barulho alto soou na escada.

Barnes moveu as armas, apontando uma para Laurel e a outra para o alto da escada.

— Estou escutando! — gritou. — Você aí, na escada; eu sei que você está aí.

Laurel prendeu a respiração, mas não ouviu nada.

Barnes farejou o ar.

— Sei que você tem uma arma — gritou. — Posso sentir o cheiro. Agora vou contar até três para você jogar sua arma aqui no chão. Se eu disser três, vou matar todos eles. Está me ouvindo?

Uma longa pausa.

— Um.

A respiração de David ficou irregular.

— Dois.

Chelsea começou a se remexer na cadeira, e os soluços que ela tinha contido durante todo aquele tempo começaram a sacudir seus ombros. Laurel olhava desesperadamente para a arma no chão à sua frente, procurando alguma forma de conseguir alcançá-la.

Alguma coisa fez barulho na escada.

Uma arma enorme deslizou pelo piso, arrastando junto um cinto de munição. Barnes olhou para a arma com uma admiração óbvia e se abaixou lentamente, soltando uma de suas próprias armas e trocando-a por aquela, muito maior.

— Assim está melhor — disse ele. — Agora, mostre-se. Mostre-se e, talvez, eu deixe você viver.

Nada.

— Será que tenho que contar de novo? — ameaçou Barnes. — Porque eu contarei.

Passos rápidos subiram a escada. Laurel se virou e seus nervos já esgotados sofreram um choque ao ver surgir o cabelo avermelhado de Klea.

A surpresa estava estampada no rosto de Barnes.

— Você? Mas...

Na fração de segundo que Laurel demorou para piscar, ouviu o ruído de um velcro; quando abriu os olhos, havia um círculo vermelho úmido no centro da testa de Barnes e seus ouvidos retumbavam com o estrondo dos tiros. Confuso, Barnes olhou ao redor da sala por um brevíssimo instante, antes que a força da bala jogasse sua cabeça para trás e o fizesse desmoronar no chão. O cheiro acre de pólvora encheu o ar e gritos idênticos escaparam da garganta de Laurel e de Chelsea. Os segundos pareceram horas, enquanto Laurel inspirava, trêmula, e Chelsea desmoronava em sua cadeira.

— Isso é que eu chamo de escapar por um fio — disse Klea com pesar.

Laurel se virou para David e Klea. Klea segurava uma arma familiar e Laurel pôde ver a falda da camisa de David amarrotada acima da corda, revelando o coldre escondido ali.

— T-t-tá vendo, Laurel — disse David, batendo os dentes de frio, ou de choque... provavelmente ambos. — Eu sabia que carregar aquela arma viria a calhar, algum dia.

Laurel não conseguia sequer se mover; seu corpo estava congelado de alívio, medo, aversão e choque. Não podia afastar os olhos da poça de sangue rubro que se expandia sob a cabeça de Barnes, de seu corpo retorcido nos ângulos grotescamente estranhos da morte súbita. E, apesar de saber que o mundo ficava melhor com a partida de Barnes, detestava saber que era diretamente responsável por ela.

Voltou-se para Klea, fixando-se naqueles infalíveis óculos escuros. Sua desconfiança e sua recusa em chamá-la de repente lhe pareceram tolas, paranoicas. Pela segunda vez, Klea a salvara da beira da morte. E não apenas ela, mas seus dois melhores amigos no mundo inteiro. Era uma dívida que jamais poderia pagar.

E, ainda assim, a despeito de tudo isso, alguma coisa ainda fazia Laurel se acautelar. Algo visceral, que lhe dizia para não confiar naquela mulher.

— Tome isto — disse Klea, com a voz calma, entregando uma faca a Laurel. Perturbadoramente calma, pensou Laurel, para alguém que havia acabado de atirar na cabeça de um homem. — Solte-os, depois se encontre comigo lá embaixo. Preciso avisar minha equipe que eles já podem entrar.

Ela se virou sem mais palavras e desceu a escada.

Laurel correu até David e começou a cortar as cordas. Foi fácil, com aquela lâmina afiada como gilete.

— Não diga nada — sussurrou. — Não para Chelsea ainda e, principalmente, não para Klea. Inventarei alguma coisa. — Tocou suas costelas com cuidado. — E assim que voltarmos para o carro, vou cuidar das suas costelas e da sua mão, está bem? Vamos apenas dar logo o fora daqui.

Encantos 286

Ele assentiu, com o rosto pálido e contorcido de dor.

Laurel correu até a cadeira onde Chelsea estava amarrada e também cortou suas cordas rapidamente. Os pulsos de Chelsea estavam vermelhos onde as cordas se soltaram, e Laurel se perguntou quanto tempo Barnes a havia mantido ali sentada, com a arma na cabeça, esperando por eles. Recusando-se a perder tempo com aquilo, Laurel tirou a venda dos olhos de Chelsea.

Chelsea piscou contra a luz e esfregou os pulsos, enquanto Laurel cortava as cordas em volta de seus tornozelos.

—Você consegue andar? — perguntou gentilmente.

— Acho que posso dar um jeito — disse Chelsea, vacilando um pouco. Ela fixou sua atenção em David. —Você também não parece exatamente bem.

—Você precisa ver os outros caras — disse David, com um sorriso fraco. Ele puxou Chelsea, abraçando-a com mais força do que Laurel achava que suas costelas devessem suportar, naquele instante. Mas não podia culpá-lo. — Só estou feliz que você esteja viva — disse ele a Chelsea.

Laurel passou os braços em volta de seus dois amigos, soltando um pouco quando David gemeu.

— Eu sinto tanto por ter arrastado você a isto, Chelsea. Nunca tive a intenção... Nunca quis...

— Nunca quis o quê? — perguntou Chelsea, esfregando os vergões vermelhos em seu pescoço. — Quase me matar? Certamente, espero que não. Por favor, me diga que *isso* não vai se tornar comum, de agora em diante. — Ela exalou com força. — O que aconteceu aqui?

Laurel olhou com desamparo para David. — Bem, hã, você entende... a coisa é que...

— Olha — disse Chelsea, sentando-se na mesma cadeira da qual a haviam desamarrado e cruzando as pernas. — Vou me sentar aqui enquanto você pensa numa boa mentira. — Acenou com a mão para o outro lado da sala. — Talvez você e David devessem ir combinar direito suas histórias ali no cantinho. Isso ajudaria bastante. Ou... — disse ela, levantando um dedo no ar — vocês poderiam simplesmente me contar que, todos os outonos, uma enorme flor lilás-azulada brota nas suas costas, porque, aparentemente, você é uma espécie de fada. E, daí, vocês poderiam explicar como esses... acho que ele disse "trolls", é isso mesmo?... vêm lhe caçando porque você está escondendo um portal especial deles. Porque, particularmente, acho que a verdade torna a vida muitíssimo mais simples.

Laurel e David apenas ficaram ali parados, de queixo caído.

Chelsea olhou de um para o outro, confusa.

— Ah, tenha dó — disse finalmente. — Vocês, sinceramente, achavam que eu não sabia?

Vinte e Seis

KLEA OS CONDUZIU PELA ÁGUA, REMANDO UM BARCO DE FUNDO LARGO.

— Meu pessoal vai cuidar de tudo aqui no farol — disse ela. — Vocês dois devem levar sua amiga de volta até o carro dela, e depois vão para casa.

Eles pararam com um tranco na praia, e um grunhido mínimo escapou dos lábios de David. Os três amigos desceram e cada garota segurou um braço de David, tentando ajudá-lo a caminhar sem deixar que Klea soubesse quão ferido ele estava. Embora Klea tivesse salvado a vida deles, concordaram que ela deveria saber o mínimo possível sobre Laurel. Isso implicava tirar David rapidamente dali para que Laurel pudesse cuidar dele sem ninguém observando.

— Laurel — chamou Klea.

— Continuem andando — sussurrou Laurel para David e Chelsea. — Eu irei logo para lá. — Então, virou-se e voltou até Klea.

— Me desculpe por não ter chegado aqui antes.

—Você chegou na hora certa — respondeu Laurel.

— Ainda assim, se tivesse chegado dois minutos depois... — Ela suspirou e balançou a cabeça. — Estou feliz que alguns dos meus caras estivessem vigiando vocês esta noite. Gostaria... — Ela fez uma pausa, balançando a cabeça. — Gostaria que você tivesse me chamado, Laurel.

Enfim... — continuou, antes que Laurel pudesse responder —, como você se livrou daqueles quatro trolls? Fiquei impressionada.

Laurel hesitou.

— Examinei aqueles trolls. Não há ossos quebrados, tiros, nenhum tipo de ferimento. Apagaram feito lâmpadas, e imagino que só despertem daqui a algumas horas. Você vai me contar o que realmente aconteceu?

Laurel apertou os lábios enquanto tentava pensar numa mentira. Mas não lhe veio nada à cabeça. Estava cansada demais para pensar em qualquer coisa que prestasse. Mas tampouco contaria a verdade a Klea; portanto, não disse nada.

— Está bem — disse Klea com um sorriso estranho. — Entendi, você tem seus segredos. Obviamente, ainda não confia em mim — disse com uma voz suave. — Mas espero que um dia venha a confiar. Confiar de verdade. Está claro que você não é indefesa, mas eu poderia ajudar tanto... mais do que você imagina. De qualquer maneira — disse ela, voltando seu olhar para o farol —, ter espécimes reais será muito útil. Muito útil.

Laurel não gostou da forma como Klea disse *espécimes*. Mas continuou em silêncio.

Klea a observou por longos segundos. — Entrarei em contato com você — disse firmemente. — Você demonstrou ser astuciosa e eu poderia precisar da sua assistência em outro caso, sem ligação com esse... mas isso pode esperar um pouco. — Antes que Laurel pudesse responder, Klea girou nos calcanhares e saltou com leveza para dentro do barco, apanhando o remo com as mãos fortes.

Laurel ficou ali apenas o suficiente para ver Klea se afastar da praia arenosa antes de se virar e correr para alcançar David e Chelsea. Eles haviam chegado ao carro de David quando Laurel se juntou a eles. David gemeu ao se acomodar no banco do passageiro e Chelsea agarrou o braço de Laurel.

— Precisamos levá-lo para o hospital. As costelas dele só podem estar quebradas e aquele corte sob o olho pode precisar de pontos.

Encantos 290

— Não podemos ir ao hospital — disse Laurel, remexendo em sua mochila.

— Laurel! — disse Chelsea, com o rosto pálido. — David precisa de ajuda!

— Relaxe — disse Laurel, desembrulhando um frasquinho com um líquido azul. — Ser amigo de uma fada tem seus benefícios. — Ela *adorou* poder falar aquilo na frente de Chelsea. Desatarraxou a tampa do frasco e tirou o conta-gotas, então se inclinou sobre David, que ofegava ruidosamente. — Abra — disse baixinho

David abriu um olho e olhou para o frasco conhecido. — Minha nossa — disse ele. — Esta é a coisa mais linda que eu vi a noite toda. — Ele abriu a boca e Laurel pingou duas gotas.

— Agora fique parado — disse ela, deixando uma gota cair em seu dedo. Esfregou gentilmente no corte no rosto dele. — Muito melhor — sussurrou ao ver sua pele se unir novamente.

Ela se levantou e virou para Chelsea. — Você está machucada, em algum lugar?

Chelsea balançou a cabeça. — Ele até que foi gentil comigo, considerando... — Mas seus olhos estavam fixos em David. — Espere um segundo. — Inclinou-se sobre ele e examinou a pele sob o olho. — Eu poderia ter jurado...

Laurel riu e até mesmo David a acompanhou. — Em alguns minutos, a mão e as costelas também ficarão curadas.

— Está brincando? — perguntou Chelsea com um olhar desnorteado.

Aquilo a lembrou de como David havia reagido ao descobrir que ela era uma fada. Ela sorriu e levantou o frasquinho azul.

— É bem útil... David leva surras de trolls a intervalos regulares. David bufou.

— Por que você não cura a sua mão? — perguntou Chelsea.

Laurel olhou para as queimaduras em seus dedos e se perguntou como chegara a cogitar a possibilidade de esconder alguma coisa de Chelsea. Era difícil saber quando estava machucada porque, ao contrário dos humanos, sua pele não ficava vermelha ao se queimar. Na

verdade, a cor não havia mudado em absoluto. Mas bolinhas minúsculas — *bolhas*, corrigiu-se — haviam se formado na palma da mão,
estendendo-se até os dedos. Olhou com espanto para a mão machucada e dolorida. Nunca tivera uma bolha antes.

Bem, não que pudesse se lembrar.

— Só funciona em humanos — disse baixinho. — Eu precisaria
de outra coisa. — Hesitou por um momento. — Ei, Chelsea — disse,
com cautela.

Tanto Chelsea quanto David ergueram os olhos, diante da seriedade em sua voz.

Laurel respirou fundo.

— Estou muito feliz por você saber que sou uma fada. Ajuda muito
não ter que me esconder do mundo inteiro. Mas qualquer pessoa que
saiba estará automaticamente em perigo. Então...

— Está tudo bem, Laurel — disse Chelsea. — Prefiro saber. É preciso aceitar os prós e os contras.

— É mais do que isso — disse Laurel. — Infelizmente, coisas
como esta parecem acontecer com muita frequência. Se você... — Ela
fez uma pausa e colocou a mão no ombro de David, contente por ele
não se afastar. — Se você fizer isso com a gente... se unir a nós, acho, não
posso prometer que estará segura. Sou uma pessoa perigosa de se ter
por perto, e não diz respeito só a você. Pode colocar Ryan em perigo
também. Quer dizer, veja esta noite. Eu não contei nada e, mesmo
assim, você foi capturada. Portanto, pense... pense com muito cuidado,
antes de decidir que isso é realmente o que você quer.

Chelsea olhou para ela com cautela. — Bem, acho que é um
pouco tarde para isso. Já estou envolvida, quer queira quer não, não é
mesmo?

— Bem...

David e Chelsea olharam para ela de forma questionadora.

— Eu poderia... — Laurel respirou fundo e se obrigou a dizer de
uma vez: — Posso fazer vocês se esquecerem de tudo o que aconteceu
esta noite.

— Laurel, não! — disse David.

—Tenho que dar a ela essa escolha — insistiu Laurel. — Não vou obrigá-la a participar disso.

—Você poderia me fazer esquecer? — disse Chelsea, com sua voz macia e baixa. — Assim, simplesmente?

Laurel assentiu, com dor no peito ao pensar em realmente fazer aquilo.

— Mas a escolha é minha, certo?

— A escolha é sua — disse Laurel com firmeza.

Vários segundos de tensão se passaram antes que Chelsea abrisse um sorriso amplo.

— Cara, eu não trocaria isso por nada no mundo.

Uma exalação aliviada escapou de Laurel, e ela se atirou à frente, passando os braços pelo pescoço de Chelsea. — Obrigada — disse Laurel. Embora não tivesse muita certeza se estava agradecendo a Chelsea por compartilhar seu segredo ou por poupá-la de usar um elixir de memória.

Todos entraram no carro — Laurel insistindo em dirigir mesmo que as costelas de David já estivessem quase curadas — e partiram na direção da casa de Ryan, aonde Chelsea estava indo quando Barnes a capturara. O carro da mãe de Chelsea tinha sido cuidadosamente empurrado para a lateral da estrada, a alguns metros de um sinal de Pare. Parecia tão sereno e despretensioso. Ninguém jamais adivinharia as circunstâncias nas quais ele fora parar ali. Laurel desceu com Chelsea e a acompanhou até o carro.

— É meio surreal — disse Chelsea. — Vou entrar neste carro e voltar à minha vida cotidiana como se nada tivesse acontecido. E ninguém, a não ser eu, saberá que existe todo um novo universo. — Ela hesitou. — Embora eu tenha deduzido o lance todo de você ser fada... no ano passado, a bem da verdade — disse ela, com uma risadinha. — Mas tenho um monte de perguntas. Se você não se importar em falar a respeito, claro.

— Não me importo — disse Laurel, e então sorriu. — Na verdade, *adoro* o fato de você saber. Detesto guardar segredos de você. — Ela ficou séria. — Mas não hoje. Vá para casa — disse Laurel, colocando a mão no ombro de Chelsea. — Abrace sua família; durma um pouco. Então, me ligue amanhã e nós conversaremos. Vou lhe contar qualquer coisa que você queira saber — disse com sinceridade. — Qualquer coisa. Tudo. Chega de segredos. Prometo.

Chelsea abriu um sorriso enorme. — Está bem. Combinado. — Ela se inclinou para a frente e abraçou Laurel. — Obrigada por me salvar — disse, agora com a voz séria. — Fiquei com tanto medo.

Laurel fechou os olhos, sentindo os cachos macios de Chelsea em seu rosto.

—Você não foi a única — disse baixinho.

Depois de um abraço demorado, Chelsea se afastou e virou para seu carro. Parou antes de entrar no veículo e olhou para Laurel.

—Você sabe que eu vou ligar para você às seis da manhã, não é?

Laurel riu.

— Eu sei.

— Só para avisar. Ah... — acrescentou ela — e você vai me contar onde você realmente esteve no verão passado, não vai?

Devia saber que Chelsea não ia engolir a história do refúgio na floresta. Riu e acenou mais uma vez quando Chelsea fechou a porta do carro e se pôs a caminho, com os pneus fazendo ruído na noite tranquila.

Enquanto Laurel e Chelsea estavam conversando, David tinha passado para o banco do motorista. Laurel deu a volta até o assento do passageiro e entrou no carro. Dirigiram em silêncio, com as luzes dos postes iluminando periodicamente as feições taciturnas de David.

Ela desejou que ele dissesse alguma coisa. Qualquer coisa.

Mas ele não disse.

— O que você vai dizer à sua mãe? — perguntou Laurel, mais para romper o silêncio do que qualquer outra coisa.

David ficou calado por um longo tempo e Laurel começou a pensar que ele não iria responder.

— Não sei — disse ele, finalmente, com a voz cansada. — Estou cansado de mentir. — Seus olhos se deslocaram até ela. — Vou pensar em alguma coisa.

David entrou na garagem de sua casa, iluminando-a com os faróis. Apertou o botão no quebra-sol e a porta da garagem se levantou devagar, revelando duas vagas vazias.

— Ah, que bom — disse David com um suspiro. — Ela saiu. Com sorte não vou ter que lhe dizer absolutamente nada.

Eles desceram do carro e ficaram ali parados, evitando o olhar um do outro por um momento longo e constrangedor.

— Bem, é melhor eu trocar de roupa — disse David, apontando com o polegar para a porta lateral da casa. — Minha mãe confia muito em mim, mas até ela se perguntaria por que fui dar um mergulho com esse frio. — Ele riu, tenso. — E de roupa, ainda por cima.

Laurel assentiu e David se virou para ir.

— David?

Ele parou, com a mão na maçaneta. Virou a cabeça para olhar para ela, mas não respondeu.

— Vou até a propriedade amanhã.

David baixou os olhos para o chão.

— Vou dizer a Tamani que não posso mais ir vê-lo. De modo algum.

Ele olhou para ela. Seu maxilar estava rígido, mas havia algo em seus olhos que deu esperanças a Laurel.

— Terei de voltar a Avalon no próximo verão para ir à Academia, porque é muito importante. Talvez mais ainda agora, com Barnes morto. Não gostei do que ele disse... sobre as coisas serem maiores do que ele. Nem mesmo sei quais podem ser as consequências de hoje. Eu... — Ela se obrigou a parar de enrolar e respirou fundo. — O negócio é o seguinte: vou parar de tentar ficar no muro entre os dois mundos. Eu vivo aqui. Minha vida está aqui; meus pais estão aqui. Você está aqui. Não posso viver nos dois lugares ao mesmo tempo. E escolho este mundo. — Ela fez uma pausa. — Escolho você. Cem por cento dessa vez. — Lágrimas ameaçaram cair, mas ela se obrigou a continuar. —Tamani não me entende como você. Ele quer que eu seja algo que não estou pronta para ser. Talvez nunca esteja. Mas você quer que eu seja o que *eu* quiser. Você quer que eu faça minhas próprias escolhas. Amo o fato de você se importar com o que eu quero. E amo você. — Ela fez uma pausa. — Eu... espero que você me perdoe. Mas, mesmo se não perdoar, vou lá amanhã. Você me disse que preciso escolher minha própria vida e estou escolhendo. Escolho você, David, mesmo que você não escolha a mim.

Ele não desviou o olhar, mas também não disse nada.

Laurel assentiu, com desânimo. Não tinha realmente esperado resultados instantâneos; magoara David demais. Virou-se para ir até seu próprio carro.

— Laurel? — Quando ela olhou para trás, ele a agarrou pelo pulso e a puxou. Seus lábios encontraram os dela — tão macios e gentis — e seus braços a cercaram, prendendo-a.

Ela correspondeu ao beijo com abandono, e todos os medos da noite desapareceram e seu corpo foi inundado pelo alívio. Barnes estava morto. E não importava o que acontecesse no dia seguinte, aquela noite eles estavam em segurança. Chelsea estava em segurança. David estava em segurança. E ele iria perdoá-la.

Essa era a melhor parte.

Ela pousou a cabeça no peito dele e ouviu seu coração, batendo regularmente, como se apenas para ela.

David a beijou novamente. Laurel se inclinou para trás, encostada no carro, acompanhada por David, que pressionava seu corpo quente contra o dela.

Os pais de Laurel podiam muito bem esperar alguns minutos.

Já passava das onze da noite quando Laurel se arrastou até a porta da frente de sua casa. Fez uma pausa ao pousar a mão na maçaneta. Mal podia acreditar que fora naquela mesma manhã que havia saído de casa para ir ao festival com Tamani. Podia realmente ter sido apenas quinze horas atrás? Pareciam meses.

Anos.

Com um longo suspiro, Laurel girou a maçaneta e entrou.

Seus pais estavam sentados no sofá, esperando por ela. Sua mãe deu um pulo quando a porta se abriu, enxugando as lágrimas do rosto. — Laurel! — Correu até ela e a abraçou. — Estava tão preocupada.

Já fazia muito tempo que sua mãe não a abraçava daquele jeito. Laurel correspondeu ao abraço, apertando com força, tomada por uma sensação de segurança que não tinha nada a ver com trolls ou fadas. Um sentimento de integração que não tinha nada a ver com Avalon. Um amor que não tinha nada a ver com David ou Tamani.

Laurel apertou o rosto contra o ombro da mãe. *Aqui é o meu lar,* pensou com ferocidade. *É aqui que eu vivo.* Avalon era linda — perfeita, na verdade —, mágica, exótica e excitante. Mas não tinha aquela... aquela aceitação e aquele amor que encontrava em sua família e em seus amigos humanos. Avalon nunca parecera tão superficial, tão ilusória quanto naquele exato instante. Estava na hora de deixar que ali fosse seu verdadeiro lar. Seu *único* lar.

Ouviu seu pai se aproximar e, ao sentir os braços dele abarcando ambas, Laurel teve certeza de ter tomado a decisão certa. Não podia viver em dois mundos, e era a este mundo que pertencia. Sorriu para os pais e se atirou no sofá. Eles se sentaram, um a cada lado dela.

— Então, o que aconteceu? — perguntou seu pai.

— É uma história meio longa — começou Laurel, hesitante. — Não tenho sido totalmente honesta com vocês, e já há algum tempo.

E, respirando fundo, Laurel começou a explicar sobre os trolls, partindo desde o hospital, no outono anterior. Explicou por que Jeremiah Barnes nunca aparecera para completar a compra da propriedade e por que ele havia tentado comprá-la, em primeiro lugar. Contou a eles sobre as sentinelas que os mantinham em segurança. A verdade sobre as "brigas de cães" nas árvores atrás da casa deles. Contou até mesmo sobre Klea; não escondeu nada. Quando Laurel terminou de contar os acontecimentos daquela noite, seu pai apenas balançou a cabeça.

— E você fez tudo isso sozinha?

— Todo mundo ajudou, pai. David, Chelsea... — ela hesitou —, Klea. Eu não poderia ter feito tudo sozinha. — Laurel fez uma pausa e olhou para a mãe.

Ela havia se levantado do sofá e andava de um lado para o outro, na frente da janela.

— Realmente sinto muito por não ter contado antes para você, mãe — disse Laurel. — Só achei que já era bastante você ter de lidar com essa coisa de eu ser uma fada sem ter que adicionar trolls à mistura. E sei que vai levar algum tempo para aceitar isso, mas, de agora em diante, vou contar tudo a vocês, prometo, se vocês apenas... apenas me ouvirem e ainda... — ela fungou, tentando segurar as lágrimas — ainda me amarem.

A mãe de Laurel se virou para ela com um olhar que Laurel não sabia bem como decifrar.

— Eu sinto muito, Laurel.

O que quer que Laurel pudesse ter esperado, não era aquilo.

— O quê? Não, fui eu quem mentiu.

— Você pode ter guardado segredos de nós, mas acho que você sabia que eu não iria dar ouvidos. E sinto muito por isso. — Ela se inclinou e abraçou Laurel, e Laurel sentiu seu espírito se elevar e voar como tivera certeza de que nunca mais iria acontecer em sua vida. Não percebera quão difícil era ter de esconder tanta coisa de seus pais.

Sua mãe se recostou no sofá e passou o braço em volta de Laurel.

— Quando você nos contou que era uma fada, foi estranho e inacreditável, porém, mais do que isso, fez com que eu me sentisse completamente inútil. Você era um ser incrível e tinha passado toda a sua vida vigiada por esses... guardas de fadas ou sei lá o quê.

— Não, mãe — disse Laurel, balançando a cabeça. — Sempre irei precisar de você. Você tem sido a melhor mãe do mundo. Sempre.

— Fiquei tão furiosa. Tenho certeza de que foi o sentimento errado, mas foi o que senti. Descontei em você. Não foi intencional — acrescentou. — Mas descontei. E o tempo todo — continuou sua mãe — você estava temendo pela sua vida e guardando esse segredo enorme. — Ela se virou para Laurel. — Sinto muito. Vou tentar... tenho me esforçado.

— Percebi — disse Laurel com um sorriso.

— Bem, vou me esforçar mais. — Ela beijou a testa de Laurel. — Quando você saiu da minha loja hoje, fiquei com medo de nunca mais ver você, e nem sequer sabia por quê. E a única coisa que pude sentir, em meio ao medo, foi o arrependimento avassalador por não ter dito quanto eu amava você. Quanto sempre amei você. — Ela inclinou a cabeça contra Laurel.

— Também amo você, mãe — disse Laurel, apertando com força a cintura da mãe.

— E eu amo vocês duas — disse o pai de Laurel com um sorriso, abraçando as duas com força, apertando Laurel no meio. Todos riram e Laurel sentiu a tensão de um ano inteiro se dissipar. Exigiria trabalho — nada se consertava sozinho em apenas uma noite — mas era um começo. Era o bastante.

— Então — disse sua mãe, após um minuto —, você não nos contou o que aconteceu de fato em Avalon hoje. — Ela estava hesitante, sem jeito, mas seu tom de voz parecia genuíno.

— Foi maravilhoso — disse Laurel, vacilando. — A coisa mais incrível que já vi na vida.

A mãe de Laurel deu um tapinha em sua coxa e Laurel deitou a cabeça em seu colo. Ela passou os dedos pelos cabelos de Laurel como fazia desde que ela era uma menininha. E, com o pai e a mãe ouvindo-a, Laurel começou a contar sobre Avalon.

Vinte e Sete

ESTAR À BEIRA DA LINHA DE ÁRVORES NUNCA SE PARECERA TANTO A ESTAR à beira de um abismo. Várias vezes, Laurel respirou fundo e ameaçou dar o primeiro passo, até finalmente conseguir obrigar seus pés a percorrerem a trilha que levava à floresta atrás de sua cabana.

— Tamani? — chamou baixinho. — Tam?

Continuou andando, sabendo que não fazia diferença chamá-lo ou não; ele já devia saber que ela estava ali. Sempre sabia.

— Tamani? — chamou novamente.

— Tamani não está aqui.

Laurel suprimiu um grito de surpresa ao virar-se para a voz grave atrás dela.

Era Shar.

Ele a olhava com firmeza; seus olhos eram do mesmo verde profundo que os de Tamani, seus cabelos louro-escuros com raízes verdes emolduravam o rosto ovalado e chegavam aos ombros.

— Onde ele está? — perguntou Laurel assim que recuperou a voz.

Shar deu de ombros. — Você o mandou embora; ele foi.

— Como assim, foi?

Encantos 300

— Este portal já não é mais o posto de Tamani. De qualquer forma, ele ficava aqui mais para vigiar você, e agora você se mudou. Ele foi transferido.

— Desde ontem?! — exclamou Laurel.

— As coisas podem mudar rapidamente, quando queremos.

Ela assentiu. Era verdade que só tinha vindo para dizer a ele que não deveriam se ver mais, mas queria explicar, fazê-lo entender. Não queria que terminasse *daquele modo*. As últimas palavras que havia gritado para ele ecoaram em sua cabeça, reverberando com uma clareza nauseante. *Quero que você vá embora. Estou falando sério. Vá!* Não tinha falado sério, não exatamente. Estava furiosa e assustada, e David estava parado bem ali. Ela respirou fundo, estremecendo, e esfregou as têmporas com a ponta dos dedos.

Era tarde demais.

— O que aconteceu aí? — disse Shar, interrompendo seus pensamentos.

Ele estava tentando pegar sua mão, e nem lhe passou pela cabeça puxá-la. Seus pensamentos rodopiavam, centralizando-se em Tamani e em quanto suas palavras deviam tê-lo magoado.

Shar examinou as bolhas. Ele olhou para ela e seus olhos se estreitaram.

— Estas bolhas são de soro monastuolo. Você as tratou?

— Tem coisas demais acontecendo — murmurou Laurel, balançando a cabeça.

—Venha comigo — disse Shar, puxando-a pela mão.

Laurel o seguiu, entorpecida demais para resistir.

Shar a levou a uma clareira, onde apanhou uma bolsa muito parecida à de Tamani. Ela detestava estar ali sem ele. Tudo o que via a fazia lembrar-se dele. Shar pegou um frasco com um líquido denso de cor âmbar e colocou a mão dela em seu colo, apertando o frasco cuidadosamente para obter uma gota grande da solução turva.

— Um pouquinho já faz muito efeito — disse Shar, friccionando suavemente as bolhas. O efeito refrescante foi imediato, apesar da irritação provocada pelos dedos de Shar na pele sensibilizada.

— Quando eu terminar, mantenha a área coberta e na luz do sol, se possível.

Laurel o encarou.

— Por que está fazendo isso? — perguntou. —Você me odeia.

Shar suspirou e pingou mais uma gota em sua mão, friccionando, dessa vez, sobre as bolhas nos dedos.

— Não odeio *você*. Odeio como você trata Tam.

Laurel desviou o olhar, incapaz de encarar seus olhos acusadores.

— Ele vive para você, Laurel, e isso não é uma expressão figurada. Ele vive cada dia por você. Mesmo depois que você se mudou para Crescent City, tudo o que ele fazia, todos os dias, era falar sobre você, preocupar-se com você, pensar no que estaria acontecendo e se ele a veria novamente. E, mesmo quando eu disse a ele que estava cansado de ouvir, pude ver que ele ainda estava pensando em você. Cada momento de cada dia.

Laurel examinou sua mão ferida.

— E você! — disse Shar, elevando um pouco a voz. —Você não reconhece nada disso. Às vezes, acho que nem sequer se lembra de que ele existe, a não ser quando está com ele. Como se a única parte da vida dele que importasse fosse a parte que você vê. — Ele ergueu os olhos para ela e voltou sua mão para o colo dela. —Você sabia que ele perdeu o pai na primavera passada?

— Sabia. — Laurel assentiu enfaticamente, desesperada em se defender. — Eu sabia disso. Eu...

— Essa foi a pior parte — prosseguiu Shar, encobrindo a voz dela. — A pior da vida *inteira*. Ele ficou acabado. Mas sabia que ficaria tudo bem, porque você viria vê-lo. "Em maio", ele me disse. "Ela virá em maio."

O peito de Laurel parecia oco, vazio.

— Mas você não veio em maio. Ele esperou por você todos os dias, Laurel. E, então, quando você finalmente apareceu, no fim de junho, no segundo em que ele viu você... no *instante* em que viu você, estava automaticamente perdoada. E toda vez que você vem e depois vai embora... volta para o seu garoto humano, você o destroça de novo. — Ele se reclinou, com os braços cruzados no peito. — E, sinceramente, acho que você nem se importa.

— Eu me importo — disse Laurel, com a voz inundada de emoção. — Me importo, sim.

— Não se importa, não — disse Shar, com a voz ainda baixa e calma. —Você *acha* que se importa, mas, se fosse verdade, você não iria fazer mais isso. Pararia de dar corda nele como se fosse um brinquedinho.

Laurel ficou em silêncio por alguns segundos, então se levantou abruptamente e começou a se afastar.

— Imagino que tenha vindo implorar o perdão dele e enchê-lo de esperanças, antes de voltar mais uma vez para o seu garoto humano — disse Shar, pouco antes que ela desaparecesse de sua vista.

— A bem da verdade, não. — Laurel se virou, agora furiosa. —Vim dizer a ele que não posso mais fazer isso de viver em dois mundos. Que tenho que ficar no mundo humano e ele tem que ficar no mundo das fadas e dos elfos. — Ela parou e respirou fundo, tentando controlar a raiva. —Você tem razão — disse ela, já mais calma. — Não é justo que eu entre e saia da vida dele. E... isso tem de terminar — completou fracamente.

Shar a encarou por um longo tempo, então um indício de sorriso surgiu no canto de seus lábios. — Laurel, essa é a melhor decisão que já vi você tomar. — Ele se inclinou de leve para a frente. — E olha que venho observando você desde que era uma coisinha pequena.

Laurel franziu o rosto. *Obrigada, Big Brother.*

— Como você conseguiu estas bolhas? — Shar se levantou e cruzou os braços.

Laurel revirou os olhos e se virou.

— Não é um jogo, Laurel. — Shar agarrou seu pulso sem a menor gentileza. — Só existe um motivo para se usar soro monastuolo, e não é "por diversão".

Laurel olhou para ele furiosa. — Me meti em problemas — disse, curta e grossa. — Mas resolvi tudo.

— Resolveu tudo?

— Sim, resolvi. Não sou totalmente indefesa, sabe?

—Você vai me contar o que aconteceu?

— Resolvi o problema; não tem importância — disse ela, tentando puxar o braço.

—Talvez você não tenha me escutado, Laurel. Não se trata de um jogo.Você acha que é um jogo? — inquiriu Shar, com um olhar duro e incisivo. — Uma competição entre você e os trolls? Porque desconfio que esse "probleminha" seja o mesmo troll que estava atrás de você no ano passado. O mesmo troll que sabe que o portal fica aqui, nesta propriedade. O mesmo troll que não pensaria duas vezes em assassinar você e todas as fadas e elfos do reino para entrar em Avalon. Seu "probleminha" está ameaçando a vida de todos nós, Laurel.

Ela se afastou e cruzou os braços, sem dizer nada.

— Eu tenho uma filha, você sabia? Uma menininha de dois anos, praticamente uma muda. Eu gostaria que ela tivesse pai, pelo menos, durante os próximos cem anos, se você não se importar. Mas a probabilidade de isso acontecer está diminuindo vertiginosamente, no momento, porque você tem essa determinação animal de querer *resolver* as coisas sozinha. Portanto, pergunto novamente, Laurel, você vai me contar o que aconteceu?

Ele não tinha elevado a voz, mas Laurel sentia os ouvidos zunindo, como se ele houvesse gritado. Era mais do que podia aguentar. Esfregou os olhos com as mãos, tentando conter as lágrimas, mas não funcionou; elas escorreram mesmo assim. Ela havia estragado tudo. Decepcionara todo mundo que lhe importava.Até mesmo Shar.

O assovio agudo de Shar fez Laurel erguer a cabeça de repente. Ele disse alguma coisa numa língua que ela não entendia, mas não parecia estar falando com ela. Obrigou-se a deter as lágrimas, e seus olhos

Encantos 304

voaram para as árvores que a rodeavam. Mas não apareceu ninguém e Shar ainda estava olhando para ela.

Laurel assentiu, entorpecida. — Está bem — disse baixinho. — Vou contar.

Shar observou enquanto Laurel deixava a clareira e entrava em seu carro, depois de ter lhe contado sobre Barnes. Ela havia respondido a todas as suas perguntas.

Pelo menos aquelas cujas respostas conhecia.

Shar esperou, encostado à árvore, até que o carro dela — com o sinal amarelo piscando irritantemente — virasse para a rodovia.

— Pode sair agora, Tam — disse ele.

Tamani saiu de trás de uma árvore, com os olhos fixos no carro de Laurel que se afastava.

— Obrigado por ficar escondido... muito embora você quase tenha se entregado — acrescentou ironicamente.

Tamani apenas deu de ombros.

— Ela não teria me contado tanta coisa, com você por perto. Era preciso que ela pensasse que você tinha ido embora. Agora, ela realmente nos contou tudo.

— Não teve muita escolha — disse Tamani, em voz baixa. — Não com o jeito como você a interrogou. -- Ele se calou por alguns segundos. — Você foi bem duro com ela, Shar.

— Você já me viu ser duro com alguém, Tam. Isso não foi ser duro.

— Sim, mas...

— Ela precisava ouvir aquilo, Tamani — disse Shar com severidade. — Ela pode ser responsabilidade sua, mas o portal é responsabilidade minha. Ela tem de saber que o caso é sério.

Tamani enrijeceu o maxilar, mas não discutiu.

— Sinto muito por tê-la feito chorar — disse Shar, com relutância.

— Então, estamos de acordo com o que precisa ser feito a seguir?

Shar assentiu.

Tamani sorriu.

— Vai levar meses, Tamani. É um empreendimento enorme, esse que você está tomando para si.

— Eu sei.

— E ela, de fato, veio aqui para se despedir.

— Eu sei — disse ele baixinho. Virou-se para olhar para Shar.

— Mas você vai tomar conta dela? Vai garantir que ela fique em segurança?

— Prometo. — Ele fez uma pausa. — Escalarei mais sentinelas para a casa dela. Se Barnes conseguiu afastar a equipe toda da casa dela ontem à noite, então não havia pessoal suficiente. Vou assegurar que haja o suficiente, na próxima vez.

— Haverá uma próxima vez?

Shar assentiu. — Tenho certeza de que sim. Barnes era um ramo, talvez um galho, mas ervas daninhas como essas crescem de raízes fortes. Não sinto o menor orgulho em admitir que tenho medo do que não estamos conseguindo ver. — Ele olhou para Tamani. — Se não tivesse tanta certeza disso, não deixaria você ir adiante de jeito nenhum.

Eles olharam pela trilha, na direção da cabana vazia, com seu jardim descuidado e exterior envelhecido.

— Está preparado para isso? — perguntou Shar.

— Estou — respondeu Tamani, com um sorriso se abrindo em seu rosto. — Se estou!

Agradecimentos

QUANTO MAIS APRENDO SOBRE A INDÚSTRIA EDITORIAL, MENOS MÉRITO acho que têm os autores. Pelo menos por um milhão de razões, estes são meus heróis: Erica Sussman, Susan Katz, Kate Jackson, Ray Shappell, Cristina Gilbert, Erin Gallagher, Jocelyn Davies, Jennifer Kelaher, Elise Howard, Cecilia de la Campa, Maja Nikolic, Alec Shane e as incontáveis pessoas na HarperCollins e na Writers House que trabalharam incansavelmente para tornar esta série um sucesso.

Um agradecimento especial vai para meus cavaleiros pessoais de armadura brilhante: minha mais que incrível editora, Tara Weikum; minha agente extraordinária, Jodi Reamer; e a agente de relações públicas mais paciente do mundo, Laura Kaplan. Vocês três trabalham demais por mim e lhes agradeço cada momento.

Meus amigos, meus amigos maravilhosos, vocês todos sabem quem são e o que fizeram, e prometo não entregar vocês por isso: David McAfee, Pat Wood, John Zakour, James Dashner, Sarah Cross, Sarah MacLean, Sarah Rees Brennan, Carrie Ryan, Saundra Mitchell, R.J. Anderson, Heidi Kling, Stephenie e todos do Feast of Awesome. Uau. Vocês são incríveis e têm um gosto muito questionável para amigos, pelo que sou muito grata. Minhas leitoras beta: Hannah, Emma e Bethany, ainda vou mandar coisas para vocês! E obrigada aos autores Claire Davis e William Bernhardt por me ajudarem a aprender o ofício. Ainda estou tentando!

Minha família de sangue e minha família por afinidade: ninguém jamais teve uma família que lhe desse tanto apoio, disso estou convencida. Um enorme obrigada a Audrey, Brennan e Gideon; vocês são meu sol e sempre serão. Por último e acima de tudo, Kenny, você está comigo a cada passo. E a cada tropeço. Não tem sido fácil, mas você faz com que pareça ser.

Impresso no Brasil pelo
Sistema Cameron da Divisão Gráfica da
DISTRIBUIDORA RECORD DE SERVIÇOS DE IMPRENSA S.A.
Rua Argentina 171 – Rio de Janeiro, RJ – 20921-380 – Tel.: 2585-2000